KB053476

비평의 비평

비평의 비평 우리 시대의 중견 비평가론

초판 1쇄 발행 2015년 10월 15일

지은이 김경연 김필남 박대현 박형준 손남훈 전성욱 허정
펴낸이 권경옥
펴낸곳 해피북미디어
등록 2009년 9월 25일 제2009-000007호
주소 부산광역시 동래구 우장춘로 68번길 22
전화 051-555-9684 | 팩스 051-507-7543
전자우편 bookskko@gmail.com

ISBN 978-89-98079-10-9 03810

* 책값은 뒤표지에 있습니다.
* 파본은 구입하신 서점에서 바꾸어 드립니다.
* 이 도서의 국립중앙도서관 출판시도서목록(CIP)은 서지정보유통지원시스템 홈페이지(http://seoji.nl.go.kr)와 국가자료공동목록시스템(http://www.nl.go.kr/kolisnet)에서 이용하실 수 있습니다.(CIP제어번호: CIP2015026838)
* 본 사업은 2015년 한국문화예술위원회, 부산광역시, 부산문화재단 지역문화예술특성화지원사업으로 지원을 받았습니다.

비평의 비평

우리 시대의 중견 비평가론

오늘의문예비평 엮음

해피북미디어

어떤 진정성의 질량에 대하여

비평은 적극적인 독해를 통해 이루어지는 창조적 행위이다. 그 행위는 누구에게나 열려있지만, 한편으로 그것은 대상에 대한 판단이 포함되므로 지엄하고 또 까다롭다. 그런데 지금 비평은 문학장의 제도 속에서 지극히 형식적이고 자족적인 장르로 퇴화하고 있다. 비평은 스스로가 권력이 되어버려서 타락한 것이 아니라, 제도 안에서 안주함으로써 퇴락한 것이다.

대체로 비평이라는 행위가 문학장 안에서의 명망에 기생하고, 대학에 직장을 얻는 수단이나 과정으로 이용됨으로써, 자본이나 권력으로부터 자유로운 독립적인 비평이란 점점 더 민망하고 무망한 기대가 되고 있다. 특히 계량화되어 한 연구자의 상벌에 관한 평가지표로 활용되고 있는 논문이라는 글쓰기는, 비평의 시간과 비평가의 열정을 무모하고 무료한 것으로 내몰고 말았다.

우리가 중견비평가에 주목한 데에는 나름의 이유가 있다. 이들 연배의 비평가들이란, 이미 대학의 완고한 틀에 얽

매어 보직에 투신하거나, 업적 위주의 연구에 몰두하기가 십상이다. 따라서 중견비평가란 희귀하고 진귀한 존재가 된 지 오래되었다. 그러므로 그 희귀함이란, 제도의 악력이나 보신주의적 안락의 유혹에 대한 단호한 거절을 함의하고 있다고 하겠다. 새로운 문체와 참신한 방법으로 패기 넘치는 젊은 비평가들의 열의도 인정해 주어야하지만, 여전히 도저한 비평가의 자의식으로 활력 넘치는 중견 비평가들의 존재론은, 그 자체로 어떤 강력한 반시대적 전언이다. 우리가 주목하고 귀 기울이고자 한 것이 바로 그 전언이었다.

중견이란 단지 물리적인 연배를 지칭하는 말일 수 없으며, 그것은 어떤 진정성의 질량을 가리키는 말이기도 하다. 그 진정성의 질량은, 동물과 속물이 발광하는 퇴락한 문학의 자리에 타협 없는 불한당들이 여전히 살아있음을 증명한다. 그래서 그들은 신화도 전설도 아닌, 한 사람의 중견 비평가인 것이다.

여기에는 모두 아홉 분의 선배들이 살아낸 비평의 궤적

을 살폈을 뿐이다. 우리에게 선배가 어디 이뿐이랴 마는, 지극히 세속적인 이유들로 너무나 큰 공백을 남기고 말았다. 그 부끄러운 공백은 이제 곧 통권 100호를 맞는 계간『오늘의문예비평』이 앞으로 채워나가야 할 과제라고 받아들인다. 100호를 견인했으며, 여전히 빛나는 중견으로 활약하시는 우리 오문비의 선배들은 일부러 여기서 살피지 않았음을 밝혀둔다. 그들은 한편으로 우리들과 함께 같은 곳을 걷고 있는 동료들이기도 하기 때문이다. 지금 한국문학이 추문으로 요란한 것처럼 보여도, 중견의 질량으로 자기의 길을 가는 선배들이 있기에, 우리는 오늘 또 기꺼운 마음으로 다음의 101호를 기획할 것이다.

계간『오늘의문예비평』편집위원들의 뜻을 모아 편집주간 전성욱이 삼가 쓴다.

차례

1

변온과 항온, 혹은 유동하는 '사이'의 비평

— 김미현론

김 경 연

1

종언을 선언하는 일이 더 이상 낯설지 않은 요즘이다. 근대문학의 죽음을 알린 가라타니 고진의 전언이 한때 한국문단을 과도하게 충격하기도 했으나 어느새 그 강도는 약화되고 이제는 이 생경한 죽음에도 적당히 둔감해진 분위기다. 생각해보면 근대문학의 죽음은 우리가 문학에 대해 품어왔던 익숙한 믿음의 종언인지도 모르겠다. 굳건히 시라고 믿어왔던 것, 소설이라 의심치 않았던 것, 진짜 문학이라고 지지했던 것. 고진의 선언이 가격한 것은 단지 근대문학이 끝났다는 사실이 아니라 우리를 지탱해왔던 그 오래고 온건한 믿음에 대해 사망신고를 내린 때문은 아니었을까. 그러나 그와 같은 믿음이란 어쩌면 근대가 급조한 역사적 구성물에 불과하지 않은

가. 돌이켜보면 우리가 거대한 것, 초월적인 것, 결핍 없는 그 무엇으로 상상해왔던 근대문학이란 기실 얼마나 숱한 죽음과 배제를 통해서 구성된 것인가. 근대문학이 새로운 '법'으로 등극하기 위해서 그 법 밖으로 내쳐진 것들, 이름을 박탈당하거나 명명될 수 없어 그저 '문학 아닌 것들'이 된 지난날의 산죽음들을 떠올릴 때, 근대문학에 대한 '향수'는 돌연 '성찰'로 바뀔지도 모른다. 그러한 성찰을 통해 근대문학의 종언을 아쉬워하기보다 차라리 근대 이후의 문학을, 아직은 이름을 얻지 못해 단지 '그것'이라 말할 수밖에 없는 또 다른 문학의 생성을 준비해야 하는지도 모를 일이다. 들뢰즈의 조언처럼 '되기(becoming)', 곧 생성을 위해서는 '이기(being)', 즉 현존재에 대한 망각(부정)을 전격적으로 수락해야 하기 때문이다.

김미현의 비평은 향수보다는 성찰을, 존재보다는 생성을 감행하는, 결코 만만치 않은 모험을 수행해온 것으로 보인다. 비평가의 지위를 얻은 이후 김미현이 줄곧 시도한 것은 근대문학의 변방으로 내쳐졌던, 남성중심적 문학사가 기꺼이 누락하기를 마다하지 않았던 '여성문학'을 재독하는 작업이었으며, 아울러 오래된 문학을 배반하고 나온 불온한 신세대의 문학을 옹호하는 일이었다. 그 불한당들의 상당수는 여성이었으며, '남성-보편'의 범주로부터 탈락하거나 도주한 불한당들 모두는 사실상 이미 여성이기도 했다. 김미현의 비평은 바로 소수자 혹은 타자와 동의어인 이 '여성'에 올인해왔으며, 페미니즘과의 조우는 그가 비평을 통해 타자의 정치학을 새롭게 쓸 수 있는 실천적 동력이 되었던 것으로 보인다.

그리고 이제, 비평이라는 매개를 빌려 현실을 부단히 도발해온 김미현은 다시 자기를 도발하는 모험을 결정한 것으로 보인다. 비평가로 살아온 지난 15년 동안 아마도 그의 삶과 비평을 지탱해왔을 '오래된' 페미니즘으로부터의 도주를 새롭게 시작하고 있는 것이다. 『판도라 상자 속의 문학』(2001), 『여성문학을 넘어서』(2002) 이후 6년 만에 출간한 비평집 『젠더 프리즘』(2008)에서 그는 페미니즘 '다시-보기'를 시도함으로써 과거 자신의 비평행위를 근간에서부터 심문하고 있다.[1] 여성은 젠더로, 여성문학은 젠더문학으로, 페미니즘은 포스트페미니즘으로 이행해간 『젠더 프리즘』을 빌려 김

---

1 김미현은 1995년 「유산과 불임의 발생학-신경숙의 『깊은 슬픔』」으로 《경향신문》을 통해 등단했다. 이후 2001년에 첫 비평집 『판도라 상자 속의 문학』(민음사)를, 이듬해 『여성문학을 넘어서』(민음사)를 상재했다. 그리고 6년의 공백기를 지나 2008년에 『젠더 프리즘』(민음사)을 출간했다. 이 글에서 이 세 권의 비평집에 수록된 비평을 주로 다룰 것이며, 비평집의 내용을 인용할 때에는 편의상 『판도라 상자 속의 문학』은 『판도라』로, 『여성문학을 넘어서』는 『여성문학』으로, 『젠더 프리즘』은 『젠더』로 줄여서 쓸 것이다.

미현은 페미니즘의 종언이 아닌 '쇄신'을, 페미니즘 '이후의' 페미니즘을, 익숙한 페미니즘의 망각을 통한 페미니즘의 새로운 생성을 상상하고 있는 것으로 보인다. 때문에 그는 "지금까지의 페미니즘 문학은 사실 환상에 불과했고, 지금부터 전개될 페미니즘 문학이 실체에 더 가깝다"(『젠더』, 14쪽)고 선언하는 데 주저함이 없다. 하여, 현실을 민감하게 감각하면서 그 변화에 스스럼없이 몸을 내맡기는 김미현의 비평은 '변온적'인 동시에 '항온적'이기도 하다. 페미니즘과의 결별을 통보하거나 심지어 페미니즘의 죽음을 선언하는 일이 별스럽지 않은 이즈음의 상황에서, 오히려 실체에 가까운 페미니즘 문학의 도래를 주장하는 김미현은 페미니즘이라는 버거운 레테르 달기를 포기하지 않는 소수의 비평가 중 한 사람이기 때문이다.

이 글은 항온과 변온, 혹은 그 사이를 역동적으로 유동하고 있는 김미현 비평의 궤적을 좇아가 그 실체에 접근하고자 하는 실현 불가능한 욕망으로부터 시작되었다. 그러니 이 글이 김미현 비평의 의미를 해석하고 평가하는 온전한 비평가론이 될 수 있으리라는 기대를 충족시키는 일은 이미 요원한 것일지도 모르겠다.

2

'90년대적 전환'을 되짚어 보는 것은 김미현의 비평에 접근하기 위해 가장 먼저 통과해야 할 지점이다. "혁명은 운동으로, 실천은 욕망으로, 정치경제학은 문화연구로, 진보주의는 다원주으로, 지배-피지배 논리는 탈중심주의와 해체주의로, 계급에의 논의는 기호에 대한 탐구로, 민중은 대중으로, 민족은 세계화로, 마르크스는 푸코와 보드리야르로"[2] 전격적인 갈아타기를 시도했다는 1990년대는 다시 한 번 근대가 액체성임을 여실히 증명한 때였다. 반(反), 무(無), 부(不), 탈(脫)이 시대의 지배적 수사가 되고, 탈주, 전복, 저항, 일탈, 위반이 새로운 행동강령이 되었던 전환의 90년대를 김미현은 상실이 아닌 '회복'의 시기로 규정한다. "정신이 아닌 육체, 남성이 아닌 여성, 실재가 아닌 이미지, 현실이 아닌 환상, 역사가 아닌 문화, 생산이 아닌 소비의 중시"(『판도라』, 42쪽)라는 90년대식 전회는 비주류가 주류를, 가벼움이 무거움을, 낯선 것이 낯익은 것의 가치를 능멸하거나 박탈한 것이 아니라 침묵하고 억눌려왔던 것들의 뒤늦은 권리 주장이며 균형을 회복해가는

---

2 김병익, 「신세대와 새로운 삶의 양식, 그리고 문학」, 『새로운 글쓰기와 문학의 진정성』, 문학과지성사, 1997.

정당한 과정이라는 것이다. 따라서 그는 '육체(몸), 여성, 환상, 문화' 등을 "새로운 것이라기보다 다시 돌아온 것에 가까웠다"(『판도라』, 42쪽)고 평가한다. '출몰'이 아니라 전적으로 '귀환'인 것이다.

90년대를 읽어내는 이와 같은 김미현의 시대적 감각이 온전히 비평적 무기로 장전된 것이 그의 첫 평론집 『판도라 상자 속의 문학』이다. '성, 악마성, 여성성, 사랑, 대중성'과 같은 90년대에 귀환한 주변성을 매개로 김미현은 신세대 문학의 정치성을 적극적으로 독해하는가 하면, 문학성과 길항하는 대중성의 명암을 조명하고, 동일성으로 범주화될 수 없는 차이성의 시각에서 여성작가들의 문학을 해명하고 나선다. 대중들과 소통할 수 있는 "읽히는 평론", "문학이란 무엇인가에 대해 말하는 평론이 아닌 그 자체로 문학인 평론"(『판도라』, 7쪽), 하여 평론이 아닌 '소설'을 질투하고 배수아 소설 속의 불행마저도 모방하고 싶었다고 고백함으로써, 대중들을 교화하고 작가들을 지도하는 '말씀'으로서의 비평, 문학이 되는 비평이 아닌 문학 위에 군림하는 비평의 혐의로부터 자유로울 수 없었던 전 시대 비평과의 단절을 시도한 김미현의 비평이 몸, 여성, 악마성, 대중성 등과 같은 귀환한 변방들과 조우한 것은 지극히 당연한 수순이었는지 모른다. 문학과 비평의 변태(變態)를 지향하는 공통된 이들의 욕망이 접속을 맞춤한 셈이다. 90년대적 문제의식과 감수성이 불러온 이 극적인 교감을 통해서 김미현은 위악, 냉소, 폭력, 쾌락의 몸피를 두른 김영하, 백민석, 배수아, 은희경, 조경란 등 마성(魔性)의 문학이 지닌 속살을 응시하고, 이들이 방사하는 야만의 언어가 실은 우리의 짐작과는 다른, 상반된 두 겹의 언어임을 규명해 보인다.

두 겹의 언어로 위장한 90년대 '검은 소설' 혹은 '나쁜 소설'의 정체란 과연 무엇인가. 김미현은 그 정체가, 다시 말해 이들 문학을 지탱하고 있는 힘이 일종의 '아이러니'임을 확인한다. "타락한 사회에서 타락한 방법으로 진정한 가치를 추구하는"(「섹스와의 섹스, 슬픈 누드」, 『판도라』, 38쪽) 네거필름인 이들 불한당들의 문학은 그러므로 반드시 거꾸로 읽어야 하는 텍스트가 되는 셈이다. 신세대 문학의 성을 가벼움이나 쾌락이 아니라 "고통의 환유"(「섹스와의 섹스, 슬픈 누드」, 『판도라』, 38쪽)로, 김영하의 마성을 "부정과 저항의 정신"(「불한당들의 문학사」, 『판도라』, 51쪽)으로, 백민석의 폭력을 "억눌려 있었던 욕망의 신나는 배설이 아니라 우울하고도 절망적인 제의"(「불한당들의 문학사」, 『판도라』, 57쪽)로, 도덕적으로 살지 않기로 결정한 배수아의 '반도덕'을 "도덕심"(「불한당들의 문학사」, 『판도라』, 58쪽)으로, 은희경의 위악을 "선보다 착한 위악"(「짐작과는 다른 말들」, 『판도라』, 235쪽)으로 김미현이 다시 읽어낼 수 있었던 것은 그가 이와 같은 불온한 문학의 정체에 접근했기 때문이다. 그러므로 김미현에게 이들 문학의 폭력, 반도덕, 위악은 이성의 몰락이 아니라, "아무것도 괴롭히지 못하면서 그 어떤 것도 생산해내지 못하"(『판도라』, 235쪽)는 위선, 혹은 한 줌의 도덕을 겨냥한 일종의 '전략'으로 해석되며, 하여 그의 비평을 통과하면서 이들 야만의 문학은 성찰의 문학으로 재정의된다.

이처럼 현실원칙을 위반하는 전복과 변태를 문학의 문학다움이라 믿는 김미현이 90년대 베스트셀러의 대중성을 문제 삼고 나온 것은 당연한 일이었다. 그는 대중적인 텍스트를 본격적인 비평의 대상으로 삼으면서 대중문학에 인색하거나 대중문학을 전면적으로 부정하는 비평의 보수성에 도전하는 한편, 21세기 새로운 권력이 된 대중성을 무조건 긍정하거나 또는 그에 투항하는 낭만적 · 시혜적 비평과도 거리를 둔다. 텍스트가 지닌 의미를 해석하고 가치를 판단하는 비평의 엄정함은 대중문학 역시 예외가 될 수 없으며, "대중들을 유아기로 퇴행시키거나 수동적 자세에 머무르게 하는"(「Shall We Read?」, 『판도라』, 146쪽) 문학과 그렇지 않은 경우는 구별되어야 한다는 것이다. 대중들을 유인하기 위해 사랑, 가족 등을 신성화한 결여의 텍스트로 김하인의 『국화꽃 향기』와 조창인의 『가시고기』를 지목한 반면, 최인호의 『상도』를 순수소설과 대중소설의 격차를 줄인 '중간소설', 상품을 넘어 '작품'의 면모를 보인 바람직한 텍스트로 평가한 것은 이러한 인식에서 발원한 것으로 보인다. 비현실을 현실로 둔갑시키고 대중들에게 거짓 편안함과 행복감을 제공해주는 사이비 대중문학을 롤랑 바르트의 말을 빌려 '즐거움의 텍스트'로 명명하고, 이를 "독자의 마음을 불편하게 하고 흔들리게 하면서 결핍감과 불행감을 느끼게 하는"(「Shall We Read?」, 『판도라』, 138쪽) '즐김의 텍스트'와 구별한 김미현은 결핍감과 불행감으로 대중들을 불편하게 하는 위악적 텍스트가 아닌, 대중들에게 비현실적으로 달달한 편안함과 행복감을 제공하는 위선적 텍스트가 왜 대중들을 기만하는 위험한 텍스트, 나쁜 텍스트가 될 수 있는지를 주장한 셈이다. 이는 또한 대중의 감성을 겁탈하는 선정성이 소재의 차원이 아니라 결국 작가의 태도의 문제임을 지적한 것이기도 하다. 김미현이 90년대 여성 소설의 주요 소재가 되었던 '불륜'을 재독하는 이유 역시 이 때문이다. 불륜을 곧장 선정성으로 비난하는 불공평한 혹은 남성중심적인 시선을 걷어내고, 김미현은 여성 소설의 불륜에서 "삶의 일상성에 반대하는 정열이나 저항"(「Shall We Read?」, 『판도라』, 144쪽)을 읽어낸다. 더 이상 남편의 착한 아내·어머니·연인이기를 거절하는 여성 소설을 단지 대중들의 말초적이고 부절적한 욕망에 동조하거나 이를 자극하는 불륜소설로 폄훼하는 남근적 독해에 대한 불신과 불만은 김미현이 여성 혹은 주변부의 시각에서 90년대 이후 신세대 여성문학은 물론 근대 여성문학 전반을 다시 읽는 계기를 마련한다. 그의 두 번째 평론집 『여성문학을 넘어서』는 "교정(revision)"에 대한 의지를 품은 "다시-보기(re-vision)"(『젠더』, 5쪽)에 온전히 바쳐지고 있다.

3

여성문학에 대한 오해와 폄훼는 어디에서 연유하는가. 김미현은 남근비평(Phallic Criticism)을 그 폭력의 진원으로 지목한다. 생물학적인 성을 비평의 절대적 규준으로 발동시키는 남근비평은 "여성 소설에 대해서는 놀라우리만치 무관심과 침묵으로 일관"해 왔으며(「이브 잔치는 끝났다」, 『여성문학』, 33쪽), 여성작가의 작품보다는 "작가의 사생활에 더 관심을 가"졌고(『여성문학』, 33쪽), 여성문학을 "탈여성화되고 친남성화되었을 경우에만 문학사에 편입"시켜 왔으면서도, "지나치게 여성답다는 이유로 비난"하는 한편 "남성적 특성을 성취했다는 이유로 비난"하는(「주변에서 쓰기, 중심에서 읽기」, 『여성문학』, 44쪽) 이율배반을 노정했다고 김미현은 비판한다. 여성문학적 시각이 전혀 배제된 사시안적 남근비평에 대한 이와 같은 불만은 사실 낯설지 않은 것이다. 김미현이 다시보기의 목록에 올리고 있는 여성작가 박화성 역시 여성문인들에게 여자로만 쓸 수 있는, 여자다운 작품을 쓰라고 명령하는 남성중심적 평단의 성차별적 시각을 비판하고, 성에 구애됨 없이 작품다운 작품, 값 있고 보람 있는 작품을 쓸 것을 선언하지 않았는가.[3] 2000년대 여성 비평가의 문제의식을 1930년대 여성작가를 통해 미리보기 할 수 있다는 것은 남근비평의 뿌리 깊은 세습을 확인시키는 대목이며 동시에, '여성'이라는 생물학적 레테르가 여전히 여성문학의 원죄로 유전되고 있음을 방증하는 것이기도 하다.

그렇다면 여성문학의 문제는 전적으로 남근비평의 문제로 환원될 수 있는 것인가. 하여, 남근비평의 폭력적 중심성만 분절할 수 있다면 여성문학은 제대로 온전할 수 있는 것인가. 김미현은 여성문학이 비문학이나 결핍의 문학으로 내몰리거나, 또는 '그들만의 문학'으로 게토화되는 책임을 전적

3 박화성은 잡지 『삼천리』(1936. 2)가 주관한 여류작가좌담회에서 여성작가에게 여성다운 작품을 쓰려고 노력하라는 요구가 의미불통이라 비판하고, 작품다운 작품, 값 있고 보람 있는 작품을 쓸 수 있도록 노력하는 것이 문인(文人) 공통의 희망이라 주장한 바 있다.

으로 남성중심적 비평에만 물을 수는 없다고 지적한다. 페미니즘 진영 내부의 분파적 대립 역시 여성문학의 오독과 오해를 가중시키는 원인이며, 때문에 여성문학의 문제는 남근비평뿐만 아니라 소모적인 이론적 쟁투를 벌이고 있는 페미니즘비평 내부에서도 찾아야 한다는 것이다. 김미현이 90년대 여성문학의 성과와 한계에 대한 냉정한 진단과 평가가 필요하다고 주장하고 "성찰적 페미니즘"(『여성문학』, 6쪽)을 촉구하고 나선 것은 이와 같은 판단에서 연유한 것으로 보인다.

주지하다시피 90년대 페미니즘이나 여성문학의 부상은 포스트모더니즘이나 포스트구조주의와 같은 각종 포스트 담론의 전성과 무관할 수 없다. 페미니즘에 대한 자각이 분명해지고 운동의 성격을 띠기 시작한 것은 80년대부터라고 할 수 있지만,[4] 이 시기 페미니즘은 독자적 노선을 걷기보다 변혁

4 임옥희, 『채식주의자 뱀파이어-폭력의 시대, 타자와 공존하기』, 여이연, 2010, 9-10쪽. 임옥희는 여성들이 삶을 꾸려나가는 자율적이고 자유로운 주체가 되려는 움직임은 끊임없이 있어 왔지만 그것을 '페미니즘'이라는 언어로 자각하고 독자적으로 움직인 것은 1980년대부터라고 지적한다. 또는 이후부터 현재까지 한국사회에서 여성운동, 곧 페미니즘의 변화과정을 3기로 나누어, '제1기 1989~1997년 : 민주화투쟁과 여성운동의 독자성 추구, 제2기 1997~2007년 : 좌파정권 십년 동안 여성운동의 제도화와 협상과정, 제3기 2007년 MB정권 이후 여성운동의 생존과 다변화 모색'으로 설명하고 있다.

운동과 행보를 같이하면서 민주화라는 공동의 목표를 실현하는 데 진력하게 된다. 물론 여기에는 민주화가 여성해방을 담보할 것이라는 믿음이 전제되어 있었다. 그러나 부분적 민주화가 진행된 90년대 이후에도 여성해방은 요원하며 여성은 여전히 '최후의 식민지'로 남게 된다. 때문에 의미의 부재, 운동의 실종을 심각하게 앓고 있던 90년대에 페미니즘은 분명한 목표와 지향성이 살아 있는 소수의 실천 영역 중 하나가 될 수 있었다. 더불어 김미현도 지적하고 있는 것처럼 90년대 포스트 담론과 조우하면서 페미니즘에는 더욱 힘이 실리게 된다. 이는 "억압되었던 것이나 주변적인 것의 복귀라는 포스트모더니즘적 감각과 가부장적 헤게모니에 대한 도전이라는 페미니즘적 인식 사이에 교차점이 있었기 때문"(「이브 잔치는 끝났다」, 『여성문학』, 39쪽)이며, 아울러 여성작가들의 의도와는 무관하게 새로운 것, 낯선 것을 갈급하는 자본의 눈에 띄어 여성문학이 신종 상품으로 전시되는 상황이 발생한다. 이와 같은 계기들이 중층적으로 작용하면서 페미니즘은 90년대 가장 유력한 담론으로 부상했고, 여성문학 역시 어느 정도의 특수를 누려왔다는 것이 김미현의 판단이다. 더욱이 이러한 분위기 속에서 90년대 페미니즘이나 여성문학은 여성의 복권을 넘어 종종 특권을 주장하기도 했으며, 여성을 일방적인 '피해자'로 남성을 '가해자'로 지정하는 이분법적 도식에 의지해 여성 차별의 현실을 기소하는 소극적 · 방어적인 "피해자 페미니즘"로 자족하거나, 또는 남성과 자리만 바꿔 여성의 우월한 위치를 주장하는 "전투적 페미니즘"으로 비약하는 우를 범했다고 김미현은 지적한다. 그렇다면, 피해자 페미니즘이나 전투적 페미니즘의 한계를 넘어 페미니즘의 진정한 방향은 무엇인가. 김미현은 이를 "파워 페미니즘"이라 명명하고 있다. 파워 페미니즘이란 여성의 차별이 아닌 '차이', 곧 "여성의 힘과 다름을 강조하는"(「신화(神話), 여성을 위한 신화(新話)」, 『여성문학』, 75쪽) 것이며, 차이로서의 여성을 '지양'하지 않으면서 남성과의 조화나 통합을 '지향'하는 것이다. 두 번째 평론집 『여성문학을 넘어서』를 통해 김미현은 여성의 차이를 해명하고 여성과 남성의 조화로운 공존을 모색하는 데 주력한다.

그렇다면 김미현이 지시하는 차이로서의 여성, 곧 '여성성'이나 '여성적 글쓰기'의 본질은 무엇인가. 여성성의 정체(正體)에 접근하기 위해 김미현은 먼저 "수동성 · 소극성 · 우유부단성 · 순응성"(「주변에서 쓰기, 중심에서 읽기」, 『여성문학』, 56쪽) 등과 같은 자질들이 전통적으로 여성성을 구성해온 방식을 추적한다. 그가 박화성, 최정희, 장덕조, 김말봉, 이선희, 백신애 등 해방 이전의 여성작가들의 작품을 재독하는 이유가 여기에 있다. 이러한 다시-보기를 통해서 김미현은 이들의 소설 속을 흘러넘치는 여성인물들의 '침묵'이나 '광기'에 귀 기울이며, 이들 여성들의 언어가 실은 '두 겹'의 언어임을 간파해낸다. 말하자면 그것은 침묵을 통해 발언하는 '복화술'의 언어이며, 광기를 통해 정상에 가닿으려는 '아이러니'의 언어이다. 그러므로 여성의 언어, 여성의 글쓰기에서 발견되는 "묵종, 의존, 힘없음" (『여성문학』, 50쪽)을 의미하는 침묵이나 광기는 남성 가부장의 억압이 새겨진 흔적이며, 때문에 김미현은 "왜곡된 여성성은 흔히 왜곡된 남성성과 동전의 양면처럼 서로 결합되어 있다"(『여성문학』, 56쪽)고 지적한다. 이는 여성의 언어가 자기를 되비추는 "거울의 언어", 곧 남성중심적 언어가 아니라, 기존의 언어, 즉 남성의 언어를 변형시킨 "반사경의 언어"기 때문이라는 것이다.

> 여성의 언어는 거울(mirror)의 언어가 아니라 반사경(speculum)의 언어가 된다. 거울의 평면은 남성 중심적인 상징 질서나 충만한 자기 이미지만을 되비춰 준다. 그러나 반사경의 볼록한 표면은 남성 중심적 언어를 변형시킨다. 세상이나 남성들이 원하는 이미지만을 그대로 비춰주는 것이 아니라 그것을 비틀고 재구성한다. 여성들은 이런 반사경을 통해 오히려 여성 언어라고 주장할 수 있는 언어를 탐색할 수 있다. 기존의 언어가 아니면서도 기존의 언어를 벗어날 수 없는 이중성과 기형

성을 그대로 보여주는 것이 반사경의 언어이기 때문이다. 여성작가들은 이런 반사경의 언어를 무기로 기존의 언어와 전면전이 아닌 게릴라전을 펼친다.(「여성, 말하(지 못하)는 타자」, 『판도라』, 68쪽)

자신의 언어를 갖지 못한 여성들이 '말하기' 위해서는 남성의 언어를 비틀고 재구성한 반사경의 언어를 구사하는, 일종의 '게릴라전'을 수행할 수밖에 없다는 해석이다. 이는 비단 여성뿐만 아니라 침묵을 강요당한, 모든 말할 수 없는 타자들의 발화 전략이자 또한 생존 전략으로 읽히기도 한다. 김미현 역시 은희경의 소설을 분석하면서 "보임/숨김, 공격/순응, 앎/모름"이 동서(同棲)하는 이중의 언어, 반사경의 언어, 아이러니 언어로서의 여성의 언어는 "보호 기능과 해방 기능을 동시에 획득하려는"(「다시 쓰는 소설, 덧칠하는 언어」, 『여성문학』, 112쪽) 전략이라 해석하고, 이러한 여성의 글쓰기를 "사이의 시학"이라 명명한다. 여성작가들이 응시하는 것은 "서로 대립하면서도 끊임없이 길항 작용을 하는 현실/이상, 억압/해방, 순응/반항, 소극/적극, 분열/종합, 은폐/폭로 '사이'의 시공성"이며, 어느 일방을 선택할 수 없는 여성들의 취약한 상황이 양자를 유동하는 경계의 시학, 즉 "사이의 시학"(「여성, 말하(지 못하)는 타자」, 『판도라』, 100-101쪽)을 낳았다는 것이다.

하여, 김미현은 사이의 시학, 곧 '겹'의 언어로 말하는 여성 소설에 말을 건넴으로써 침묵이나 광기, 혹은 위악 너머 겨우 존재하는 여성의 목소리를 읽어낸다. 가령 강경애를 통해서 그는 여성 성장소설이 결국 반성장 서사임을 독해하고(「계급 속의 여성, 현실 속의 여성」, 『여성문학』),[5] 김말봉을 통해서는 여성 연애소설이 실은 "현실의 '포기'가 아닌 '승화'를 보여주는 것"(「여성 연애소설의 (무)의식」, 『여성문학』, 235쪽)임을 역설하며, 강신재를 통해서는 "남성 작가들의 소설에 나타나는 서정성이 낭만적, 이상적 경향을 띠면서 총체화나 조화, 동일화에 대한 향수나 복귀를 지향"하는 반면 여성작가의 소설에서는 "파편화, 부조화, 분리감에 대한 자각이나 강조를 지향"(「서정성 · 감각성 · 여성성」, 『여성문학』, 148쪽)하는 '차이'를 확인한다. 그런가 하면 한강과 배수아를 통해서 김미현은 이들 여성작가들이 "가족을 '파괴'하려는 것이 아니라 '변화'시키려는 것"(「가족(假族), 천국보다 낯선 가족(家族)」, 『여성문학』, 170쪽)이라 번역하고, 공선옥이나 서하진을 통해서는 "자비로운 동

5 강신재의 소설을 성장서사의 관점에서 읽어낸 「여성 성장소설의 위치」에서 김미현은 다시 한 번 "반성장적 성장이 남성 성장소설에서는 '변이항'일 수 있지만, 여성 성장소설에서는 '기본형'에 해당"(『젠더 프리즘』, 260쪽)한다는 사실을 확인한다.

시에 무서우며, 창조적인 동시에 파괴적"인, "마리아이자 이브"이며 "하나이면서 둘"인 "괴물"(「태초에 어머니가 있었다」, 『여성문학』, 267~268쪽)인 어머니를 긍정한다.

남근비평이 누락하거나 무관심했던 여성의 언어를 이렇듯 건져 올리면서, 남성과는 다른 차이로서의 여성, 여성성, 여성적 글쓰기의 실존(實存)을 부각하고, 그 의미를 새롭게 구성하고자 했던 김미현에게 변온이 감지되는 것은 『여성문학을 넘어서』 이후 6년 만에 출간한 세 번째 평론집 『젠더 프리즘』이다. '여성(문학)'이 아닌 '젠더'라는 프리즘을 통과할 때 과연 무엇이 새롭게, 혹은 어떻게 다시-보기가 가능하다는 말인가.

4

2008년 출간한 『젠더 프리즘』을 통해 김미현은 돌연 자기 비평행위의 교정(revison)을 선언한다. 말하자면 'post-김미현', 'post-『여성문학을 넘어서』', 'post-페미니즘'으로의 전격적인 이행을 결정한 셈이다. 김미현에게 'post'란 종래의 김미현으로부터, 『여성문학을 넘어서』로부터, 페미니즘으로부터의 '탈출'이 아닌, 김미현에 대한, 『여성문학을 넘어서』에 대한, 페미니즘에 대한 '성찰'이며, 동시에 김미현 이후를, 『여성문학을 넘어서』 이후를, 페미니즘 이후를 사유하는 모험이라 할 수 있다. 성찰과 생성을 위한 능동적인 망각, 그것이 김미현이 감행한 'post', 곧 이행의 의미인 것이다.

『여성문학을 넘어서』를 스스로 다시 읽는 자리에서 김미현은 당시 자신이 상상했던 여성문학이 실은 "(남성)문학과 대립되는 문학, 불행이나 상처만을 강조하는 '상상의 여성문학'"이었으며, 때문에 "(무)의식적으로 여성과 남성, 중심과 주변, 외부와 내부를 이분법적으로 대립시키는 환원주의와 본질주의"에 빠지는 오류를 범했다고 고백한다. 피해자 페미니즘, 전투적 페미니즘에 덜미 잡힌 여성문학을 넘고자 했으나, 실은 자신의 비평행위 역시 수동적, 방어적 페미니즘의 한계 안에 머물러 있었다는 얘기다. 때문에 자신이 응시한/구성한 여성은 남성을 반드시 전제하는, 남성에 대한 여성이었고, 여성은 "움직이지 않았고, 변하지 않았"으며 "단수였고 대문자"(「젠더의 커튼, 젠더라는 커튼」, 『젠더』, 5쪽)였다는 것이다.

이러한 자기심문을 경유하면서 김미현은 단수나 대문자로 상상된 '여성'이 아닌 소문자나 복수로 실존하는 '여성들', 더하여 남성-여성의 이분법적 구도를 조롱하는 남성도 여성도 아닌, 남성이자 여성인, 젠더 정체성을 패러디하고 집적거리고 교란하는 '그것' 혹은 익명의 성들을 포괄하는, 신생(新

生)의 페미니즘을 상상한다. 그것이 바로 페미니즘을 보다 전복적으로 탈구축한 포스트페미니즘이다. 김미현에게 포스트페미니즘은 여성을 폐기한 '여성 없는' 페미니즘이 아니라, 의식/무의식적으로 '여성'이라는 게토 안에서 자족해온 "순수" 혹은 "항온"(「변온(變溫)의 소설」, 『젠더』, 319쪽)으로서의 페미니즘을 넘어 현실의 기운을 부단히 감각하는 변온의, 혼종적인 페미니즘이라 할 수 있다. 그러므로 페미니즘에서 포스트페미니즘으로의 이행은 페미니즘의 포기가 아니라 전략의 수정이다. 남성(성)과 다른 '여성(성)'을 강화하는 것은 남성-여성의 이분법적 구도를 의도하지 않게 용인하거나, 또는 개별적인 복수의 여성들을 '여성'이라는 집합적 단수(범주)로 환원하는 결과를 초래할 수 있다. 따라서 포스트페미니즘은 여성(성)을 새롭게 구축하는 데 진력하기보다, 여성(성) · 남성(성)을 발본적인 차원에서 의심하고 젠더 정체성에 트러블을 냄으로써, 위계적인 남성-여성의 구도를 온전히 하려는 아버지의 법, 즉 남성중심적 지배담론을 전복하고자 한다. 이를 위해, 다시 말하면 "젠더를 없애기 위해" 김미현은 "젠더를 말"하는 "젠더 패러독스"(『젠더』, 7쪽)를 수행하며, 두 입술의 성차를 강조했던 루스 이리가라이가 아닌 안티고네를 여성이자 남성으로 다시 읽은 주디스 버틀러와 조우한다.

아버지이자 오빠인 오이디푸스에게 끝까지 충성을 보였

으며, 삼촌 크레온으로 대표되는 국가법을 위반하고 오빠인 폴리네이케스를 매장함으로써 친족법을 따른, 그리하여 마침내 국가에 의해서 희생된 안티고네는 이리가라이에게는 '페미니스트 투사'였으나, 버틀러에게는 의리, 충성, 명예 등과 같은 남성적 코드를 수행한 여성, 즉 '명예 남성'이며, 따라서 국가법/친족법, 공적/사적, 남성/여성 등의 이분법적인 구획을 교란시킨 모호하고 불확실한 '잉여'가 된다.[6] 남성을 패러디한 여성, 곧 혼성적 정체성의 안티고네를 통해서 버틀러는 젠더 정체성이 선험적, 근본적이거나 고정된 것이 아니라 움직이는 것, 구성된 허구이며 하나의 '가면'이자 '행위(연기)'이고 '키치'라는 사실을 선언한다.[7] 주디스 버틀러의 이와 같은 포스트페미니즘적 정치성을 김미현 역시 공유하고 있다. 때문에 김미현은 젠더라는 프리즘을 통과해 텍스트를 다시 보며, "교차, 공존, 혼합"(「페미니즘이 포스트페미니즘에게」, 『젠더』, 342쪽)하는 젠더의 불확실성, 모호성을 읽어냄으로써 남성(성), 여성(성)이 단지 허구이며, '젠더는 없다'는 사실을 확인하고자 한다.

---

6 임옥희 지음, 『주디스 버틀러 읽기』, 여이연, 2006, 205-211쪽.

7 주디스 버틀러 지음, 조현준 옮김, 『젠더 트러블』, 문학동네, 2008, 21-33쪽.

김미현이 김승옥의 소설에 등장하는 여성인물들을 근대로부터 배제되거나 근대의 '밖'에 존재하는 것이 아니라 근대의 '안' 혹은 '중심'에 있으며, 남성인물들이 근대(성)의 이면이 기입된 이들 여성들을 통해 여성을 보는 것이 아니라 실은 환멸의 근대를 경험하는 그들 자신을, 곧 '남성'을 보는 것이라고 해석하거나(「근대성과 여성성-김승옥 소설을 중심으로」, 『젠더』, 193-211쪽), 또는 황석영의 초기소설을 통해 "남성을 구원하려는 것이 아니라 스스로를 구원하려는 여성"(「젠더 (무)의식의 역설-황석영의 초기소설을 중심으로」, 『젠더』, 224쪽)을, "근대 남성 경험의 '전유'가 아닌 '공유'를 통해 남성과 동등한 근대적 주체로서의 자신의 입지를 마련"(『젠더』, 230쪽)하거나 "탈근대적인 주체"(『젠더』, 235쪽)로 이동하는 여성을 적극적으로 읽어내는 이유가 여기에 있다. 김승옥이나 황석영과 같은 남성 작가들의 소설 속에서 김미현은 여성이 기입된 남성, 남성이 기입된 여성을 부조함으로써, 이들의 소설을 (무)의식적으로 남성/여성, 원본/복사본의 경계 혹은 위계가 무너지는 균열적 텍스트로 재독한다.

김미현의 포스트페미니즘적 문제의식은 『젠더 프리즘』 전체를 관통하고 있지만, 특히 천운영과 조경란, 그리고 한강의 소설을 만나면서 가장 확실히 살아난다. 때문에 이들의 소설 「그녀의 눈물 사용법」(천운영)과 『혀』(조경란), 『채식주의

자』(한강)를 다룬 「페미니즘이 포스트페미니즘에게」는 『젠더 프리즘』의 결론처럼 맨 마지막에 배치되어 있다. 이 글을 통해 김미현은 천운영, 조경란, 한강을 페미니즘과 포스트페미니즘의 '사이'에 위치시킨다. 이들은 신경숙, 은희경, 공지영, 전경린 등으로 대표되는 1990년대 페미니즘적 여성 소설의 끝인 동시에 정이현, 김애란, 편혜영, 한유주와 같은 2000년대 포스트페미니즘적 여성 소설의 처음에 놓이며, "페미니즘에서 페미니즘'들'로의 변화를 주도하는 여성작가들"(「페미니즘이 포스트페미니즘에게」, 『젠더』, 324쪽)이라는 것이다. 이 '경계'의 작가들을 긍정적으로 평가하는 이유를 김미현은 다음과 같이 설명하고 있다.

> 최소한 이들은 여성의 우월성을 본질주의적으로 가정하면서 '페미니즘 중의 페미니즘'을 추구하는 '페미니니즘(femininism)으로부터 자유롭다. 여성성 자체를 완전히 거부하지 못하기에 여성이라는 범주를 '필요한 오류(necessary error)'나 의도적인 '범주 착오(category mistake)'로 소환하면서 전략적 혹은 일시적으로 여성성을 설정하고 있기 때문이다. 이 작가들의 소설은 젠더를 없애기 위해 젠더를 사용하는 '젠더 패러독스'를 활용하고 있다.(「페미니즘이 포스트페미니즘에게」, 『젠더』, 324쪽)

본질적인 범주로서의 여성을 상정하면서 여성성 내지 여성의 우월성을 주장하는 '페미니니즘' 서사나, 여성을 지우고 아예 젠더로부터 자유로운 신종 '포스트페미니즘' 서사 모두와 일정하게 거리를 둔 천운영, 조경란, 한강이 쓰는 '사이'의 서사를 김미현은 '페미니니즘'이나 신종 '포스트페미니즘' 텍스트보다 오히려 긍정적으로 주목하고 있는 것으로 보인다. 아마도 그것은 이들의 소설이 젠더를 삭제하기 위해 젠더를 설정하는 역설을, 그 모순과 긴장을 온전히 감당하고 있기 때문일 것이다. 달리 말하면 이들 텍스트들은 마치 죽어버린 남동생을 분리될 수 없는 '나'로 받아들인 천운영의 '그녀'처럼, '여성적 남근'인 조경란의 '혀'처럼, 동물성을 자신의 내부에 합체하고 있는 한강의 '채식주의자'처럼 부정되어야 할 구성적 외부를 내부에 포함하고 있는 이질적인 혼성물, 즉 우울증적 주체처럼 존재함으로써 그 어떤 텍스트보다 젠더가 허구임을 강렬하게 발언하는 정치적 서사이기 때문이다. 그리고 이러한 균열의 정치성을 내장한 '사이성' 혹은 '경계성'은 또한 김미현 비평이 기대고 있는 거점이기도 하다. 그의 비평은 줄곧 하나의 영토에 선선히 정착하지 않는 유동하는 과정이었으며, 자기조차 심문하고 부정하는 과정 중의 비평이었다. 때문에 김미현은 『젠더 프리즘』 이전에 자신이 단일한 여성, 여성성, 여성적 글쓰기의 구축을 욕망했으며 본질주의나 환원주의의 위험에 취약했다고 고백하였으나, 사실 그는 단 한 번도 이러한 동일성 속에 정착한 적이 없었던 것으로 보인다. 첫 평론집 『판도라 상자 속의 문학』에서 여성의 글쓰기가 "비고정성 · 가변성 · 미완결성 · 복합성"의 액체의 언어, 갈림의 언어를 지향하며 "천 개의 혀로 말하는", "사이의 개방성과 불확정성을 강조하는"(「여성, 말하(지 못하)는 타자」, 『판도라』, 101쪽) 사이의 시학임을 강조할 때, 『여성문학을 넘어서』에서 여성들의 언어가 "남성들의 언어 속으로 틈입해서 그것들을 전복시키거나 균열시키는"(「다시 쓰는 소설, 덧칠하는 언어」, 『여성문학』, 119~200쪽) 패러디의 언어임을 읽어낼 때, 김미현의 포스트페미니즘은 이미 시작되고 있었던 것이다. 말하자면 그의 비평은 언제나 '사이(in-between)'였으며 또한 사이를 지향해왔다.

그러므로 『젠더 프리즘』이 그의 비평의 끝이 아니듯이 포스트페미니즘 또한 김미현의 최종적인 정박지가 될 수는 없을 것이다. 자신의 근거 자체를 부단히 되묻는 김미현의 비평은 포스트페미니즘에, 그리고 자신의 비평행위에 다시 'post' 붙이기를 마다하지 않을 것이며, 매순간 '사이'로 존재하는 역동적인 긴장을 놓치지 않을 것이다. 이것이 가령, 김별아의 미실을 여성주의의 발현자로, 소설 『미실』을 여성이 가지지 못한 것에 초점을 맞춘 것이 아닌 '가진 것'을 강조하는 행복한 페미니즘 서사로 독해하며, 양귀자의 『천년의 사랑』을 '페미니스트 유토피아' 소설로 평가하고, 황석영의 소설에서 탈근대적인 여성주체의 탄생을 확인하는 김미현의 해석에 여전히 동의할 수 없음에도 불구하고, 내가 김미현을 지지할 수 있는 이유다. 또한 페미니즘의 '나쁜 죽음'이 운운되는 이 흉흉한 시대에 "페미니즘 문학이 쇠퇴했다는 엄살조차 환상사지(幻想四肢)에 대한 환상통"에 불과하며, "페미니즘 문학에서 결론이나 해답은 그 자체로 환상"(『젠더』, 14쪽)이라 주장하는, 그래서 페미니즘(문학)은 언제나 다시 시작되는, 해답이 아니라 질문임을 믿어 의심치 않는 페미니스트 비평가 김미현을 내가 흔쾌히 믿는 이유이기도 하다.

2

환(幻)의 글쓰기

— 김용희론

김 필 남

1. 불가능한 시도, 환(幻)

한국문학은 1970~80년대 거대담론이라고 할 수 있는 사회·역사 문제에 대해 고민하며 담론을 이끌어 나갔으나 1990년대 이후 급변하는 한국 현실 속에서 문학은 더 이상 담론의 주체가 될 수 없었다. 그럼에도 문학은 거대담론이라는 책무의식 속에 놓여 있었기에 시대 변화를 인정하지 못한 채 위기를 맞는다. 그런데 문학의 위기에 대해 논할 때 많은 이들은 '문학이란 무엇인가'라는 본질적인 문제는 잊은 채 문학 외부에서만 해답을 얻으려고 했다. 이때 문학의 위기가 외부의 요인인 영상 이미지 등의 등장으로 도래했다고 보는 것이 관례였다. 이러한 오류에 빠지는 것은 한국문학에 '해답 없음'을 말하는 것과 같다. 즉 문학의 위기와 관련된 논의는 문학 외부에서 해답을 찾을 수 있는 것이 아니라 다시금 문학을 꼼꼼히 살펴보는 작업이 필요함을 인정해야 한다는 뜻이다.

이 지점에서 문학평론가 김용희는 문학의 위기에 대해 고민하며, 다양한 시도를 펼치는 평론가라고 할 수 있다. 먼저 그녀는 문학의 위기란 외부의 요인에서 비롯된 것이 아니라고 주장하며 1990년대의 문학이 1970~80년대와 다름을 주장한다.[1] 다시 말해 문학의 위기란 대중적인 오락물류의 가벼운 소설은 인정하지 않으면서 지극히 예술적인 문학이 대중을 사로잡아야 한다고 생각하는 그 '오만'한 태도 때문이라고 말한다.

> '문학의 위기'가 영상 같은 외부의 요인 때문이라는 분석은 동의할 수 없다. 뛰어난 소설 작품을 생산하지 못하는 것은 영상 탓이 아니다. 대중적인 오락 소설을 인정하지 않으면서 지극히 예술적인 문학작품이 대중까지 사로잡아야 한다고 생각하는 그 오만에서 문학의 위기는 발생한다. 그것은 소수의 파시스트적 전체주의적 계몽주의의 사고인 것이다.
> 현금의 문학은 삶의 구체와 멀어져 있을 뿐만 아니라 분명 주변으로 밀려났음에도 불구하고 여전히 중심에 대한 열망으로 가득 차 있다. 문화산업화의 이데올로기를 답습하는 일들이 바로

1 김용희, 「문학이라는 이상한 제도」, 『국제어문학회』 2004년 봄, 67-75쪽.

이러한 중심에 대한 열망과 다르지 않다. 자본주의가 극심화되기 전에만 해도 문학은 주류에서 있었고 시대정신의 선봉이었다. 그러나 상황은 역전되었다.[2]

그녀는 대중과의 소통을 우선으로 생각하며 다양한 시도를 한다. 이 시도는 문학을 통해 현대성, 일상성, 여성, 육체, 성, 자본과 문명, 대중과 영상에 대한 연구를 통해 나타난다.[3] 그리고 이러한 문제 틀 안에서 문학이 대중과 소통할 수 있는 통로를 발견하게 된다. 그것은 완성된 형태가 아니라 언제든지 변화할 수 있는 세계를 보여주는 글쓰기를 통해서이다. 환상적인 세계, 꿈의 세계, 유혹에 빠지게 만드는 바로 '환(幻)'의 글쓰기로 말이다. 환은 글을 씀이 완성의 자리가 아님을 알게 만들고 글쓰기란 결코 완성할 수 없음을 알게 한다. 김용희는 환의 글쓰기를 시(詩), 대중문화, 여성의 문제를 통해 보여주고 있다.

그녀는 환(幻)의 글쓰기를 통해 문학의 권위를 포기하고 문학이야말로 변화 다양한 것이라고 한다. 그것이 비록 권위

---

2 김용희, 「저기 저 붉은 동백은 피고」, 『천국에 가다』, 하늘연못, 1999, 27-28쪽.

3 김용희, 「문학이라는 이상한 제도」, 위의 책, 67쪽.

적인 척하는 문학에 대한 환멸에서 나타났다고 해도 말이다. 문학의 환멸에서 나타난 환의 글쓰기는 기존의 글쓰기와는 다른 모습을 보인다. 글 전체에 일관성도 없으며 논리도 없다. 또한 명료하지 않기 때문에 문학이 아니라고 주장할 수도 있다. 하지만 김용희의 논리 안에서 환의 글쓰기가 문학이 될 수 있을까, 없을까는 부차적인 문제일 뿐이다. 그것은 독자들에게 읽혀지고 있기 때문이다. 독자들이 유혹당했기 때문이다.

김용희는 보이지 않는 어떤 것, 현실계에서 불가능한 것에 대한 극단적 추구라고 할 수 있는 그 극한의 정점에 환의 세계가 있다고 본다. 아니, 환의 글쓰기가 존재한다고 한다. 환의 글쓰기는 시, 사랑, 아나키즘, 흡혈귀 등의 모습에서 찾을 수 있으며 이러한 방법은 꿈 · 환각(환상) · 망상을 전제로 하고 있다. 환의 글쓰기를 자주 보여주고 있는 시인으로는 김혜순, 남진우, 함성호, 배용제, 유하 등이 있으며 소설가로는 오정희, 최윤, 김영하가 있다. 물론 문학뿐만 아니라 대중문화와 여성의 이미지에서도 환은 발견된다. 그녀는 이러한 환의 작품들을 통해 주류문학에 대항(저항)할 수 있다고 믿는다. 그리고 환의 글쓰기, 환이 드러나는 문화 이미지를 통해 없는 것을 있게 하려는 시도, 볼 수 없는 것을 가시화하려는 시도, 상상과 현실 사이의 모순적 만남을 이루어내려는 시도 등을 보여준다. 그것이 시도되는 바로 그 순간, '어떤 환상적인 것'을 소진시켜버리고 현실의 세계와 만날 수 있게 된다는 것이 그녀의 주장이다.

> 환은 꿈이기에 분명하게 드러남에도 불구하고 꿈은 자신을 설명하지 않기 때문에 결코 명료하지 않다. 꿈의 이미지로 제시되는 것들은 '사물의 이성적 객관적 견해'와 모순되어야만 하는 설명 불가능의 운명을 지닌다. 환의 작품들을 다시 언어화하려는 나의 작업은 절반의 실패일 수밖에 없고 그 절반의 실패를 통해서만이 사실 환은 드러날 수 있다는 것이 숙명이라는 사실이다. 환을 설명하려 하면 할수록 환은 자꾸 빗나가게 되고 만다. 하여 내가 보여주는 것은 환이 가로질러 놓은 흔적들이다. 이것이 내 글의 핵심이 된다.[4]

'환'은 현실·이성과 모순되는 것으로 상상 속에서만 존재하는 것이다. 즉 꿈속에만 존재하는 말해질 수 없는 것이다. 그렇다고 환을 부정할 수는 없다. 환은 실재하고 있는 내가 꾸는 꿈이기 때문이다. 그것이 이루어지든 이루어지지 않든 상관없다. 꿈은 항상 왜곡되거나 변형되기 마련인, 단지 꿈일 뿐이기 때문이다. 여기서 글쓰기란 근본적으로 불가

---

4 김용희, 「저기 저 붉은 동백은 피고」, 위의 책, 11쪽.

능한 것이라는 마르그리트 뒤라스의 말을 생각해본다면 문학이 주는 세계야말로 환과 동일한 것이다. 불가능한 시도를 보여주는 문학 속에서 독자는 꿈을 꾼다. 그것은 완성되기 어려운 불가능한 꿈이다. 환이다. 허구이다. 허구임을 알고 있음에도 독자는 문학을 통해서 상상한다. 불가능의 상황들을. 다시 말해 우리는 환의 글쓰기에서 '불가능한 시도'[5]들이 가능할 수 있다고 믿는다. 앞서 말했듯이 이 불가능한 환이 가능하지 않아도 좋다. 독자는 충분히 환의 세계를 즐기고 있기 때문이다.

2. 시(詩)/사랑(愛)/환(幻)

김용희는 환의 세계에 가까이 갈 수 있는 영역이 시(詩)라고 주장한다. 그녀가 생각하는 시는 사회적 공리계의 견고한 코드를 해체하고 분열시킬 수 있는 혁명적 힘[6]을 가진 것으로 이룰 수 없는 무언가를 욕망하게 만드는 신비로운 것이다. 물론 이들 시는 꿈 · 환각 · 망상 등의 유약한 모습으로 나타난다

5 김용희, 「시/꿈/환」, 위의 책, 57-58쪽을 참조해서 정리함.

6 김용희, 「저기 저 붉은 동백은 피고」, 위의 책, 36쪽.

고 해도 상관없다. 시는 혁명적 발화의 가능성을 안고 있기 때문이다. 그렇기에 그녀는 비주류 장르인 시를 통해 자신의 목소리를 높이며 시와 시 평론의 중요성을 놓치지 않는다.

시(인)는 현실과 환상의 영역을 접목한다. 우리는 시를 통해 꿈을 꿀 수 있으며 꿈에서 깨어나도 현실 속에서 그 꿈을 상상할 수 있다. 하지만 달콤한 꿈꾸기는 늘 실패로 귀결됨으로써 시의 영역은 환이 된다.[7] 다시 말해 끊임없이 실패할 수밖에 없는 환의 시는 불가능한 시도를 보여주는 것이다. 그러므로 시는 시인의 시 쓰기는 완성되지 못한 채 고통스럽게 자기를 찾아가는 과정에 속한다. 즉 시는 쓰려 하면 할수록, 읽으려 하면 할수록 자신을 찾아가는, 혹은 자아의 분열을 확인하는 작업이 된다. 이 자기분열을 통해 시인과 독자는 자신을 들여다본다. 진정한 모습을 확인한다는 것은 나 혹은 또 다른 타자와의 충돌을 의미한다. 이 충돌을 통해 시인과 독자는 꿈을 꾼다. 항상 '미끄러질' 수밖에 없는 꿈을 꾼다. 그 꿈을 확인하는 자리인 시는 완성된 형태가 아니라 완성되어가는 과정 속에 있게 된다. 비본질적인 영역에 속하게 된다. 환이다. 혁명이다.

시가 쓰여지는 과정이야말로 허구와 현실이 끊임없이 서

---

7 권계영, 「천국은 없지만 천국에 가다」, 『한국여성문학회』, 2002, 406쪽.

로 유입되고 포개어지는 것으로 독자의 욕망과 동일한 것이다. 독자가 보고자 하는 세계인 환을 시 속에서 보여주는 것이다.[8] 하지만 독자가 욕망하는 세계는 시 속에서 현현될 수 없다. 시는 쓰이지만 '쓰여질 수 없'기 때문이다. 시인들은 "시 같은 것"을 쓰고 있지만 "잠이 와 죽"(「四 · 一九」, 김수영)을 것 같은 몽롱함으로 인해 현실을 볼 수가 없기 때문에 현실을 말하는 것에 늘 실패하고 만다. 시인들은 '시(글자)'에 자신의 온 순정을 다 바치지만(「글자 밖에서」, 이선영) '시'는 시인들의 순정을 절대로 알아주지 않는다. 시는 잡으려고 하면 할수록 매번 저만치 달아나버리는 환이기 때문이다. 독자(시인)는 시를, 시가 그리는 세상을 만날 수 있다고 믿지만 그 세상을 만날 수 없기 때문에 매번 절망하고 고통스러워한다. 마치 욕망하지만 다다를 수 없는 환의 세계와 같이 말이다.

시는, 시 쓰기는 온전한 정신이 아니라 몽롱한 정신에서 혹은 꿈속에서 만날 수 있다. 그리고 우리는 꿈에서 깨어났을 때 그 시를 만날 수 없다는 절망감을 확인한다. 시인은 절

8 장정일의 「길안에서 택시잡기」는 독자의 해석을 통해서 그 의미를 완성할 수 있다. '길안'이라는 구체적 현실에서 출발한 시는 시를 계속 쓰겠다는 의지의 표현, 시인의 세계로 넘어가는 환상의 영역을 통해서 독자의 독서는 완성될 수 있게 된다. 김용희, 「시/꿈/환」, 위의 책, 40-49쪽을 참조해 정리함.

망 속에서만 시를 쓸 수 있게 되고 그 절망 속에서 쓸 수 없는 시를 부여잡은 채 고뇌한다. 시인은 고뇌하지만 시(쓰기)를 포기할 수 없다. 시는 매번 내가 꾸고 싶은 꿈을 보여주고 있기 때문이다. 그것이 불가능한 영역일지라도. 비록 고통받을지라도 그 꿈을 꿀(확인할) 수 있다면 시인은 시를 쓸 것이다. 독자는 시를 읽을 것이다. 항상.

김용희식이라면 포기할 수 없는, 잡을 수 없는 시와 '사랑(愛)'은 동일한 영역이다. 시와 사랑은 실체가 없다. 우리는 시의 환상을, 사랑의 환각을 그토록 욕망하고, 붙잡으려 한다. 사랑하려고 든다. 사랑의 실체를 모르고 사랑을, 사랑하는 행위를 욕망하는 것이다. 즉 우리가 듣고 싶어 하는 '사랑해요'가 실재할 수 없는 것처럼, 시인이 쓰려고 하는 모든 시 또한 세상에 없는 내용이다. 확인이 불가능한 실체 없는 것이다. 욕망하지만 붙잡을 수 없는 것이다. 그것에는 다만 (시 쓰기, 사랑하는) 행위만 남을 뿐이다. 과정만 아프게 그릴 수 있는 법이다. 그리하여 많고 많은 '시'와 '사랑'이야말로 언제나 결핍의 상태일 수밖에 없고 부재의 상황에 놓일 수밖에 없다.

우리는 허구와 현실 사이에서 살고 있다. 실은 현실이 아니라 허구의 세상에서 살고 싶은지도 모른다. 단 한순간이라도 말이다. 환의 세계에 살고 싶은 욕망 때문에 우리는 책을 읽거나 영화를 본다. 보기와 읽기에 매료당할 수밖에 없게 된다. 김용희는 이 대중의 욕망을 통해 '환의 글쓰기'를 양식화했다. 황지우의 말대로 '말할 수 없음으로 그 양식을 파괴하고 파괴를 양식화한다'는 논리는 바로 환의 글쓰기가 생겨난 이유기도 하다. 즉 환의 글쓰기는 말할 수 없기 때문에 만들어진 것으로 이는 견고한 양식(거대담론)을 파괴하고 생겨난 문학의 한 양식이다.

우리는 늘 깨고 싶지 않은 환(幻) 속, 허구의 세상에서 살고 싶어 한다. 환이 보여주는 신비함 속에서 말이다. 이때 환의 세계에 다가갈 수 있는 '시'와 '사랑'이야말로 이루어지지 않기 때문에 더 욕망하는 것일지도 모른다. 언제나 이루어질 수 없는 것은 더 가지고 싶기 때문이다.

3. 대중문화 속 '환'

김용희는 '환'의 세계를 대중[9]문화의 이미지들을 통해서 만

9 김용희는 대중성이라는 말이 부정적 함의를 지니고 있음을 인정한다. 하지만 우리의 잠재의식 속에 대중성이란 말이 오랫동안 내장되어 있었고 1990년대 이후 거대이념이 붕괴되면서 한국은 대중문화의 시대를 만끽하게 되었기 때문에 '대중(성)'을 간과할 수 없다고 한다. 대중성이 통속과 상업성을 전제하고 있다면 이것은 다음의 문제로 삼고 일

날 수 있다고 본다. 뿐만 아니라 환의 세계를 보여주는 대중문화야말로 문학의 위기를 극복[10]할 수 있다고 생각한다. 먼저 그녀는 문학이 보여주는 삶은 구체적 일상과 멀어져 있을 뿐만 아니라 주변으로 밀려나 있음에도 불구하고 여전히 중심에 대한 열망으로 가득 차 있다고 판단한다. 그로 인해 더 이상 문학이 주류가 아님을 인정해야 한다고 하면서 '인디의 길, 언더의 길, 비주류의 길'[11]에 주목한다. 그것이 바로 대중과 소통할 수 있는 길이라고 믿는다. 하지만 그녀가 문학의 위기를 인정하고 문화를 받아들이자고 해서 문학을 부정한다는 뜻은 아니다. 그녀는 대중문화를 통해서 현대문학의 가

단 대중문화를 미학적 · 실천적 방식으로 분석하는 것이 더욱 중요하다는 것이 그의 생각이다. 김용희, 『우리시대 대중문화』, 생각의나무, 2005, 5-7쪽 참조해 정리함.

10 김용희는 "친정을 욕하는 것 같아 불편하지만, 시인, 작가, 편집자의 나르시시즘이나 만족시키는 주문형 평론과 주례사 비평이 횡행하는 평단 풍토에 회의를 느낀다"고 조심스럽게 밝혔다. 이는 그녀가 왜 문화평론가, 소설가가 되어야만 했는가를 보여주는 대목이기도 하다. 최재봉, 「'70년대 소녀시대' 딸도 재밌대요」, 《한겨레》, 2009. 2. 13.

11 '인디의 자세'란 바로 그의 평론과 관련된다. 김용희가 주로 분석하는 내용은 대중문화, 시(詩), 여성과 관련한 것으로 이러한 내용은 문단에서 주류가 아니라 주변적인 내용에 속하기 때문이다. 여기서 '시' 평론의 경우는 예외로 보이지만 그녀가 분석하는 시는 문단에서 주목하는 시가 아니기 때문에 비주류 평론이라는 그의 주장이 옳을 듯싶다.

능성을 발견하고자 하기 때문이다.

> 인문학의 위기라고 말하고 경영과 인문학의 접맥을 통해 창의력을 찾겠다고 한다. 진정한 인문학의 양성은 우리 내면의 삶과 세계에 대한 순수한 열정과 애정에서 시작한다. 책을 읽고 사유하고 내면을 들여다볼 때 문화의 진면목이 보인다. 콘텐츠가 보이고 창의력이 살아날 수 있다. 산업적 가치에 기준한 인문학이 아니라 인문학 정신에 기반을 둔 문화가 콘텐츠의 창의성과 고유성을 가져온다. 문화콘텐츠 강국이기 이전에 한국인은 문화국민이어야 한다. 나는 그렇게 생각한다.[12]

인용문에서 보듯 김용희는 문학의 양성을 위해 좀 더 나은 대중문화를 만들어야 한다고 밝힌다. 문학의 발전을 통해 문화 콘텐츠의 창의력도 살아날 수 있다고 믿기 때문이다. 그래서 그녀는 문학의 위기 극복을 위해 문화를 연구한다. 그런데 문학의 위기 극복을 위해 문화를 연구하자는 그녀의 논리에서는 쉽게 영상 이미지를 찾을 수 있다. 이미지는 글로 읽는 것보다 훨씬 더 자극적으로 다가온다. 또 이미지를 통해서 드러난 '환'은 인간을 꿈(상상, 환상, 망각)속으로 빠져들

---

12 김용희, 「뉴욕 뒤흔든 '몽고점'의 열정」, 《동아일보》, 2009. 11. 26.

게 한다. 영화를 예로 들면 영화를 관람하는 관객은 영화 속 이미지와 자신을 동일시한다. 이미지에 현혹된 것이다. 김용희는 "실제보다 허구가 더 힘이 세고 현실의 사물보다 이미지를 통해 보이는 것이 더 오래 살아남는다는 사실"을 알고 있는 것이다. 이제 책 읽기 방식이 대중에게 매혹적이지 않게 되었고 이미지가 대중과 소통하는 데 손쉬운 도구가 되었음을 알 수 있다. 영상 이미지를 통해 대중의 욕망을 끌어낼 수 있게 된 것이다. 문학에 기반을 둔 문화 콘텐츠가 창의성을 만들 수 있다는 그녀의 논리는 무너지는 듯 보인다.

이러한 점은 그녀가 주목한 영화 분석을 통해 잘 드러난다. 영화는 "현실 너머 환각의 극점에 닿고자 하는 이야기"를 담고 있는 환의 영역이며 우리가 꿈꾸고 상상하는 모든 것을 표현할 수 있는 매체다. 또 영화가 보여주는 세계는 현실 문제를 푸는 정치적 함의를 담고 있다. 우리는 환각 없이 이 끔찍한 세상을 견딜 수 없다. 그녀의 주장대로 권태와 공허를 극복하기 위해 영화를 보는 것이다. 즉 영화는 우리 삶의 양상들을 보여주고 새로운 문화를 창조하고 '해석 · 변형'해내는 삶의 또 하나의 확장된 텍스트이다. 그로 인해 영화 이미지와 스토리(이야기)가 보여주는 환에 주목하게 되었다.

영화가 현실과 문화를 반영하며 현실 속에서 상호작용하는 유기체로서 인식되는 것은 그만큼 영화가 현실 속에서 하나의 힘으로 '확장된 텍스트'임을 보여준다. 의도하든 의도하지 않든 우리는 영화 속에서 현대 문화를 읽고 우리 자신을 독해할 수 있다.[13]

영화가 보여주는 세계는 가짜 현실이다. 하지만 영화가 끝나기 직전까지 대중은 가짜 현실이 진짜인 것처럼 느끼며 영화에 몰입(당)한다. 영화가 보여주는 삶 속에는 자신을 발견(독해)할 수 있는 삶과 인생이 담겨 있다. 그로 인해 영화는 하나의 현실만을 보여주는 것이 아니라 수천 개의 거울로 만들어진 것처럼 관객의 눈을 뗄 수 없게 만든다. 즉 한 개의 거울로 단 하나의 현실을 비추는 미메시스의 거울이 아니라 서로가 서로를 재반사하여 수천 개의 세계를 보여준다는 뜻이다.

영화는 진상(眞想)과 가상(假想) 사이, 그 틈의 경계를 맴돌며 관객의 정서적 매혹과 이탈을 조정한다. 환상은 현실의 부산물

13 김용희,「저기 저 붉은 동백은 피고」, 위의 책, 12-13쪽.

이 아니다. 환상과 현실은 서로의 세계를 생성시키고 있다.[14]

대중문화인 영화는 환상을 보여준다. 환상을 보여주기에 그것을 진실의 삶이라고 믿는 이는 없다. 하지만 우리는 이 가짜 환상으로 인해 삭막하지 않다. 그래서 김용희는 영화가 보여주는 환상의 세계야말로 현실과 관계가 있다고 주장한다. 하지만 영화에서 비쳐지는 현실이 희망적이지 않고 인간 본능 그대로 그려지는 경우도 많아 비판받기도 한다. 이에 대해 김용희도 영화가 보여주는 삶이 안이한 태도를 보였다는 것을 인정하면서 이 태도는 대중들이 현 체제의 문제에 대해 저항할 수 없기 때문에 나타난 현상이라고 본다. 즉 대중들은 일상생활에서 어떤 저항(대항)도 할 수 없기 때문에 안이한 세계에 영합했다는 뜻이다. 물론 이는 현재의 영화를 보는 방식과 거리가 있음을 밝혀둔다.

이렇듯 그녀는 대중문화 속에서 나타난 환의 이미지를 고민한다. 그것은 비단 영화뿐만 아니라 '대중가요', '대학문화', '낙서', '성 담론' 등에서도 찾을 수 있다. 이는 그녀의 분석이 이론을 통한 것이 아니라 자신의 삶, 일상사를 통해 나타남을 알려준다. 자신의 체험을 바탕으로 한 문화 분석에서

---

14 김용희, 『천 개의 거울』, 생각의나무, 2003, 130쪽.

야말로 '문학의 정신'에 기반을 둔 문화가 창출될 수 있다고 생각하기 때문이다. 이는 김용희의 문학정신이 돋보이는 지점이기도 하다.

김용희는 『기호는 힘이 세다』(1999)를 통해 대중문화 연구가 문학의 미래임을 처음 말했다. 그녀는 책머리에서 대중문화라는 화두를 더 이상 논외로 둘 수 없음을 자각하며 대중이 역사상에 새로운 문화적 주체로 등장하였고 그로 인해 기존의 문화적 의미가 새롭게 바뀌어야 함을 환기시키며 대중문화의 중요성을 주장한다.

> 문화상품의 생산자, 생산과정, 수용자 모두가 의미 형성을 위해 하나의 자장 속에 들어 있는 이때 문화야말로 강력한 의미를 형성할 수 있고 또한 미완의 것이라고 할 수 있다.
> 이제 문화는 단순한 재미의 안줏감이 아니다. 대중문화의 영역에서 논쟁과 진지함이 가능하다는 것, 그리하여 문화의 영역이 지배 이데올로기와 비지배 이데올로기가 맞서는 헤게모니 쟁탈의 싸움터가 되었다는 것이다. 그런 점에서 대중은 생산된 문화텍스트를 나름대로 선택, 해독, 변형할 수 있는 창조성을 가질 수 있다.[15]

15 김용희, 『기호는 힘이 세다』, 청동거울, 1999, 5-6쪽.

1990년대 이후 현대 소비자들은 자신을 타인과 구별 짓는 표식으로서 문화를 향유하기 시작했다. 이는 대중들이 대중문화를 소비하게 되었음을 의미한다. 문화는 대중과 소통가능한 통로가 된 것이다. 이때 김용희는 대중문화라는 이름을 걸고 '자신의 체험'을 바탕에 둔 문화를 연구한다. 그녀가 생각하는 문화란 모든 사람들은 같은 생각을 한다는 획일주의적 문화결정론이나 가시적인 체계 · 토대의 반영에 지나지 않는다는 극단적 유물론의 입장을 벗어나지 않고는 '삶(문화)'을 읽어낼 수 없다는 생각에서 비롯된다. 그리고 이것이 창조적이며 실천적인 장을 모색하는 자리가 되기를 바란다.

김용희는 그 후 『우리시대 대중문화』(2005)를 통해 다시 한 번 문화연구서를 내놓는다. 그녀는 이 평론집을 통해 문화의 균열 그리고 문화의 미래를 보고자 한다. 분석의 틀로는 '텔레비전', '사이버 게시판', '광고 이미지' 등 실생활에서 쉽게 볼 수 있는 대중문화의 현상들을 비판적으로 성찰하고 있다. 그런데 동일한 두 평론서에서 차이점을 발견할 수 있다. 그녀는 『기호는 힘이 세다』에서 자신의 경험을 중시한 대중문화를 분석했는데 이는 지식인층을 겨냥한 문화연구라고 할 수 있다. 90년대라는 시대를 관통해야 읽어낼 수 있는 문화, 대학문화, 대학교 내부의 화장실 낙서 등은 재미를 넘어서 대중과 소통하기 어려운 진지함(혹은 저항의 지점)을 엿볼 수 있기 때문이다.

『우리시대 대중문화』의 경우 폭넓은 층을 겨냥한 문화연구서라 할 수 있다. 이 평론집은 1990년대 후반부터 시작해 현재까지도 인기를 끌고 있는 텔레비전 프로그램 · 광고 · 이미지 등에서 현실의 의미를 분석한다. 이때 『기호는 힘이 세다』와 다른 지점은 바로 독자(관객, 시청자)의 문제이다. 처음 그녀가 독자들의 실천적인 문제(행동)를 고려하며 문화를 분석했다면 이제는 텔레비전을 시청하는 일반 시청자들이 자신이 살고 있는 우리 시대를 바르게 읽(알)기를 욕망하며 대중문화를 연구한다. 문화는 더 이상 생산과 소비로서만 이야기할 수 있는 단계에 있지 않으며 미학적 의미와 실천적인 개입을 통해 새롭게 만들어지고 있음을 직시한 것이다. 그를 통해 그녀는 대중이 쉽게 볼 수 있는 텔레비전 프로그램, 영화, 신문의 헤드라인에서 볼 수 있는 사회적 이슈를 비평의 대상으로 삼게 된다.

4. 여성이라는 환

김용희가 문화연구를 하면서 계속적으로 주목한 것은 '여성'에 대한 문제이다. 그녀는 여성의 언어, 여성의 몸, 여성 시를 분석하면서 여성들이 자신의 욕망에 대해 정확하게 말하기(표현)를 바란다. 이는 남성과 여성이 다름을 지적하는 것이 아니다. 여성 자신이 무엇을 욕망하는지에 대해서 알리고자 한다. 여성은 정의 내릴 수 없는 존재, 이름 불릴 수 없는 존재, 있지만 없는 존재, 환(幻)과 같은 허깨비의 존재이다. 허깨비 같은, 속을 알 수 없는 여성에 대해 말하는 것은 그녀가 페미니스트이기 때문이 아니다. 남성/여성이라는 이분법이 의미 없는 것임을 김용희는 알고 있다. 단지 그녀는 환의 세계에서 여성이 깨어나기를 바란다. 속을 알 수 없는 여성이 속을 드러내기를 바란다. 그래서 그녀는 젠더와 에로스 문제 등 여성적 글쓰기에 천착해온 문학평론가라고 불리고 있다.

물론 여성에 대한 분석은 이제까지 수없이 이루어져왔다. 하지만 김용희는 오랫동안 남성의 시각에 의해 여성이 재현되어왔기 때문에 여성의 문제는 충분히 재현된 적 없는, 부재하는 것이라고 주장한다. 그래서 여성은 자신의 소망을 발화할 수 없는, 말할 수 없는 존재이다. 말할 수 없는 여성의 글쓰기는 완결될 수 없는 법이기도 하다. 그리하여 여성적 글쓰기는 연구하기가 어려웠고 지금까지 이 문제를 충분히 분석할 수 없었다는 것이다. 그래서 김용희는 완결될 수도 말할 수도 없는 여성의 문제에 대해 여성이 한 번도 갖지 못했던 언어(말)를 찾기 위해 헤맨다. 이름을 가질 수 없었던 여성들을 호명하고 싶어 한다. 이에 대한 해답을 찾기는 어렵겠지만 그녀는 여성시인의 시(詩)를 통해 '여성의 글쓰기'를 찾고자 한다. 환을 통해 말이다.

여성적 글쓰기는 남성이라는 이름으로 인해 혼돈을 겪어왔기에 끝없이 붕괴하면서 언어가 형성되기 시작했다. 혼돈을 겪은 여성의 언어는 '몸'으로 드러난다. 다르게 말하면 여성은 자신의 말을 할 수 없기에 몸으로 말한다. 이는 문법체계를 지닌 언어를 통해서가 아니라 대화체(독백체)나 구어체 등으로 말(시로 나타나는 것)하는 것이다. 그리하여 여성적 글쓰기는 의사소통이 불가능하며 개연성이 부족해 보인다. 이를 김용희는 시인 진수미의 시를 서두로 설명하고 김혜순의 시를 통해 보여주고 있다. 그녀가 보여주는 여성시는 여성이 자신의 목소리를 낼 수 없어 '왜곡되고 비틀려' 있다고 하며 그것을 극복하기 위해서 도발적이고 전복적인 여성의 상상력이 필요하다고 한다.[16]

김혜순의 시를 살펴보면 환상을 보여주나 그 환상은 말랑말랑하지 않다. 말랑말랑한 세상에 대해 말하는 듯하나 언제 끝날지 모르는 말랑말랑함이다. 시 「벼랑에서」를 보면 시인은 "사랑한다? 사랑하지 않는다?"에 대해 고민한다. 이때

16 권계영, 앞의 글, 409쪽.

사랑이라는 이 달콤한 고민은 "벼랑 끝"에서 이루어진다. 사랑이 이루어지지 않는다면 벼랑으로 떨어질지도 모른다. 벼랑을 앞에 두고 여자는 있는지도 없는지도 모를 환상 같은 사랑에 대해 고민하는 것이다. 김혜순이 말하는 사랑은 말랑말랑하지 않다. 사랑의 감정은 한 순간일 뿐이며 그것은 곧 인생을 결정하는 것과 같다. 여자는 알고 있다. 환 속에 살고 싶지만 환의 세계가 영원하지 않다는 것을. 낭떠러지가 기다리고 있음을 말이다.

이렇듯 김용희는 분열하고 좌절하는 모성애 가득한 여성들의 시에 주목한다. 이수명, 김정란, 문정희, 김승희, 이향지, 이사라, 최정례, 조말선, 김선우, 천양희, 김명리, 나희덕, 이진명, 강신애, 이경림, 최승자, 박서원 등의 여성시인을 통해 남성/여성이라는 이분법 속에 갇혀 있는 여성들의 모습을, 남성 중심의 상상력을 해체하고 싶어 하는 것이다. 이것은 여성의 글쓰기 전통을 공유하면서 여성 계보학의 유형을 새롭게 세워나가는 작업인 동시에 여성시의 파편을 찾는 작업이다. 하지만 그녀가 보여주고 있는 (90년대에 쓰여진) 여성시에는 저항하지 않는다는 문제가 엿보인다. 세계 속에서 의미화되지 못하고 침묵하거나 독백만을 반복하기 때문이다. 자신의 고통을 보여주거나 분노할 뿐이다. 그렇기에 김용희가 논하는 여성시 자체가 여성의 목소리가 부재함을 알리는 모순처럼 보인다.

김용희는 이제까지 '허깨비' 같은 여성에 대해 분석해왔다. 그녀는 알고 있다. 그것에 대한 독법과 방법적 고민이 필요하다는 것을, 이 문제에 대해 치열하게 고민해야 한다는 것을.[17] 하지만 시라는 것 자체가 환이며, 환과 같은 허깨비인 여성을 말하는 것은 난해한 일이다. 그렇기에 그녀는 소설가가 되어 '여성'에 대해 말한다. 마치 평론이란 2차적 텍스트일수밖에 없다는 것에 한계를 느낀 듯 그녀는 2009년 소설 『란제리 소녀시대』를 발표한다. 이 소설에서는 그녀가 기존에 분석해왔던 여성의 모습과 다른 여성이 나타난다. 그들은 중얼거리지도 침묵하지도 않는다. 소설 속 여성들은 '환'의 세계에 살지 않는다. 환상도 허깨비도 없다. 여기서 그녀는 여성이 되기 전의 '소녀들'을 통해서 이야기를 시작한다.

이 소설은 1970년대 후반의 대구를 배경으로 소녀들의 성장통과 사랑을 그리고 있다. 소설의 주인공은 완구공장을 하는 집안의 둘째딸 정희와 그 친구들이다. 이 소녀들을 통해 1970년 후반기를 살았던 소녀들의 감성과 의식 그리고 그것

---

17 김용희, 「한국에서 여성/시인으로 살아간다는 것」, 『순결과 숨결』, 문학동네, 2006, 40-41쪽.

을 억압한 시대(사회)적 분위기를 생생하게 복원하고 있다. 여기서 중요한 것은 김용희라는 평론가가 소설을 썼다는 사실이 아니라 그녀가 주목하고 있는 '여성'의 문제에 근원적으로 다가갔다는 점이다.

> 소녀에게 어른이 된다는 것과 여자가 된다는 것은 다르다. 70~80년대 군사독재 시대를 통과하면서 학교에서는 훈육과 체벌이 자행됐습니다. 동시에 소녀들은 학교를 나와 집으로 가는 길에 또 하나의 신체적 폭력과 공포에 시달렸죠. 또 그 시절 소녀들은 남자에 대한 호기심이 왕성한데, 남자를 만나고 싶어 하면서도 동시에 공포감을 갖게 됩니다. 여자가 되는 소녀들에게 이 세상이 얼마나 호락호락하지 않은 것인가를 다방면으로 살피고 싶었습니다.[18]

김용희의 주장대로 소녀에서 어른이 된다는 것과 소녀에서 여자가 된다는 것은 엄연히 다른 일이다. 소녀는 훈육과 통제 안에서 여자가 된다. 훈육과 통제에서 벗어나려면 사회가 원하는 여자가 될 수 없다. 자신이 살고 있는 삶이 부당하

---

18 이영경, 「소설 '란제리 소녀시대' 펴낸 문학평론가 김용희」, 《경향신문》, 2009. 2. 16.

다고 느끼지만 그 폭력이 부당하다고 소리쳐 말할 수 없다. 폭력은 또 다른 2차 폭력을 가져올 뿐[19]임을 알고 있기 때문이다. 소녀들은 세상이 자신들의 욕망에 순순히 응해주지 않는다는 사실을 확인하는 순간부터 공포를 알고 있는 '여자'로서 자란다.

『란제리 소녀시대』는 여자가 되어가는 소녀들의 이야기를 시대의 폭력을 통해 그려내고 있다. 물론 소설에서는 1979년의 10 · 26, 12 · 12 사태, 1980년 5 · 18 광주민주화운동 등의 시대를 직접적으로 언급하지는 않지만 그와 무관할 수 없는 현실의 폭력들을 보여준다. 학교의 교련 수업, 소녀들의 속옷 끈을 잡아당기는 체벌, 생리 중인 여학생에게 가해지는 몽둥이 찜질 등은 사춘기 소녀들의 몸과 마음에 가해지는 폭력들로 당시의 시대와 맞물려서 읽을 수 있다. 즉 『란제리 소녀시대』가 뜻하는 바도 결국 이와 상통하는 것이다. 속옷 '란제리'는 여성들의 몸을 보호해주는 동시에 몸을 옥죄는 것이다. 다르게 말해 보호하고 옥죄는 란제리는 여성들의 삶을 의미하는 것으로 이데올로기를 뜻한다.

다시 소설로 돌아오면 정희의 친구 혜주는 성폭력을 당하고 마을에서 사라진다. 폭력을 당하고 사라진 혜주로 인해

---

19 김용희, 『란제리 소녀시대』, 생각의나무, 2009, 312쪽.

소녀들의 성장은 좌절되는 것처럼 보인다. 그러나 실제로는 그렇지 않다. 많은 사건을 겪은 뒤에서야 정희는 '아름답고 선한 것은 모욕당하기 쉬운 것'임을, 세상이 소녀들의 갈망에 순순히 응해주지 않는다는 사실을, 자신이 꽃과 같은 약한 여성임을 자각하기 때문이다. 그럼에도 정희는 마지막 열기를 뿜어 올리는 제비꽃을 보며 생각한다. "왠지, 살아야겠다는 생각이 들었다"라고. 소녀들은 이유도 모르는 공포와 폭력 속에서 좌절감을 느끼지만 삶을 살아야겠다고 생각한다. 그렇게 소녀들은 어른이 되어간다.

김용희는 여성의 존재를 '환'처럼 잡을 수 없다고 말해왔다. 하지만 소설 속 소녀들은 꿈속에 살지 않았고 침묵하지 않았고 중얼거리지도 않았다. 세상과 불화를 겪으며 세상이 주는 공포와 좌절을 온몸으로 겪으며 자랐기 때문이다. 그 공포에 대해 말하지 않았다고 해서 저항하지 않은 것은 아니다. 소녀들은 많은 이야기를 가슴속에 묻어둔 모든 것을 알고 있는 존재이기 때문이다. 가슴속에 묻어둔 숨겨진 이야기들은 끝이 아닌, 누군가에게는 공포가 되는 이야기이다. 또 소녀들에게는 살아갈 수 있게 하는 원동력이기도 하다. 김용희는 아마도 그것을 말하고 싶었던 것은 아닐까. 가장 예민한 감수성을 지닌 10대 소녀들의 일상을 통해.

5. 불가능 혹은 가능의 문학

김용희는 문학의 위기를 극복하기 위해 대중과 소통할 수 있는 '환'의 글쓰기를 불러온다. 환은 환상에 불과하지만 김용희는 환을 통해 우리가 꿈꿀 수 있기를 바란다. 하지만 환의 세계에서 영원히 살 수 없음을 자각하게 만든다. 이렇듯 소녀적 감수성과 이성적인 모습을 갖춘 평론가 김용희는 문학을 통해 환상을 보려 하고 문화가 단순한 재미의 안줏감이 아니라고 말한다. 여성들이 자신들의 목소리를 낼 수 있기를 희망한다. 또한 문학이 대중과 소통하기를 바라며 독자들이 책을 읽고 사유할 줄 알아야 문화의 진면목이 보인다고 믿는다. 이는 문화의 진면목을 찾는 것이 아니라 문화 분석 또한 문학을 통해서 가능하다고 믿기 때문이다. 그래서 그녀는 문학의 힘을 믿는 긍정적인 평론가라고 할 수 있다. 하지만 환의 힘에 대한 믿음이 낭만적으로 보인다는 사실 때문에 비판받을 지점도 분명 있다.

이러한 비판은 김용희 자신도 잘 알고 있을 것이다. 그래서 그녀는 분열하고 좌절하는 환 같은 여성(의 시)을 통해 신파와 감상을 거부하다가 거부한 바로 그 자리에서 감상과 신파성을 옹호하는 단계로 나아간다. 김용희는 자신의 체험(삶)을 통해서 쓰여진 글쓰기가 분석적인 것이 아니라 신파 속에 있다고 단언한다. 하지만 그녀의 여성시에 대한 분석을 보면 신파에 대해 냉소와 옹호[20]가 교차로 나타난다. 우리는 그 안에서 여성으로서 또 평론가로서의 김용희의 의식을 엿볼 수 있다. 다시 말해 그녀는 자신의 교차하는 글을 통해 저기 환의 세계, 현재의 문학에 대해 말한다.

김용희는 1990년대의 문학에서 문학의 위기를 논쟁하는 것이 더 이상 무의미하다는 것을 밝히며 누구보다 빠르게 문화 분석(환의 글쓰기)을 시작했다. 이는 문학의 논쟁이 불식되어야 한다는 뜻이 아니다. 논쟁이란 생산적인 활동이다. 다만 그것이 문학을 권위(권력)적이고 견고한 틀에 가둘 뿐임을 알고 있다. 그래서 환의 글쓰기를, 여성의 글쓰기를, 대중문화를 인정하지 않고 폄하하는 것은 문학을 위기에 빠뜨린다고 주장한다. 글쓰기를 통해 말이다. 그리하여 김용희는 문학의 다양한 선택과 해석들을 생산할 수 있기를 기대하며 다양한 시도를 펼친다. 설사 자신의 작업이 어떤 것도 얻어내지 못한다고 하더라도 상관없다. 그녀는 문학을 통해서가 아니라 또 다른 어떤 형태로든 말할 수 있음을 알고 있기 때문이다.

김용희의 방식대로라면 문학은 어떤 방식으로든 논의할 수 있는 것이다. 비록 실재가 아니라 환상의 내용이라고 해

---

20 권계영, 앞의 글, 409쪽.

도 말이다. 그것이 독자와 소통한다면 어떤 것이라도 상관없다. 그러므로 그녀가 준비하고 있다는 두 번째 소설 또한 기대된다. 그녀는 이번엔 어떤 이야기로 대중들과 소통하려고 할까.

3

유죄로서의 욕구, 이론과 신념 사이의 비평

— 조정환론

전성욱

1. 상황과 판단

조정환이라는 한 인간의 잠재성은 비평가라는 현실성의 한 단면으로 제한될 수 없다. 조정환은 국문학을 전공한 연구자이자 노동해방문학의 전위에서 활동했던 운동가였으며, 진보적인 사상서를 우리말로 옮기고 책으로 펴냈던 번역가이자 출판인이다. 동시에 그는 문학을 통해 현실변혁의 논리를 모색해온 비평가이자 제국의 적대를 넘어서려 분투하는 정치철학자이기도 하다. 하지만 그 무엇보다 그는 유기체화하는 제국의 논리에 대항하는 '살'로서의 혁명적 '다중(multitude)'이다.

다중으로서의 삶을 자각하기 이전부터 지금에 이르기까지 조정환의 삶-투쟁에 일관하는 것은 자본의 적대와 포섭전략에 대한 저항과 대응이다. 그의 문학론(비평)의 첫 출발은 1987년 6월, 한국의 객관적 정세로부터 비롯되었다.[1] 1987년 한국의 객관적 정세는 조정환으로 하여금 '노동계급 당파성'을 문학의 중심 화두로 삼게 하였는데, 그 논리는 「80년대 문학운동의 새로운 전망-민주주의민족문학론의 제기」(『서강』 제17호, 1987년 6월)라는 평문을 통해 구체적으로 정리되었다. 민족문학론과 노동문학론 양자에 대한 비판적 극복과 함께 노동자 계급의 헤게모니를 통해 정치적 민주주의, 분단된 민족의 통일, 제국주의로부터의 해방을 이끌어내야 한다는 주장을 담았던 이 선언적 논리(민주주의민족문학론)는 이후 진화하는 노동계급의 투쟁 속에서 자기비판을 거쳐 '노동해방문학론'으로 전환된다. 그 전환기의 자기비판을 통해 노동해방문학론의 논리를 제시하고 있는 것이 「민주주의민족문학론에 대한 자기비판과 〈노동해방문학론〉의 제창」(『노동해방문학』 1989년 4월 창간호)이다. 그는 이 글에서 "노동자 계급 당파성을 사상적으로 선취했으면서도 실천에 있어서는 민주주의 민족문학에 머무르는 자기모순"[2]을 드러내고

---

1 1987년을 전후로 해서 지금에 이르는 조정환의 자전적인 문학적 연대기로 「나의 문학의 로두스섬」, 『자율평론』(2006년 10월, 18호)이 있다.

2 조정환, 「민주주의민족문학론에 대한 자기비판과 〈노동해방문학론〉의

말았던 민주주의민족문학론의 한계를 진솔하게 고백했다. 그 한계를 뚫고 나가야 할 문학의 논리로서 제출된 '노동해방문학론'은 『노동해방문학』의 창간과 함께 본격적으로 구체화된다. 이론을 넘어서는 실천적 투쟁, 노동해방을 견인할 사회주의 정당 건설을 이념적 지향으로 삼았던 노동해방문학론은 조정환 문학론의 한 정점을 이룬다.[3] 조정환은 역사적 전환기의 객관적 정황에 적극적으로 조응하였으며, 자신의 문학적 논리를 과감하게 비판하고 극복하면서 새로운 문학의 방향을 모색했다. 이 같은 '철저한 자기비판'은 당면한 현실조건의 한계상황을 돌파하는 조정환 문학론의 핵심적인 추동원리다.

1989년의 독일 통일과 동구권 몰락, 1991년의 소련 붕괴

제창」, 『노동해방문학의 논리』, 노동문학사, 1990, 25-26쪽. 이 글은 『민주주의민족문학론과 자기비판』(연구사, 1989)에 실린 권두논문인 「민주주의 민족문학론에 대한 자기비판」에서 "민족민주전선의 강화와 노동자계급 지도권확보를 노동자계급의 입장에서 통일적으로 파악하지 못했던 것은 필자가 소시민적 절충주의를 확연히 떨쳐버리지 못했던 탓"(13쪽)이라고 한 자기비판의 연장이자 그때의 논의를 심화한 것이다.

3 87년 항쟁에서 시작된 민주주의민족문학론으로부터 노동해방문학론을 거쳐 지금의 삶문학에 이르기까지의 조정환의 문학적 도정에 대한 자기 고백으로는 조정환, 「1987년 이후 문학의 진화와 삶문학으로의 길」, 『실천문학』(2007년 가을)을 참조할 수 있다.

는 진보적인 문학론과 이론진영에 치명적인 충격을 안겨주었다. 역사적 진보에 대한 신념은 사회주의의 몰락이 현실화되면서 쉽게 동요되었다. 많은 지식인들이 역사의 변혁이라는 거대한 이념적 지향으로부터 이탈했고 어떤 이는 저항의 대상공간으로 발 빠르게 귀순함으로써 주류에 편입되었다. 투쟁의 시절은 후일담 문학의 소재로 상품화되었고, 역사나 이념은 편파적인 거대담론이라고 맹렬하게 비판받았다. '역사의 종언'이 선언된 자리에는 파편화된 일상, 니힐리즘의 정서가 자리 잡기 시작했고 포스트모더니즘은 그 모든 급격한 변화들을 정당화했다.

이 대량 전향의 시대에 많은 이들은 자기 진영을 떠나 체제화되었다. 이제 문학은, 그리고 진보적인 변혁운동은 소수화되었다. 어떤 의미에서 이 소수화 과정은 낭만적 역사주의에 함몰되었던 거짓 투쟁들을 걸러내고, 이론적 도식주의로 실천의 복잡한 과정을 단순화했던 지난 시절의 오류를 바로잡는 기회가 되었다. 조정환은 전환기의 위기와 불안이 가져온 위기의 시간을 기회로 역전시켜 삶의 활력을 되살리는 계기로 삼았다. 노동해방문학론이 불가능해진 위기의 상황은 조정환을 새로운 깨달음에 이르게 한다.

얻은 것은 이데올로기였고 잃은 것은 지금시간(Jetzt Zeit)이

었다.[4]

'지금시간'에 대한 자각. 인류의 역사 속에 잠재해 있다가 분출되어 나오는 지금 이 순간의 실재적 시간. 잠재성의 복잡성이 현실성으로 단순화되는 것이 아니라, 그 복잡성이 현실의 어느 순간에 점화되어 영원성을 드러내는 시간. 그것은 바로 카이로스(kairòs)의 시간이다. 잠재성 속에서 유기적인 총체성을 추출하고 그것을 현실의 재현을 통해 드러낼 수 있다고 믿었던 노동해방문학론은 양적으로 공간적으로 측정 가능한 크로노스(chronos)의 시간에 구속되어 있었다. 그러나 조정환이 자각한 '지금시간'으로서의 카이로스는 "시간의 순간, 시간의 도착, 사건 속의 시간을 의미한다. 카이로스는 위기 속에서의 선택과 결정을 함축한다."[5]

크로노스의 시간에서 벗어나 카이로스의 시간으로 진입해 들어가는 것은 초월적인 비약이나 관념적인 해탈이 아니다. 체제권력의 수배와 감시로부터 도주와 탈주를 감행했던 기나긴 투쟁의 시간은 결코 소모적인 도피의 시간이 아니었

4 조정환, 「비장의 무덤 위에 핀 비애와 익살의 시」, 『카이로스의 문학』, 갈무리, 2006, 424쪽.

5 조정환, 「책머리에」, 위의 책, 16쪽.

다. 조정환에게 그것은 공부의 시간이었으며 깨달음의 시간이었고 단련의 시간이었다. 그러나 무엇보다도 그 '시간'은 '네그리'와의 만남을 통해 '지금시간'으로서의 카이로스를 자각한 시간이다. 그는 기꺼이 네그리를 '사숙(私淑)'하고 있노라고 고백한다.[6] 지금 조정환의 비평적 술어와 논리의 많은 부분은 그 사숙의 결과로 단련된 것이다.

조정환이 네그리로부터 얻은 가장 큰 사유의 지점은, 노동이 공장의 울타리를 넘어 삶의 전면으로 확대되는 제국 시대의 삶에 대한 핍진한 성찰이다. 그와 같은 노동의 전면화는 노동에 대한 자본의 포섭이 형식적인 차원에서 실질적인 포섭단계로 심화되는 사정을 반영한다. 형식적 포섭에서 실질적 포섭으로의 전환은 자본의 자기운동의 결과가 아니라 노동거부에 대한 자본의 적극적 대응이다.[7] 그 전환은 생산의

---

6 조정환, 「자유인, '지식인의 죽음' 이후의 지식인」, 위의 책, 528쪽. 조정환이 네그리를 사숙하여 얻은 그간의 공부기록을 담은 것이 『아우또노미아』(갈무리, 2003)이다. 이 책은 네그리 연구서이자 입문서로 손색이 없지만 무엇보다도 네그리에 대한 조정환의 경의와 존경 그리고 어떤 '뜨거움'을 느낄 수 있게 해 주는 저작이다.

7 형식적 포섭에서 실질적 포섭으로의 전환에 대한 조정환의 인식은 『그룬트리세』에 언급된 '가치이론'을 실질적 포섭 국면의 자본주의에 적용한 네그리의 이론에 바탕을 두고 있다. 조정환, 「1990년대 '문화연구' 논쟁과 네그리의 '대중지성'론」, 위의 책, 496-500쪽 참조.

사회화와 과학 · 기술의 혁신을 바탕으로 이루어진다. 조정환은 이와 같은 자본주의적 생산양식의 변화, 즉 자본주의의 재구조화와 이에 따른 노동계급의 새로운 구성을 인식하는 과정에서 카이로스의 시간을 자각하게 된 것이다.

자본의 실질적 포섭단계에서 노동은 기술적 · 과학적으로 전환되고 이는 "질에서 추상적이고 비물질적이며, 양에서는 복잡하고 협력적이고, 형식에서는 지적이고 과학적인"[8] 성격을 띤다. 이 새로운 노동의 주체인 사회적 노동자가 바로 민중이 끝난 시대의 삶을 이끌어갈 '다중'이다. 그리고 이 다중이 펼치는 카이로스의 삶, 그것의 문학적 표현이 카이로스의 문학(삶문학)이다.

민주주의민족문학론에서 노동해방문학론으로, 다시 노동해방문학론에서 카이로스의 문학으로의 전회는 자본주의적 생산양식의 변화에 대한 조정환의 문학적 응전의 과정을 반영한다. 민주주의민족문학론에서 출발한 조정환의 문학적 투쟁은 20여 년의 시간을 지나왔다. 이른바 요동하던 1987년의 노동국면이 민주주의민족문학론과 그것의 비판적 극복인 노동해방문학론을 이끌어낸 것처럼, 1989년의 동구권 몰락과 1991년의 소련붕괴라는 세계정세의 변화는 카이로스의 문학을 탄생시키는 계기가 되었다. 조정환은 현실세계의 변

---

8 위의 글, 500-501쪽.

화에 기민하게 반응하면서 그때마다 새로운 삶-문학의 논리로 대응해왔다. 객관적 정세의 '변화'는 삶-변혁의 주체를 '성찰'로 이끌고 그것이 결국 새로운 삶-문학의 논리를 '모색'하게 한 것이다. 그러므로 조정환의 이론적 전회에서는 무엇보다도, 변화를 성찰하고 그 성찰에서 새로운 논리를 모색하는 '주체'의 역량이 부각된다.

역사적 변화에 대한 인식과 반응은 저마다 다를 수밖에 없는데, 조정환은 우선 자기 논리의 구축에 앞서 '다른' 주체들의 반응들을 주의 깊게 검토한다. 박노해, 박영근, 백무산은 같은 시대를 함께 견뎌왔던 동지이면서, 격변의 시기를 다르게 살아온 단독자들이다. 먼저 「박노해의 방향전환, 극복인가 좌절인가」라는 평문은 제목에서부터 박노해의 변화에 대한 강렬한 문제제기가 드러나 있다. 그의 도발적인 문제제기는 비단 박노해라는 개인의 변화에 한정된 것이 아니다.

> 그의 변화는, 지구상에서 각기 다른 양상과 속도로 진행되어온 것, 즉 사회주의 전략의 좌절과 그것의 신자유주의의 하위파트너 혹은 그 대행자로의 현실 적응 시도의 한국적 양상을 드러내 보여준다.[9]

---

9 앞의 책, 322쪽.

조정환은 한때 노동해방문학론의 열렬한 동지였던 박노해의 변화를 자본의 실질적 포섭에 순순히 투항한 좌절로 판단한다. 이런 준엄한 판단은 박노해만이 아닌 그 모든 박노해들을 바라보는 적대의 시선들, 냉소의 시선들 그리고 긍정의 시선들에 대한 하나의 종합이다. 그러니까 그에게 박노해의 전향은 변절로 이해된다. 조정환은 이 좌절의 풍경에서 눈을 돌려 반대편의 풍경으로 시선을 향한다. 그곳에 박영근과 백무산이 있다.

조정환은 박영근을 '민중이 사라진 시대'에 새로운 주체의 형상을 모색했던 시인으로 기억한다. 하지만 그는 박영근이 "새롭게 전개되는 **혼잡한** 현실 속에서 민중을 찾기보다 기억 속에서, 실존 속에서, 잔존한 자연 속에서 민중의 힘을 찾"[10]으려고 함으로써 일정한 한계를 드러내고 말았음을 아쉬워한다. 이제 더 이상 "민중은 반영될 수 있는 방식으로 존재하지 않는다." 그가 볼 때 "오늘 **시가 민중과 만나는 유일한 길은 스스로 민중이 되는 것, 새로운 삶을 창조하는 살로서 스스로를 변형시키는 것**이다."[11] 그러나 박영근은 그 이행의 길

10 조정환, 「민중이 사라진 시대의 문학」, 『민중이 사라진 시대의 문학』, 갈무리, 2007, 326쪽.

11 위의 글, 328쪽.

을 성실하게 모색했지만, 민중이 사라진 시대의 문학이 가야 할 방향을 예시하는 데서 더 나아가지 못한 채 멈추어 서고 말았다. 조정환은 박영근이 예시해준 그 길을 힘차게 걸어간 시인으로서 백무산을 발견한다. 그에게 백무산은 "지금 혁명이 스러진 반동의 황야에서 다른 혁명적 가치들을 재구축하고 그것들을 전진시키려는 구성의 노동"[12]에 몸을 던진 위대한 시인이다.

조정환은 현실사회주의의 붕괴라는 역사적 변화에 대해, 박노해의 좌절을 박영근의 모색을 통해 백무산이 극복하고 있는 것으로 읽어낸다. 이런 정리는 다분히 도식적이다. 하지만 조정환은 이런 도식을 빌려 역사적 주체로서의 다중이라는 자기 위치를 분명히 확인하고, 민중이 사라진 시대의 문학으로서 카이로스의 문학이 나아가야 할 방향을 구체화한다.

2. 근대문학의 종언에서 삶문학으로

조정환에 따르면 노동이 공장의 울타리를 넘어 사회 전면으로 확산되던 1987년, 이미 한국의 근대문학은 종언의 단계에

12 조정환, 「바람의 시간, 존재의 노래」, 『카이로스의 시간』, 342쪽.

접어들었다. 따라서 그에게 가라타니 고진이 던진 '근대문학의 종언'이라는 테제는 뒤늦은 선언에 지나지 않는다.[13] 노동에 대한 자본의 포섭이 형식적 단계에서 실질적 단계로 전환되면서 노동계급은 새로운 주체로 재구성되었고, 문학에도 급진적인 변화가 일어났다.[14] 1987년을 정점으로 산업의 재편과 세계화라는 자본의 반격에 따라 산업노동의 헤게모니는 쇠퇴하기 시작했고, 산업노동자와 농민을 근간으로 했던 근대적 민중은 소멸되어갔다. 민족과 국민을 구성하는 핵심적 집단으로서의 '민중'에 기반을 둔 민족문학이 쇠퇴하자 산업노동의 헤게모니 아래서 억압되었던 마이너리티의 존재가 이제 그 일그러진 모습을 드러내며 출현한다.

민중이 사라진 시대의 문학, 즉 근대문학의 종언이 풍문

---

13 "문학의 경우에서도 1987년은 근대성의 운명이 드러난 시기이다. 최근에 우리가 듣는 근대문학의 종언에 대한 선언은 때늦은 것은 아닐까?"(조정환, 「1987년 이후 계급 재구성과 문학의 진화」, 『민중이 사라진 시대의 문학』, 78쪽. 고진은 한 대담에서 이렇게 말하고 있다. "내가 '기원'을 쓰게 된 것은 바로 그것이 끝나가고 있었기 때문이었습니다." (가라타니 고진과 세키이 미쓰오의 대담, 「아이러니 없는 종언」, 『근대문학의 종언』, 도서출판b, 2006, 180쪽.) 고진은 『일본 근대문학의 기원』을 집필하기 시작한 1970년대 말에 이미 근대문학의 종언을 예감했다.

14 조정환, 「1987년 이후 계급 재구성과 문학의 진화」, 『민중이 사라진 시대의 문학』.

으로 떠도는 시대의 문학은 희망과 환멸의 이중성으로 드러난다. 마이너리티를 환대하는 희망의 징후는 동시에 자본에 포섭된 시장 지배의 문학이라는 환멸에 직면한다. 사소설화된 후일담 문학의 번성, 문학의 광고대행사로 전락한 문예지와 주례사 비평의 추문들, 소비자의 이목을 이끄는 작품들의 특정 경향을 이슈화하는 트렌드 비평, 이 모든 것들은 자본의 새로운 세계 배치의 결과로 등장한 탈근대문학의 명백한 양상이다.[15]

근대문학의 종언이 가져온 문학에 대한 자본의 전면적 포섭을 비판하는 전략으로서 조정환은 1990년대 한국 지성사의 극적인 분기점이라고 할 '문화연구'논쟁을 검토한다.[16]

> '문학에서 문화로'라는 슬로건은 다중의 문화적 삶이라는 좀 더 포괄적인 영역을 드러냈다는 점에서는 진보적이지만 문학 중심으로 구축되었던 기존의 위계체제 대신에 대중문화를 중심으로 한 또 다른 위계체제를 다시 구축한다는 점에서는 퇴행적 측면을 갖는다.[17]

---

15 위의 글, 88쪽 참조.

16 조정환, 「1990년대 '문화연구'논쟁과 네그리의 '대중지성'론」, 『카이로스의 시간』 참조.

17 조정환, 「프랑스 상황주의자 운동과 90년대 한국 문화운동」, 위의 책, 511쪽.

당시의 문화논리가 갖고 있던 이 같은 퇴행에 대해, 조정환은 "삶의 역능과 그 가능성에 대한 깊은"[18] 통찰을 보여주었던 프랑스 상황주의자들의 문화논리로 대응한다. 자본이 부과하는 스펙터클에 대항해 새로운 '상황'을 능동적으로 구성해야 한다는 상황주의자들의 논리는 문화자본의 논리에 맞서는 유력한 근거가 되었다.

노동에 대한 자본의 실질적 포섭은 산업노동의 쇠퇴를 가져왔고, 그것은 노동의 축소가 아니라 노동의 보편화 과정을 반영한다. 노동의 재편성과 더불어 전개되어온 '세계화'는 우리의 삶 자체를 거대한 시장 속에 포섭시키는 자본의 극단적인 자기확대 과정이다. 다중은 바로 그 자본의 자가 증식 운동의 결과이면서 동시에 응전의 주체로서 구성된다. 다중은 자본에 포섭되어 있으면서도 자본과 적대하는 역설적 존재다.[19]

---

18 위의 글, 522쪽.

19 지배 이데올로기에 포섭되어 있으면서 동시에 그것에 저항하는 다중의 모습을 임지현은 "소비자이면서 동시에 생산자인 대중의 양면성"이라고 설명한다.(임지현, 「'대중독재'의 지형도 그리기」, 임지현 · 김용우 엮음, 『대중독재』, 책세상, 2004, 23쪽) 조정환의 관점 역시 이런 다중의 이중성을 전제한다. 그러나 실제로 그의 생각은 '생산자'로서의 다중에 치우쳐 있다.

다중은 근대를 낳았지만 근대의 (비)-외부를 구성한다. 근대 속에서 살고 있지만 근대에 대항하면서 근대를 넘어서는 차이의 소용돌이가 다중이기 때문이다.[20]

카이로스의 시간이란 다중이 열어나가는 바로 그 역설의 시간이며, 이 카이로스의 시간에 펼쳐지는 문학이 '삶문학'(카이로스의 문학)이다. 근대문학의 종언은 산업노동의 중심에 있던 크로노스의 시간을 붕괴시키고 자율적 다중이 주도하는 새로운 시대의 희망으로 카이로스의 문학을 가져온다. 따라서 조정환에게 근대문학의 종언은 문학 전체의 종언이 아니라 '근대문학'의 종언에 지나지 않은 것이다. 그에게 이 종언의 시간은 종말의 시간이 아니라 오히려 회생의 시간이다.[21]

가라타니 고진이 근대문학의 종언을 문학 자체의 종언으로 확언하면서 문학을 떠나 자본-네이션-국가라는 삼위일

20 조정환, 「카이로스의 시간과 삶문학」, 『카이로스의 문학』, 87쪽.

21 위기의 순간을 기회의 계기로 역전시키는 조정환 특유의 지적 활력을 기억해둘 만하다. 그것은 기나긴 망명의 시간을 자본에 대한 총체적 분석(『자본론』의 저술)의 작업에 바친 마르크스와 수배 · 구속 · 망명의 긴 시간을 이론과 실천의 확대로 연결시킨 네그리와의 연장선상에서 생각될 수 있다. 마르크스와 네그리, 이들은 조정환의 비평을 가로지르는 중핵이다.

체에 대항하는 제4의 X, 즉 어소시에이션을 구상하는 쪽으로 나아갔다면, 그리하여 국가와 자본을 넘어서는 실천운동으로서의 NAM으로 나아갔다면,[22] 조정환은 여전히 문학의 잠재적 가능성을 포기하지 않는다. 그는 저항적 주체로서의 민중(프롤레타리아)이 사라진 시대에, 분산된 네트워크의 떼(swarm) 지성인 '다중'을 발견함으로써 근대문학 이후의 행로를 능동적인 구성의 과정으로 사유할 수 있게 된다. 조정환과 가라타니는 근대문학의 종언이라는 공통의 지반 위에서 서로 다른 방법으로 그 이후를 열어가고 있는 것이다.

가라타니는 생산과정보다는 유통과정에서의 개입이 자본에 대해 더 유효한 타격이 될 수 있음을 지적한다. 자본의 증식, 즉 잉여가치의 발생은 유통의 회로를 통해 이루어지는 것이므로 바로 그 회로를 무력화하는 것은 자본의 증식을 차단하는 것이다. 이제 투쟁의 주체는 '노동자'에서 '소비자'로 이동한다. 그러므로 조정환과 가라타니의 틈새는 결국 '다중'과 '소비자'라는 저항 주체의 차이로 드러난다. 그리고

---

22 "나는 『비평공간』을 하고 있는 동안, 그것(신자유주의화-인용자)에 저항하려고 했지만, 무력했습니다. 그래서 단순한 비평으로는 안 된다고 생각하게 되었습니다. 사회운동을 개시하려고 한 것은 그 때문입니다."(가라타니 고진, 조영일 옮김, 『정치를 말하다』, 도서출판b, 2010, 85쪽.)

그 차이는 횡단적이고 전위적인 이동으로 정의되는 '트랜스크리틱', 즉 마르크스의 외부와 접속하는 길을 칸트에서 찾느냐 아니면 네그리와 하트에게서 찾느냐에 따라 더욱 분명해진다.

네그리의 '대중지성론'은 다중이라는 계급의 재구성을 탐구한다. 다중은 고진의 저항주체인 '노동자로서의 소비자'를 넘어서는 더 포괄적인 존재다. 다중으로 인해 문학의 영역은 여전히 중요한 삶-투쟁의 거점공간이 될 수 있다. 하지만 고진은 그런 다중의 개념이 가진 포괄성을 인정하지 않는다.

> 네그리와 하트는 마르크스가 말하는 프롤레타리아가 노동자계급처럼 한정된 것이 아니라 바로 다중이라고 말한다. 초기 마르크스의 사고는 확실히 그렇다. 그런 의미에서 이 책(『다중』-인용자)은 『공산당선언』(1848)을 현대적인 문맥에서 되찾으려는 시도라고 말할 수 있다. 즉 제국(자본) 대 다중(프롤레타리아)의 세계적 결전.
>
> 그러나 이와 같은 이원성은 국가들의 자립성을 제거할 때만 상정될 수 있다. 이런 관점은 신화적 환기력을 가지며 실제 1960년대에 사람들을 움직였던 것이다. 그렇지만 나는 이 같은 소외론적=신화론적 사고를 취한다면 일시적으로 정념을 불러일으킬 수 있을지라도, 무의미한 결과밖에 가져오지 못할 것이라고

생각한다. 세계자본주의(제국)가 아무리 심화되더라도 국가나 네이션은 소멸하지 않는다. 그것들은 자본과는 다른 원리에 의해 존재하기 때문이다.[23]

가라타니가 '다중'(정확하게는 다중과 제국의 이원적 대립)을 인정하지 않는 것은 자본과는 다르게 작동하는 국가와 네이션의 원리 때문이다. 자본, 네이션, 국가는 서로 다른 각자의 교환양식으로 작동하며, 이들은 보로메오의 매듭으로 연결되어 있다. 특히 네이션은 자본과 국가의 존립을 지탱한다. "네이션은 그저 상상(fancy)에 불과한 것이 아니라, 국가와 시장 사회를 매개하고 종합하는 '상상력(imagination)'이다."[24] 그러나 네그리와 하트의 이론을 통해 자기 논리를 정초하고 있는 조정환은 국가라는 일국단위의 체제와 그것의 확장인 제국주의가 제국으로 전화되었다는 것을 논의의 전제로 삼는다. 조정환에게 네이션은 누군가의 말처럼 '상상의 공동체'에 불과한 것이므로 국가와 자본의 동맹체인 제국만 극복하면 된

---

23 가라타니 고진, 조영일 옮김, 「아사히신문」(2005년 12월 11일)의 『다중』에 대한 서평. 『근대문학의 종언』, 251쪽에서 재인용.

24 가라타니 고진, 조영일 옮김, 「서설-네이션과 미학」, 『네이션과 미학』, 2009, 도서출판b, 22쪽.

다. 그러나 가라타니 고진에게 다중의 적대로서 존재하는 제국은 자본, 네이션, 국가라는 분명한 실체를 추상화시켜버리는 일종의 미망에 불과하다.[25]

> 네그리와 하트가 '제국'이라고 부르는 것은 '세계시장'입니다. 여기서 국가는 중요하지 않습니다. 이것은 '보편적 교통' 하에서 민족이나 국가의 차이는 무화될 것이라는 1840년대의 마르크스 인식과 같습니다. 그러나 이것은 국가라는 위상을 무시하는 것입니다. 역사적으로 1848년의 혁명은 민족이나 국가의 무화이기는커녕 프랑스와 독일에서도 국가자본주의와 제국주의를 불러왔던 것입니다.[26]

네그리와 하트에 대한 가라타니의 첨예한 비판은 제국과 다중의 대립이라는 구도의 추상적 면모를 부각시킨다. 네그

---

25 이런 비판은 네그리의 제국론에 대한 가장 전형적인 비판이다. 국가와 네이션을 유령화하는 제국의 논리를 비판하고 있는 저작으로 『제국이라는 유령』(알렉스 캘리니코스 외 지음, 김정한 · 안중철 옮김, 이매진, 2007)이 있다.(조정환은 『아우또노미아』의 9장 전체를 할애해 네그리의 비판들에 응답하고 있다.)

26 가라타니 고진, 조영일 옮김, 『세계공화국으로』, 2007, 도서출판b, 215쪽.

리와 하트, 그리고 이들의 제국론을 긍정하는 조정환에게서 발견할 수 있는 희망적이고 낙관적인 전망은 가라타니의 불편한 비판에 응답할 수 있어야 한다. 제국과의 상호의존적인 대립이라는 역설적 관계 속에 배치되어 있는 다중, 그 다중의 활력을 능동적으로 구성하는 문학이라는 논리는 너무 매끄럽고 단조롭다.

> 『제국』의 민족국가 정치학 비판에 대한 많은 반비판은 바로 뒤의 두 명제를 둘러싸고 전개되었다. 다시 말해, 오늘날에도 여전히 민족국가가 제국주의적 기획의 중심에 놓여 있으며 바로 그런 한에서 민족국가가 제국주의에 대항하는 방패막이로서 기능할 수 있다는 전통적 관념의 재천명이 그것이다. 이러한 반비판의 사례는 너무나 많아 일일이 열거하기 어려울 지경인데, 대체로 그것들은 (혁명적 방식을 통해서든 의회적 방식을 통해서든) 민족국가와 그 권력을 장악하는 것을 정치의 중심과제로 설정해온 사회주의와 사회민주주의의 입장에서 제기된다.[27]

과연 '국가의 유령화'를 비판하는 알렉스 캘리니코스나 가라타니 고진의 논리가 단지 '전통적 관념의 재천명'에 불과

---

27 조정환, 『아우또노미아』, 232쪽.

한가. 여기서 조정환은 이론의 정당성보다 자기의 신념에 기울어 있다. 그 신념은 이분법적 논리의 명쾌함 안에서 타협 없이 확고하다.

가라타니는 자본, 네이션, 국가라는 삼위일체(삼항체계)에서 국가의 자립성을 제거함으로써 생기는 네그리의 논리적 이원성을 비판한다.[28] 제국과 다중의 이항적 대립은 제국의 권력과 다중의 활력, 근대체제와 탈근대체제와 같은 이원 대립적 체계를 구성하는 근거가 된다. 대중노동자에서 사회적 노동자로, 산업노동에서 비물질 노동으로, 제국주의에서 제국으로, 민중에서 다중으로의 전환 혹은 이행의 논리는 이항적 체계의 연쇄고리가 만든 이분법적 도식이다.

조정환의 문학론에서 핵심적인 것은 근대문학(민족문학, 민중문학, 노동해방문학)의 종언에서 삶문학으로의 전회라고 할 수 있다. 그 전회를 뒷받침하는 것은 근대체제에서 탈근대체

---

28 고진은 이 삼항체계에서 다시 제4의 X를 설정함으로써 대안을 모색하고 있는 데 반해 네그리와 하트는 삼항체계에서 국가라는 요소를 제거함으로써 대안을 모색한다. 다른 말로 하자면 더하느냐 빼느냐의 차이인 것이다. 그래서 다음과 같은 조정환의 선언적 명제는 인상적이다. “적대는 더 이상 변증법적 모순과 혼동되지 않을 만큼 명료해졌다. 변증법적 합(合)의 운동, 역사적 덧셈은 끝났다. 이제 뺄셈(subraction)이 코뮤니즘을 움직인다.”(『아우또노미아』, 286쪽) 이분법의 조화로운 균형은 홀수 체계의 논리적 일탈을 안정적으로 제어한다.

제로의 전환이라는 자본주의 체제에 대한 역사적 관점이다. 그러니까 조정환의 저 이분법적 틀은 앞의 항이 뒤의 항을 손쉽게 지양하는 안이한 도식이다. 결국 조정환의 삶문학은 실재적 삶이 온축하고 있는 잠재성을 극히 도식적인 이분법으로 현실화함으로써 그 잠재성의 벡터를 협소하게 만든다.[29] 따라서 삶문학의 그 낙관이란 신뢰할 수 없는 긍정이다.

그렇다고 근대문학의 종언이라는 비관적 사태를 적극적으로 극복하려는 조정환의 희망찬 신념을 폄하해도 좋은가. 이론의 장애가 되는 신념은 곤란하지만 신념 없는 이론은 삭막하다. 근대문학의 종언이라는 파국을 삶문학의 구성으로 역전시킬 수 있는 것은 세계변혁에 대한 그의 강렬한 신념 때문이다.

---

29 조정환은 제국적 '권력'에 대항하는 다중의 '활력'이나 생성의 힘인 잠재력을 긍정하지만 그의 이론이 구성되는 방식은 극히 이분법적이며 그 이분법들은 구획의 선분들로 작동하고 있다. 그것은 활력이 아닌 권력의 형태를 닮은 논리구성법이라는 의심을 불러오기에 충분하다.

3. 제국 안에서 제국을 넘어서기

조정환의 삶-투쟁의 모든 역량은 제국을 넘어서는 데 집중되어 있다. 번역과 저술, 강연과 출판, 이론탐구와 실천운동 이 모든 작업들은 제국 안에서 제국의 부정적 역능을 긍정적 삶의 원천으로 재구성하기 위한 조정환의 삶-투쟁이다. 제국이란 무엇인가.

> 지구화하는 자본주의는 자신의 태내에서 산출된 모든 능력을 최고도의 사물화, 추상화, 속도화의 메커니즘 속에 봉인(封印)하는 체제이다. 이 봉인은 전 지구적으로 구축된 네트워크 권력체제인 제국에 의해 이루어진다. 그 결과 모든 능력들은 제국 내부에서 움직인다. 바로 이것이 근대성의 종언을 규정한다.[30]

'근대성의 종언'과 함께 열국적 체제의 세계화 논리인 제국주의 역시 끝장이 났다는 판단. 제국주의는 근대 국민국가의 외부적 확장이다. 근대 국민국가와 그 확대인 제국주의가 제국으로 전환되면서 근대적 저항주체인 민중 역시 그 역사

---

30 조정환, 「1987년 이후 문학의 진화와 삶문학으로의 길」, 『실천문학』, 2007년 가을, 264쪽.

적 영향력을 잃게 되었고 민족해방투쟁이나 사회주의 혁명 역시 더 이상 불가능한 것이 되었다. 근대의 제국주의를 대체한 새로운 제국 시대의 저항주체는 다중이다. 제국을 넘어서기 위해서는 제국 안에서 제국을 내파하는 다중의 삶-정치적 활동들이 무엇보다 중요해진다.

조정환이 공동대표로 있는 갈무리 출판사는 다중지성의 실천을 위한 저작들을 계속해서 펴내고 있다. 조정환의 저술, 번역, 출판 활동은 그 자체가 다중지성의 실천이자 제국을 넘어서기 위한 삶-투쟁이다. 2007년 10월, 조정환은 뜻을 같이 하는 이들과 함께 '다지원'이라는 대안적 지성소를 만들었다. '다중지성의 정원'이라고 풀이되는 다지원은 기업화된 대학이 타락한 지성소로 변질되는 현실을 직시하면서 앎-실천을 추동할 대안적 아카데미로 출현한 것이다. 조정환이 관여하는 출판사 〈갈무리〉, 대안 아카데미 〈다지원〉, 떼 지성의 커뮤니티 〈다중네트워크 센터〉, 지성 표현의 매체 〈자율평론〉 이 모두는 결국 제국에 맞서 제국 안에서 제국을 넘어서는 실천적 운동의 기구들이다. 삶문학 역시 고립된 문학운동이 아니라 이런 실천적 운동들과 네트워크화되어 수행되는 제국 넘기의 기계로 구성되어 있다고 이해할 수 있겠다.

근대는 민중에 의해 주도되는 '민족문학론'으로 자본주의의 외부에 비자본주의적인 국가건설을 목표로 한 투쟁의 시대였다. 이제 탈근대[31]는 다중들에 의해 주도되는 삶문학으로 자본 내부에서 투쟁한다. 삶문학은 자본주의적 세계화와 노동의 보편화라는 제국 시대의 논리에 대응하는 문학적 저항의 기획이다.

민주주의민족문학론의 입론을 정초한 것이 「80년대 문학운동의 새로운 전망-민주주의민족문학론의 제기」라는 문건이었고, 그것을 비판적으로 극복하고 나온 노동해방문학론의 선언적 명제를 담은 것이 「민주주의민족문학론에 대한 자기비판과 〈노동해방문학론〉의 제창」이었다. 그리고 이제 세 번째 평론집 『카이로스의 문학』의 총론으로 쓰인 「카이로스의 시간과 삶문학」은 탈근대 삶문학의 의미를 이론적으로 정초한 글이다. 민주주의민족문학론과 노동해방문학론이 근대의 기획 안에서 자본주의 외부에서의 투쟁전선을 형성한 것이라면, 삶문학은 탈근대의 문학적 논리로 제국 내부에서의 제국 비판을 핵심으로 한다.

「카이로스의 시간과 삶문학」은 1991년 5월을 분기점으

31 조정환은 탈근대성을 "근대성 이후에 오는 것이라기보다 근대성의 내부에서 근대성을 추동하면서도 그것에 궁극적인 한계를 부여하고 나아가서는 근대성을 넘어서 나아가는 힘으로" 파악한다. 조정환, 「한국문학의 근대성과 탈근대성」, 『상허학보』 19집(2007), 140쪽.

로, 혁명의 가능성이 막히고 문학이 반혁명적 체제문학으로 변질되었다는 진단으로부터 출발한다. 1991년 이후 문학이론 · 문학연구 · 문학비평은 문학의 체제화를 정당화하는 메타담론으로 복무한다. 하지만 창작에 있어서만큼은 체제화하는 힘의 견인 속에서도, 체제화를 넘어서려는 심층적 노력으로서 감각의 혁신을 지속해왔다.[32] 조정환이 볼 때 혁명적 잠재력을 갖고 있는 문학은 근본적으로 완전한 체제화가 불가능하다. 문학의 혁명적 잠재력에 대한 이런 믿음이야말로 삶문학을 낙관하는 근거라 할 수 있다.

제국을 넘어서는 삶문학의 논리를 정초하기 위해서는 먼저 근대의 종언을 이론적으로 해명할 수 있어야 했다. 그래서 조정환은 백낙청의 '분단체제론'과 황종연의 '비루한 것의 카니발'에 대한 에세이를 비판적으로 독해함으로써 문제 해결의 실마리를 찾는다. 보다 강력한 민족문학론으로서의 '분단체제론'이 거시적인 담론으로 1991년 이후의 위기를 돌파해 나가려 했다면, '비루한 것의 카니발'은 미시적인 것에 대한 관심을 통해 그것에 대응했다. 황종연은 비루한 것들(일탈자, 패덕자, 범죄자, 미치광이, 복수자, 불우한 사람들)의 발견을 통해 그 카니발적 전복성을 읽어내는 단계에 이르렀지만, 그것

32 위의 글, 26쪽 참조.

을 민중과는 다른 집합적 주체성으로서의 다중에 대한 발견으로까지 연결시키지는 못했다. 황종연이 도달한 '개인화된 진정성'은 민중적 동일성을 넘어설 수 있는 그 어떤 대안도 제시하지 못했다는 것이다.

심화된 민족문학론이라고 할 수 있는 분단체제론은 근대의 프레임을 벗어날 수 없었다. 황종연의 비평은 근대에 대한 일정한 비판을 성취하고 있지만 여전히 그 틀 안에서 탈근대적인 것의 미래를 예감할 뿐이었다.

근대의 틀 안에 봉쇄된 문학을, 그 틀을 넘어 소수적 창조성을 실현할 수 있는 삶문학으로 재구성하기 위하여, 조정환은 리얼리즘/모더니즘 논쟁을 검토한다. 백낙청은 전통적 리얼리즘의 재현론(반영론)을 넘어서기 위해 이론적으로 고투했으나 "삶을 생성 혹은 〈되기〉가 아니라 〈임〉으로 정의"[33]함으로써 삶다운 삶의 역능을 목적론적 구도 속에 복속시키고 말았다. 진정석, 최원식, 김명인의 리얼리즘론은 역시 근대적 사유의 틀을 넘어서지 못했다. 조정환은 삶의 잠재적 창조성을 드러낼 수 있는 개념으로서 '표현'이라는 개념을 제안한다.[34]

---

33 위의 책, 60쪽.

34 '표현'은 장차 올 것을 창조하는 존재의 능력으로 설명된다. 리얼리즘의 '재현'과 구분되는 '표현'에 대해서는 조정환, 「카이로스의 시간과

카이로스의 시간이 열리는 삶문학은 표현을 통해 마침내 다중의 활력을 실천할 수 있다.

삶문학의 이론적 체계화라고 할 수 있는 「카이로스의 시간과 삶문학」은 결국 근대 체제에 속박된 문학의 한계를 비판하는 데 대부분의 지면을 할애하고 있다. 그것은 한국문학의 근대적 양상들을 비판적으로 극복할 수 있을 때라야 삶문학을 탄생시킨 탈근대적 체제, 즉 노동에 대한 자본의 실질적 포섭을 배경으로 태어난 제국의 이론적 해명이 가능하기 때문이다.[35] 근대적 문학의 종언이야말로 삶문학이 태어날 수 있는 조건이다. 다시 말해 제국을 넘어서기 위해서는 먼저 근대를 넘어서지 않을 수 없다. 「카이로스의 시간과 삶문학」은 넘어서야 할 투쟁대상으로서의 제국을 이론적으로 전제하기 위해 한국문학의 근대성을 먼저 비판해야만 했던 것이다. 그리고 그 근대 해탈의 논리 안에는 민주주의민족문학론과 노동해방문학론의 험한 길을 걸어왔던 스스로를 향한 엄준한 자기비판이 포함되어 있다.

삶문학」, 『카이로스의 문학』, 60-66쪽 참조.

35 조정환의 삶문학은 그 논리에 있어서 근대와 탈근대의 관계를 중심적인 문제로 설정한다. 이 문제에 대한 해명을 위해 고민한 글이 조정환, 「한국문학의 근대성과 탈근대성」, 『상허학보』, 2007년(19집)이다.

비평 · 이론 · 연구와 같은 메타담론의 차원에서 삶문학의 논리를 정초하려는 것이 조정환의 주된 과업이라고 한다면, 감수성의 차원에서 삶문학이 드러나는 것은 창작이다. 제국 안에서 제국에 대항하기 위해서는 문학의 제도적 권력화라든가 시장에서의 상품화에 저항하는 작가들의 분투가 무엇보다 중요하다. 조정환은 2000년대의 젊은 문학에서 그 가능성을 찾는다.

> 2000년대의 새로운 문학, 이른바 '젊은'문학을 이 문제(문학의 시장화 권력화-인용자)에 대한 문학적 응전이라는 시각에서 바라보는 것은 중요한 의미를 가질 수 있다. 2000년대의 문학은 서정 행위의 재편('다른 서정'), 환상, 공상, 판타지, 상상 등의 적극적 도입, 새로운 감각의 창출, 자연에 대한 새로운 태도의 구축, 경직된 경계를 넘어서는 노마드적 정서의 표현 등을 통해 이 문제에 대한 주목할 만한 응전의 성과를 보여주고 있다.[36]

조정환은 2000년대 문학이 보여준 그 응전의 성과를 다섯 가지로 정리한다. 첫째, 서정문학에 다양성과 복수성을 도

---

36 조정환, 「1987년 이후 계급 재구성과 문학의 진화」, 『민중이 사라진 시대의 문학』, 94쪽.

입해 혼종적 서정을 표현하고 다중적 서정에 접근할 수 있게 된 점. 둘째, 상상력의 적극적 사용을 통해 내재적 삶의 리듬을 표현할 수 있는 실재성을 확장한 점. 셋째, 가상감각의 유혹에 시달리면서도 잠재적 감각의 약동을 표현하는 방향으로 접근하고 있는 점. 넷째, 개인, 가족, 민족, 성별, 국경과 같은 정체성의 경계를 넘어서는 사고법을 발전시킨 점. 다섯째, 1980년대의 비장, 1990년대의 비애와 구별되는 새로운 정동으로서의 해악과 유머, 익살을 표현한 점.[37] 이처럼 조정환에게 2000년대의 문학은 삶문학의 가능성 그 자체다. 새로운 인류로서의 다중의 삶을 긍정하는 2000년대의 문학은 정체성 정치를 넘어 근대적 경계의 탈구축을 표현하고 있다.[38] 지금 문학은 근대의 몰락을 파국의 형식으로 표현함으로써 제국 안에서 제국을 넘어서는 삶문학의 기획을 실천하고 있는 것이다. 이로써 조정환의 비평은 종언의 낭설을 일축하고 긍정의 전망에 도달한다.

---

37 위의 글, 94-98쪽 참조.

38 조정환, 「경계-넘기를 넘어 인류인-되기로」, 『문학수첩』, 2007년 여름 참조.

4. 이론과 신념 사이에서

조정환 비평, 그것은 출발에서부터 지금에 이르기까지 매끄러운 연속이 아니라 여러 마디로 주름 잡힌 울퉁불퉁한 굴곡이다. 그 주름의 굴곡에도 현실의 모순에 대한 대응과 모색은 조정환의 비평에서 언제나 한결같다. 근대 체제에서 탈근대적 체제로의 거대한 전환은 제국과 다중의 적대라는 정치적 기획 안에서 또 다른 실천의 계기들을 촉발시킨다. 이때 다중으로서 조정환의 활력은 문학이라는 정동의 영역에서 가장 희망적으로 드러난다.

자본의 세계는 제국으로 진화했고 그것과 적대하는 투쟁의 주체는 다중으로 새롭게 재편되었다. 적대의 정치는 이처럼 끊임없이 진화한다. 조정환은 진화하는 적대의 정치에 대응해 새로운 문학의 담론을 적극적으로 구성해왔다. 민주주의민족문학론에서 노동해방문학론으로, 노동해방문학론에서 다시 삶문학으로의 전회는 바로 그 치열한 응전의 과정을 함축하고 있다. 반복되는 전회의 과정에서도 마르크스를 근간으로 하는 현실 변혁의 이론은 언제나 그에게 근본적인 공부의 원천이었다. 세계 변화의 국면마다 그는 자신이 견지하던 이론을 비판하고 수정하면서 또 다른 이론들을 능동적으로 받아들였다. 그러나 그의 이론은 체제의 탈구축을 지향하는 것이었으므로 언제나 체제와의 불화는 피할 수 없는 일상의 조건이 되었다. 그래서 그는 고백한다. “내게 지식은 **유죄**였다”[39]고.

> 내 마음 속의 경찰은 내가 맑스주의를 공부하기 시작하면서부터 ‘너의 지식이 사회의 안녕과 질서를 해친다’고 속삭이기 시작했고 그래도 욕구를 누르지 못한 내가 공부를 계속하자 내 두뇌를 감옥에 가두었고 석방 후에도 내가 공부를 계속하자 나를 추적하기 시작했다. 그래서 나는 1989년 3월부터 1999년 11월까지 10년 8개월 동안 도망치면서 공부하지 않을 수 없었다. 지금도 나를 가장 강하게 사로잡는 것은 우리가 살고 있는 이 끔찍한 현실에서 벗어날 길을 알고자 하는 욕구이다. 그런데 그 욕구 자체가 예나 지금이나 유죄이다.[40]

---

39 조정환, 「자유인, ‘지식인의 죽음’ 이후의 지식인」, 『카이로스의 문학』, 528쪽. 유죄로서의 지식에 대한 자기인식은 조정환 개인의 특수한 문제를 넘어서 있다. 지성인(실천적 지식인)으로 살아온 50여 년간의 자기 삶을 회고하는 자리에서 나온 리영희의 다음과 같은 고백은 진보적 지식인의 신념과 지식이 체제로부터 유죄 혹은 형벌로 규정되고 탄압받을 수밖에 없다는 역사의 보편성을 일깨운다. “이런 신조로서의 삶은 어느 시대 어느 사회에서나 그렇듯이 그것이 ‘형벌(刑罰)’이었다.” 리영희 · 임헌영, 『대화-한 지식인의 삶과 사상』, 한길사, 2005, 7쪽.

40 위의 글, 528쪽.

유죄로서의 지식을 탐하는 그 '욕구'[41]란 무엇인가. 그는 말한다. '지금도 나를 가장 강하게 사로잡는 것은 우리가 살고 있는 이 끔찍한 현실에서 벗어날 길을 알고자 하는 욕구'라고. 그러므로 그에게 욕구란 '절대적으로 긍정적인 활력'이다. 그래서 늘 그의 언어들은 희망과 긍정의 신념으로 가득 차 있다.

끔찍한 현실을 끝장내고자 하는 열망. 그 열망이 축적되어 삶의 신념이 된다. 그리고 신념은 다시 앎에의 욕구, 즉 이론에 대한 탐구의 정념을 불러일으킨다. 조정환에게 이론과 신념은 서로를 지탱하는 근거다. 삶의 잠재적 실재성에 대한 이론적 탐구와 현실의 끔찍함을 극복해야 한다는 신념은 조정환에게 내재된 욕구의 두 가지 모습이다. 그의 욕구가 체제로부터 '유죄'로 정의된다는 것은 조정환의 이론과 신념이 가진 강력한 반체제성을 증명한다. 조정환의 욕구, 다시 말해 그의 이론과 신념은 체제의 입장에서는 대단히 불온한 것이다. 따라서 '유죄로서의 욕구'는 조정환의 삶-투쟁을 가로지르는 지배적 술어라고 할 수 있겠다.

---

41 조정환이 설명하는 욕구는 이렇다. "공포와 죽음이 절대적인 부정성인 반면 욕구는 절대적으로 긍정적인 활력이며 영원성은 이러한 긍정성의 특질화이다." 『아우또노미아』, 265쪽.

이론과 신념 사이. 그 사이에서 분출되어 나오는 것으로서의 비평. 오늘날 조정환이 도달한 삶문학은 민주주의민족문학론이나 노동해방문학론과는 달리 삶문학'론'이 아니다. '삶문학'은 이론만도 아니고 신념의 선언만도 아니다. 조정환의 삶문학은 이론과 신념 사이에 있다. 바로 그 사이는 카이로스의 시간이 열리는 생성의 틈이다.

오늘날의 급진적 정치철학은 '주체의 죽음'이라는 명제를 새로운 주체의 구성으로 역전시킴으로써 역사적 허무주의를 역사의 낙관주의로 극복하려 한다. 이제 민중의 사라짐은 다중의 생성으로, 근대문학의 종언은 삶문학의 탄생으로 되살아난다. 지금까지 조정환의 비평은 이런 단호한 역전의 사고를 바탕으로 전개되어왔다. 그러나 때로 그의 단호함은 지나친 낙관론으로 기울어 우려스럽기까지 하다. 그렇지만 스스로의 모순에 눈뜰 때 곧바로 자기로부터 망명하는 그 단호한 결단의 윤리는 결국 그의 비평을 바른 길로 이끌어갈 것이다.

4

혁명의 좌절, 비평의 악몽

— 김명인론

박 대 현

1. 좌절의 반복과 심화

대선에 이어 총선이 끝난 지금(2008년) 한국의 비평가로서 가장 큰 무력감에 시달리는 사람이 있다면, 아마도 김명인이 아닐까. 80년대라는 뜨거운 '불'의 시대를 살아왔던 비평가로서 이제 그에게 남은 것은 신자유주의가 더욱 마성의 이빨을 드러낼 참담한 현실을 지켜보는 일이다. "나는 감히 묻는다. 계몽비평의 복권은 가능한가. 그리고 대답한다. 그것은 가능성의 문제가 아니라 의지의 문제라고."[1] 한때 호기롭게 계몽비평의 복권을 주장했던 그의 결기는 다시 더욱 깊은 절망 속

---

1 김명인, 「다시 비평의 시작하며」, 『불을 찾아서』, 소명출판, 2000, 27쪽.

으로 빠져들었는지도 모를 일이다. 여기서 짐작되는 그의 절망은 어딘가 이미 익숙한 데가 있다. 90년 첫 평론집을 낸 이후 「불을 찾아서」(1992)를 발표하고 난 후 빠져들었던 8년간의 깊은 침묵이 바로 그것이다.[2] 그는 "마르크시즘의 현실태인 현실사회주의권의 총체적 몰락 앞에서 동요"할 수밖에 없었고, "그 동요는 사실상 후퇴와 내적 방황으로 이어졌"(『불을 찾아서』, 93쪽)다고 고백한 바 있다. 그래서일까? 그는 지난 대선의 결과를 비교적 담담하게 받아들인다.

> 꼭 20년 전 이맘 때 1987년 대선에서 노태우씨가 당선되었을 때는 정말 고통스러웠고 허탈하기 그지없었다. 하지만 한나라당 이명박 정권의 탄생을 지켜보면서 솔직히 말해 '이럴 수가?' 하는 생각보다는 '올 것이 왔다'는 생각이 더 강하게 들었다.[3]

---

2 그는 1987년 대선의 실패, 현실 사회주의의 몰락으로 인한 깊은 절망 속에서 비평 활동을 접은 바 있다. 김명인의 비평작업은 다른 비평가와 달리 부침(浮沈)이 있으며, 이 부침은 정치현실에 대한 갈등과 비평행위에 대한 회의가 얼마나 심각했는가를 보여주는 증표가 될 수 있다. 이 비평적 공백에 대한 김명인의 내적 고백은 『환멸의 문학, 배반의 민주주의』(후마니타스, 2006) 4부에 실려 있는, 홍기돈의 「'불의 시대'가 남긴 영혼의 화인이 속화된 세계의 시간을 견디는 방식」과 고봉준의 「비극적 세계 인식과 유토피아의 상실」에 자세히 드러나 있다.

3 김명인, 「진보, 신자유주의와 싸워라」, 《경향신문》 2007. 12. 25.

『희망의 문학』(1990) 이후, 『불을 찾아서』(2000), 『자명한 것들과의 결별』(2004), 그리고 『환멸의 문학, 배반의 민주주의』(2006)에 이르기까지의 그의 비평적 고투는 사실상 그의 절망이 더욱 단단해지는 과정임에는 분명하다. 그 절망은 신자유주의 체제가 더욱 강고해지는 현실을 지켜보는 비평가로서의 절망이며, "밥을 먹여준다는 보장만 된다면 언제든 그까짓 민주주의 따위는 포기할 준비가 되어 있는"(『환멸의 문학, 배반의 민주주의』, 99쪽) 민중의 모습을 지켜보는 절망이다. 그것은 그토록 그가 열망해왔던 민중적·민족적 주체가 균열되어가는 과정과 다르지 않다. 그의 기대지평 속에 살아있던 민중·민족적 주체는 사실상 와해된 것이나 다름없기 때문이다. 그가 발간해낸 일련의 평론집의 제목만 일별한다 하더라도, 우리는 그가 최근 겪고 있는 비평적 열패감을 짐작할 수 있다. 무엇보다 그는 비평의 역할을 계몽비평에서 찾고 있었으므로, 비평가로서의 한없는 무력감에서 벗어나기란 쉽지 않아 보인다.

80년대와 90년대를 거쳐 오면서 지속적으로 비평적 주체의 긴장을 풀지 않고 있는 비평가로서의 김명인을 살펴보는 일은 한국 민중문학의 한 상처를 들여다보는 일이 된다. 문학을 통해, 비평을 통해 당대의 현실 속에 하나의 운동가로 치열하게 참여했던 김명인이라는 비평 정신은 우리 시대의 뜨거운 '불'을 머금고 있었던 문학의 뚜렷한 화인(火印)임에 틀림없기 때문이다. 이 글은 그러한 좌절의 시간들을 견디면서 동요하는 비평 주체를 강화하고 신자유주의의 전면적인 포섭이라는 사태에 대응해야만 했던 김명인의 비평적 궤적을 살피는 데 바쳐진다.

2. '계몽비평'의 복권이라는 환상

김명인의 비평적 출발점은 80년대라는 시대적 상황에 대한 반성이다. 「지식인문학의 위기와 새로운 민족문학의 구상」(『전환기의 민족문학』, 창작과비평, 1987)이라는 치열한 평문은, 1970년대와 1980년대 초입까지 문학이 "당대의 역사주체와 '행복하게' 결합"할 수 있었지만 1980년대 막바지에 이르러 그 힘을 상실하였으며 '소시민' 역시 "혁명적 추진력을 지닌 계급으로 존재하지 않게 되었"음을 성찰한다. 이러한 문제의식은 1970년대의 지식인 문학이 대면한 위기의식에서 비롯된 것인데, 그가 제시하는 위기의식의 근거는 소시민계급의 기반을 지닌 지식인문학이 이제 그 토대를 상실함에 따라 '민족'과 '민중'이라는 새로운 거점을 마련해야 한다는 데서 비롯된다.[4] 소시민계급의 독자자본을 향한 '기생성'과 '자기분열'에 대한 김명인의 비판은 다음과 같은 주장으로 귀결되고 있다.

> 지금 소시민계급의 몰락과 함께 위기에 다다른 지식인문학인들이 새롭게 선택해야 할 준거집단은 노동하는 생산대중이다. 노동하는 생산대중의 세계관을 받아들여 그 전망 아래 세계인식의 질서를 재편해야 한다. 그것은 역사의 주체로 성장하는 생산대중에 대한 단순한 의존이나 신뢰의 표현과는 본질적으로 성격이 다른, 노동하는 생산대중의 고통 속에서 획득된 세계관을 비타협적으로 스스로에 내화(內化)시키는 뼈를 깎는 작업이다. 그리고 이렇게 획득된 노동하는 생산대중의 세계관에 우리 민족운동의 당면과제인 반외세자주화 · 반파쇼민주화투쟁의 전망을 올바로 접맥시키고 이를 일상적인 운동적 실천으로 담보해낼 때, 지식인문학인들은 이 시대를 주체적으로, 나아가 지도적으로 진전시켜나가는 전위적 존재로 당당하게 설 수 있게 된다.(『희망의 문학』, 51쪽)

4 소시민 계급은 독점자본에 기생함으로써 성장의 과실을 나누어 먹거나(상향분해), 몰락하여 기층민중의 범주 속으로 편입됨(하향분해)에 따라, 혁명적 추진력을 상실할 수밖에 없었다고 김명인은 주장한다. 김명인, 『희망의 문학』, 풀빛, 1990, 14쪽.

소시민 계급의 몰락에 대한 냉정한 진단은 한국문학의 새로운 전환점이 되기에 충분했다. 그의 '민중적 민족문학론'은 지식인 문학이 지닌 '추상성 · 관념성'을 벗어나지 못했던 민족해방과 민주주의 문제를 민중의 구체적인 현실태에서 점검하고자 하는 비평적 의지가 담긴 것으로 볼 수 있다. 이는 다시 말해, "민족성원 각 부분의 일견 파편화되어 보이는 삶들을 민족전체의 삶의 총체성과 명확히 연결된 한 부분으로 인식하고, 그로부터 부분의 삶을 개선하려는 모든 노력을 궁극적으로 현단계 민족운동의 필수불가결한 역량으로 인식하는 과정"이며, 이로 말미암아 "문학은 민족운동의 인식과 실천을 위한 귀중한 무기가 되는 것이다."(『희망의 문학』, 46쪽) 이러한 문학의 새로운 전환점 제시는 백낙청이 주도한 '소시민적 민족문학론'에 대한 문제제기와 비판이라는 의도를 지니고 있으며, 향후 민족문학론 논쟁[5]의 핵심이 되었다. 기존의 민족문학에 대한 비판적 제기라는 점에서 그의 태도는 다분히 '해체주의적'이다. "우상파괴적 공격을 통해서 기왕의 민족문학진영을 탈중심화(脫中心化)하고 그 원심적 분화를 기대

5 이에 대한 자세한 내용은 김명인의 「80년대 민중 · 민족문학론이 걸어온 길」(『불을 찾아서』, 소명출판, 2000) 참조.

하고 있는 것이다"[6]라는 최원식의 지적처럼, 김명인은 민족문학론의 해체적 발전을 주장했으며, 향후 그의 논리는 '민중적 민족문학론'으로 자리 잡는다.

이러한 방향전환은 그가 비판한 소위 지식인 문학이 지니는 한계에서 비롯된다. 이는 오늘날에도 여전히 유효한 비판이라 할 수 있는데, "그들 대부분이 구체적인 삶의 한 가운데 정확히 뿌리박지 못하고", "'비극의 연대'가 만든 사회적 분위기 속에서 즉자적으로, 또 추상적 관념적으로 안주"(『희망의 문학』, 18쪽)하는 지식인의 문학적 증상에 관한 것이기 때문이다. 그가 이토록 일상의 구체성에 대한 비평적 신념을 지니고 있는 것은 변혁적 주체로서 민중의 힘에 대한 확신에서 비롯된다. 소시민 민족문학을 비판함으로써 '민중적 민족문학'을 지향한 것 역시 역사적 변혁을 추동할 기본 단위의 주체가 민중이 아니고서는 불가능하다는 믿음 때문이다. 그러나 이러한 신념마저도 1987년의 정치적 분석에 이르면 파열하고 만다.

> 1987년 대통령 선거에서의 충격적 패배는 그 후진적인 정치현실 속에서도 한국 자본주의는 꾸준히 성장을 거듭했고 어느

---

6 최원식, 「생산적 대화를 위하여」, 『창작과비평』, 1991년 여름호, 62쪽.

> 새 대다수 민중은 소시민적 안락의 맛을 알아버렸다는 사실, 대다수 민중이 원한 것은 지나치게 후진적인 정치현실을 벗어나 그 내용이야 어찌되었던 현실정치에 민주주의의 의장을 씌우는 정도였으며, 희생을 각오한 혁명의 승리보다는 약간의 타협을 전제로 한 개량의 과실이었다는 사실을 우리의 소설은 애써 외면하고 있었다.(『불을 찾아서』, 182쪽)

추상적 담론 차원의 민중과 실제 민중 사이의 심각한 괴리는 그를 충격으로 몰아넣었다. 그의 신념이기도 했던 민중은 김명인을 철저히 배반했던 것이다. 신자유주의의 자본이 대다수 민중을 잠식하는 동안 80년대의 지식인들이 이룬 혁명문학의 성과는 그야말로 "이론이 현실을 돌아보지 아니하고 가속이 붙은 채 자기운동을 계속함으로써 도달한 매우 추상적인 선취였"다는 최원식의 비판[7]은 김명인에게 설득력 있게 다가올 수밖에 없었다. 급기야 80년대 후반 동구권의 몰락은 '민중'에 의한 사회주의적 혁명에 대한 그의 신념을 철저히 무력화시키고 만다. "이론의 분화와 정립이 점입가경이

---

7 최원식, 「80년대의 문학운동과 오늘의 문학 - 민족문학론의 새로운 구도를 위하여」, 민족문학사연구소 심포지움 자료집 『해방 50년과 한국문학』, 1995, 35쪽. 김명인, 『불을 찾아서』, 183쪽, 재인용.

던 1989년에서 1990년에 이르는 기간 동안 소련과 동구에서 현실 사회주의가 붕괴되어갔다는 사실은 참으로 역설적이다"라는 그의 탄식은 80년대의 급진적 비평가들의 비평행위들을 하나의 "거대한 해프닝"으로 뼈아프게 반성하는 것(『불을 찾아서』, 195-210쪽)으로 귀결될 수밖에 없었다. 민족문학론이 구체적 현실을 담지하지 못한 채, 추상적 담론으로 치닫고 만 것에 대한 참담한 자성(自省)인 것이다. 급기야 그는 민족문학론의 폐기를 선언한다.

> '민족문학 개념의 공동화 내지 주변화'를 말하면서도 '깃발을 내리면 문마저 닫게 될까 봐' 차마 그 개념을 폐기하지 못하는 그 심정을 쓰라리게 나누면서 그보다는 젊고 그리하여 몸이 조금은 더 가벼운 후배로서 나는 이제 우리의 '민족문학'에 감히 작별을 고하고자 한다.
> 이제 '민족문학'은 끝이다. 깃발을 내림은 물론 문도 닫아야 한다. '반제 반봉건 민주주의 민족혁명'의 문학적 교두보로서의 민족문학, 프롤레타리아 계급혁명을 위한 문학적 통일전선전술의 담지체로서의 민족문학, 또는 분단된 민족현실의 처음과 끝을 증언하는 문학적 근거지로서의 민족문학. 그 어느 편이든 오늘날 우리 삶의 총체성을 다 끌어안기에는 이제 너무 낡았다.(『불을 찾아서』, 177쪽)

이와 같은 김명인의 충격적 선언은 역사적 전망의 부재와 관련 있다. 그의 비평 입론의 대전제가 되었던 세계의 '절대적 객관성'과 '역사의 진보'는 민족문학이라는 담론적 실체였을 뿐, 객관현실 세계에서는 통용될 수 없는 역사적 상황을 맞이하고 말았기 때문이다. 여기서 그의 비평적 신념이 전망의 부재에 시달리는 것은 당연한 현상이다.

> 지금 비평가들에게 어떤 확고한 전망을 기대하는 것은 무리다. 그것은 별 근거 없는 낙관주의를 권유하는 것이거나 낡은 교조를 복원하는 일이 되기 십상이다. 어쩌면 우리는 앞으로도 상당 기간 동안 이 무전망상태를 앓아 내야 하며 이런 국지적이고 분산화되고 상대화된 비평의 무정부 상태 역시 상당히 오랜 시간 지속될지도 모른다.(『불을 찾아서』, 174-175쪽)

전망의 부재를 뼈아프게 자성하는 자리에서 그는 비평의 원래 자리로 돌아간다. 그것은 바로 한국문학의 "윤리적 기초의 확인 작업"이다. 그것은 보들레르류의 "고통스런 자기응시의 노력"으로서, 여기서 고통은 "방법이 아니라 삶"이다. 김명인이 윤리적 기초를 강조하는 것은 신자유주의적 자본에 포섭당하고 마는 민중의 나약함을 극복하기 위한 비평적 고투라고 할 수 있다. '운동'의 몰락과 신념의 동요 사이에서, 전망 부재의 현실 속에서 김명인에게 가장 두려웠던 것은 "바로 사유와 실천의 이념적 도덕적 정당성에 대한 신뢰 자체의 요동"(『불을 찾아서』 93쪽)이었다. 그는 변혁과 실천에 대한 모든 신념이 일종의 몽상으로 간주되는 시대를 견디기 위해 비평의 최종심급으로서 "양심과 윤리"를 성찰한다. 그리하여 '양심과 윤리'는 혁명적 교조주의로부터 벗어난 새로운 비평 주체[8]를 세우기 위한 존재론적 입각점으로 작용한다. 현실사회주의권에서 마르크시즘이 총체적으로 몰락한 후, 오랫동안 침묵의 결기를 다져온 그가 내세운 것이 바로 "주체로서의 나"인 것은 매우 당연한 귀결이다. 민족문학에의 작별을 고한 후, 그가 "장차 다시 기대하는 것은 이 거대한 괴물 같은 근대세계에서 적과 주체의 범주가 다시금 밑바닥부터 재구성되는 일"(『불을 찾아서』, 178쪽)인 것이다. 그리하여 그는 다음과 같은 물음을 던진다.

---

8 남송우는 김명인의 '민중적 민족문학론'에 대한 본능적 친화력의 근본적인 원인을 상세하게 분석하면서, 인간사회를 기계적으로 이분화하는 그의 비평은 일관성은 있으나 세계인식의 폭을 열어가지 못했음을 적실하게 비판한 바 있다. 김명인의 비평 주체는 90년대를 지나 2000년대에 이르러 비로소 확장된 세계인식에 도달했다고 볼 수 있다. 남송우, 「민중적 민족문학에의 고집」, 『다원적 세상보기』, 전망, 1994 참조.

그러면 나는 과연 '주체로서의 나'를 발견했는가. 절대적 객관성에 기대지 않고도 홀로 설 수 있는 근거를 나의 내부로부터 찾을 수 있었는가. 그것도 한 사람의 자연인으로서가 아니라 타인의 말을 문제삼는 비평가로서 나의 정체성은 재구성될 수 있었는가.(『불을 찾아서』, 16쪽)

3. 비평주체의 강화와 민족주체의 재정립

대부분의 민족문학론자들이 그러했겠지만, 김명인 역시 혁명적 기질을 타고난 비평가였다. 그것은 때로 '김학철'이라는 혁명적 낙관주의자로 투사되기도 한다. 연변작가 김학철의 죽음을 통해 "고전적 의미의 혁명의 시대 역시 종언"을 확인하고 있으며, 이 혁명의 종결선언 속에서 "끝내 총을 들 기회를 잡지 못한 세대가 총을 들었던 세대에게 느끼는 어떤 종류의 선망"을 토로한다. 김명인의 "'가지 못한 길'에 대한 부러움과 동경 가득한 낭만적 노스탤지어"는 그에게 여전히 커다란 결핍으로 작용하는 것이다.[9] 그리고 "끝내 총을 들 기회

---

9 김명인, 「어느 혁명적 낙관주의자의 초상」, 『자명한 것들과의 결별』, 창작과비평, 2004, 33쪽.

를 잡지 못한 세대"인 1980년대의 민중문학론자 김명인은 혁명적 기운의 급격한 퇴조와 신자유주의의 전면적 포섭이라는 국제적 정세를 온몸으로 맞닥뜨려야 했다. 신자유주의의 세계화 속에서 그가 목도하고 있는 것은 바로 민주화의 왜곡상이다.

> 한국의 부르주아는 이제 경제내적 제관계와 그 반영으로서의 정치과정을 통해 확실한 헤게모니를 행사할 정도로 성장했다. 민주화? 그것은 민중세력들과 낭만적 지식인들에 의해 종종 오해되고 과장되는 것과는 달리 그들에게는 이제 자본의 막힘 없는 흐름을 방해하는 온갖 경제외적, 반봉건적 장애들, 예를 들면 터무니 없는 부정부패나 관료주의 등의 제거를 의미할 뿐이다. 문민시대, 그것의 온전한 도래는 곧 부르주아 계급의 헤게모니적 지배시대의 본격적 도래를 뜻한다.(『불을 찾아서』, 82-83쪽)

6월 항쟁을 거치면서 남한사회는 오랜 숙원이었던 정치적 민주화의 불가역적인 달성에 성공했고 그것은 일국적 관점에서 본다면 수많은 희생과 고통을 지불한 대단한 혁명적 성취임에 틀림없다지만 자본주의 세계체제의 관점에서 거시적으로 본다면 1980년대 들어 본격화된 신자유주의 세계체제의 요구가 남한

사회에 관철된 결과에 지나지 않았다.[10]

1987년이 대단한 혁명적 성취임에 틀림없지만 자본주의 세계체제라는 관점에서 보면 신자유주의가 남한 사회에 관철된 결과에 지나지 않는다는 주장은 1987년 항쟁의 이면적 정세를 파악하는 그의 기본적인 입장이다. 기실 1987년을 민중적 혁명의 발화점으로 인식했을 그가 뒤늦게 1987년을 '환멸'의 지점으로 인식하게 된 것은 1987년 대선에서의 패배가 가져다준 충격 때문이기도 하겠지만, 문민시대에서 참여정부로까지 이어지는 신자유주의화의 전면적인 습격에 거의 아무런 힘을 쓰지 못하는 무력감에서 비롯된 바가 컸다. 급기야 그는 남한의 '민주화'에 대한 회의와 혐오감을 지니게 되는데, "나는 지금은 남한의 눈부신 민주화라는 것도 결국은 신자유주의 세계화라는 이름의 또 다른 식민 체제의 구축 과정에 불과하다는 결론을 내리고 있다."(『환멸의 문학, 배반의 민주주의』, 11쪽)라는 진술이 그렇다. 더 나아가 "남북한 평화통일이라는 구상과 전망조차도 이 새로운, 혹은 오래전부터 준비된 식민 체제 속에서 전개되는 한, 긍정성에 못지않은 부정성을 근본적으로 안고 갈 수밖에 없"음을 통찰한다. 그는 지속

10 김명인, 「1987, 그리고 그 이후」, 『황해문화』, 2007년 봄호, 14-15쪽.

적으로 한국의 정치상황을 신자유주의의 세계화라는 전체적 시각에서 파악하고 있으며, 한국의 민중들 역시 신자유주의의 자본이 제공하는 달콤한 안락에 빠져들고 있음을 무척 경계하고 있는 것이다. 이러한 달콤한 안락은 본질적으로 또다른 전체주의에 포획당하는 것과 다르지 않기 때문이다.[11]

80년대 중반 이후 신자유주의의 체제화 · 제도화는 80년대의 역사적 전망을 몰각시키기에 충분했으며, 세계의 총체성과 역사적 객관성은 한낱 몽상에 지나지 않는 지적 분위기를 팽배케 하였다. 90년대 문학은 이러한 한국의 정치적 상황을 가장 잘 반영하고 있는데, 90년대의 문학은 역사와 진보의 급격한 퇴조로부터 자유로울 수 없었던 것이다. 따라서 김명인의 『자명한 것들과의 결별』(창작과비평, 2004)은 90년대에

11 랑시에르는 지금의 반민주주의자들이 민주주의라고 부르는 것은 과거에 《자유민주주의》의 신봉자들이 전체주의라고 불렀던 그것과 똑같은 맥락이라고 말한다. "똑같은 것이 명칭만 뒤바뀌었을 뿐이다. 과거 폐쇄적 전체성을 띤 국가적 원칙 때문에 비난받았던 것이 이제는 무제한적 사회의 원칙 때문에 비난받고 있는 것이다. 민주주의로 이름 붙여진 이 원칙은 초유(初有)의 세계적 전체화로서 간주되는 현대화를 포괄하는 원칙인 것이다." 다시 말해 민주체제 하의 개인들이 자신들의 사적 영역에만 몰입하는 무제한적 개인화의 폐해를, 랑시에르는 경계하고 있는 것이다. 랑시에르, 백승대 역, 『민주주의에 대한 증오』, 인간사랑, 2007, 34쪽.

대한 성찰과 반성을 주된 비평적 사유로 작동시킬 수밖에 없었다.

> 90년대 소설이 동시대인들의 삶의 미세하고 풍부한 결들을 포착해내는 데 기여했다는 점은 일단 수긍하기로 하겠지만 정치로부터의 대규모 퇴각과 그로 인한 몰계몽 상태로의 침잠은 말하자면 야만으로의 퇴행에 다름 아닌 것이다.(『자명한 것들과의 결별』, 102쪽)

민주화된 시대의 뜻하지 아니한 "야만으로의 퇴행"은 큰 충격이었음에도 불구하고 그에겐 마땅한 대안이 없는 것처럼 보였다. 민중적 주체, 민족적 주체로서의 그는 90년대를 관통하면서 철저히 허물어지고 있었기 때문이다. "90년대의 검은 아가리" 속으로 "김영현이, 김남일이, 정도상이, 김인숙이, 방현석이, 정화진이 가뭇없이 사라져가는 것을 목도"한 김명인은 민족문학적 주체를 유지하기가 여간 힘들지 않았을 것이 분명했다. 그는 오히려 80년대의 노동운동과 노동문학에서의 개인의 증발을 두고, "비난받아야 했던 일은 아닐지 모르나 불행했던 일"이며, "이미 존재하는 교조에 살아 있는 인간을 두드려 맞추는 프로크루스테스적 태도에 근거한 어떤 운동도 어떤 문학도 단지 파시즘의 복제이자 연장이 될 뿐"

이라는 전향적 자세를 보이기도 한다. 그리하여 황지우와 백무산이 구체적 정치현실에서 "종교적 낭만주의로, 구체적으로는 불교적 낭만주의"로 간 이유를 주체를 부정하는 불교적 사유에서 파악한다. 또한 80년대의 "가장 큰 고통은 주체에 과도하게 부과된 짐"에서 비롯된 것이며, 황지우와 백무산은 "주체의 부정을 통해 이 짐을 벗고자 했을 것"이라는 진단을 내린다.(『자명한 것들과의 결별』, 449-463쪽) 그러나 이들과 달리 김명인은 주체의 '부정'이 아니라 '강화'를 통해 90년대를 견디고자 했음을 고백한다. 바로 이 지점에서 임화는 "이념과 연대의 조직으로부터 떨어져 나온 인간이 역사의 전 하중(荷重)을 개별자로서 감당할 수 있는가 하는 보편적 물음"(『불을 찾아서』, 130쪽)의 진원지로 재발견되었으며, 김수영은 주체를 강화하고자 하는 그의 열망을 대신할 수 있는 가장 적절한 대리자로 존재했다.[12]

12 90년대에 비평을 접었던 김명인은 대학원을 다니면서 김수영을 주제로 석사학위 논문을 쓴다. 김수영은 그에게 주체의 강화라는 측면에서 비평적 실존의 양심과 의지를 올곧게 다지게 하는 중요한 인물이었으며, 그의 비평정신을 새롭게 추스르면서 비평적 좌절을 견디게 하는 치열한 문학정신이었다. 그리하여 완성된 논문이 「김수영의 〈현대성〉 인식에 관한 연구」(1994)인데, 8년 후에야 단행본 『김수영, 근대를 향한 모험』(소명출판, 2002)으로 발간되었다. 이 책의 서문에서 그는 고백한다. "1990년을 전후한 일종의 '정신적 공황기'를 보낸 후, 무엇을 붙

물론 주체의 강화만이 존재했던 것은 아니다. 민족과 주체, 그리고 리얼리즘의 자명성에 대한 강한 회의와 유보 속에서 80년대와 90년대적인 것의 변증법적 소통을 시도하고, 리얼리즘 · 모더니즘 논쟁과도 같은 과거의 소모적인 이항대립으로부터 벗어나고자 시도하기도 한다. 그러나 그는 민족담론의 현실적 효과에 주목하면서 민족담론의 유효성을 주장하는데, "'민족'의 실체성과 역사적 작동의 현실성을 간과하는 어떤 탈민족 담론도 현실성을 가질 수 없다"는 점을 강조한다.

> 그러므로 지금도 민족담론이 여전히 힘을 발휘한다면 그것은 그 담론이 자가발전을 한 때문이 아니라 물질적 실체로서의 민족의 어떤 문제가 그 해결을 요구하고 있기 때문일 것이다. 분단체제의 변동이 가시화하고 있다든가 신자유주의 세계화의 거센 조류 속에서 민족구성원의 삶이 열악해지고 있다든가 하는

잡고 다시 일어설 수 있을까 하던 중 나는 생각난 것이 김수영 그였다. 논문 자체의 '학적 완성도'와 무관하게 나는 김수영과의 이 만남을 통해 다 무너져가고 있던 나를 추슬러 낼 수 있었다. 내가 그를 살려냈고 다시 그가 나를 살린 것이다. 나는 마치 한바탕의 제의행위 같았던 이 논문 쓰기를 통해 역사와 나 자신을 보는 눈의 실명위기를 넘겼다. 이 논문은 그 제의 혹은 치유과정의 기록이다."

문제를 '민족단위'에 기초하지 않고 사유하는 것이 과연 가능한 일일까.(『자명한 것들과의 결별』, 316-317쪽)

민족이 '상상된 공동체'라는 사실을 인정한다 하더라도 그것이 가지는 강력한 현실효과는 부정할 수 없는 것이다. 그것은 마치 불교적 관념론을 통해 80년대의 경화된 주체의 객관에서 빠져나오고자 했던 백무산을 일러 "관념론은 관념론! 마음을 죽인 마음은 또 어떻게 할 것인가!"(『자명한 것들과의 결별』, 455쪽)라고 말한 분명한 태도에서 알 수 있듯이, 그는 주체의 최종심급을 부정하지 않는다. 마치 탈주체 담론에 대한 사유조차도 궁극적으로 주체의 것이라는 역설이 주체의 강력한 현실효과를 증명하는 것처럼, 탈민족 담론 역시 '민족'의 현실효과를 역설적으로 방증해주기 때문이다. 따라서 민족 개념은 "개인과 계급, 지역과 국가 그리고 세계라는 다중적 차원에서 전개되는 현금의 여러 문제를 올바르게 인식하고 사유하는 유효한 인식도구로서, 하나의 단위 개념으로 재정립되어야" 함을 역설한다.

그러나 김명인이 사용하는 '민족단위'라는 개념은 일정한 한계를 지니고 있는데, 그것이 '민족' 개념이 지닌 배타성을 극복하기 위한 '이론적' 자구책에 불과하기 때문이다. 단위로서의 민족인식이 민족을 추상적으로 집단주체화하지 않음으로써 비이성적 공격성과 배타성을 피할 수 있다는 주장은 '이론적' 자성(自省)에 불과하다. 집단주체화의 경계는 그의 표현을 빌린다면, '민족이 소리를 내지 않게 하는 것'이며 '민족의 이름을 걸고 무언가를 하지 않는 것'인데, 이는 매우 이상적이고 피상적인 수준의 진술이라 하지 않을 수 없다. 실제로 민족담론의 실효성은 더욱 낮아질 수밖에 없는 것이, 다인종사회로 가는 우리 사회의 현실 속에서 '민족' 혹은 '민족단위'라는 개념은 배타적 폭력성을 지니는 '실질적' 한계로부터 더욱 자유롭지 못할 것이기 때문이다.

그럼에도 불구하고 김명인이 '민족담론'에 새로운 역할과 가치를 부여하는 것은 신자유주의의 세계화와 분단 상황이라는 민족적 특수성에 대한 성찰 때문이다. 따라서 김명인은 분단체제 극복[13]과 신자유주의의 세계화에 대한 저항의 거점

---

13 김명인은 다음과 같이 말한다. "지양, 극복되어야 할 분단체제가 지속되는 한, 그리고 그 속에서 남북한 전체를 사유하는 한, 그 사유는 '민족'의 차원에서 수행될 수밖에 없다. 그때의 민족은 어떤 신화도 이데올로기도 아니고 하나의 불가피한 인식틀이다. 이 '민족'이라는 인식틀을 유지해야 할지 아니면 폐기해야 할지는 분단체제가 어떤 방식으로 극복되는가에 달렸다고 할 것이다." 김명인, 『자명한 것들과의 결별』, 창작과비평, 2004, 319-320쪽.

으로서 민족적 주체의 면모를 더욱 강화해나갈 수밖에 없는 것이다.

> 민족주의를 혐오하는 입장에서 본다면 이러한 민족국가적 자기 결정력의 해체는 반가운 일인지도 모르겠으나, 그것이 미국화를 매개로 한 해체라는 점도 큰 문제일 뿐만 아니라, 신자유주의 체제에 대한 저항이라는 맥락에서 본다면 민족국가의 자주성은 여전히 유효한 매개가 되는 것이다. 더군다나 분단 극복의 과정을 신자유주의 세계체제의 포섭으로부터 벗어나려는 세계사적 기회로 삼는 기획이 가능하다면 '민족적 자주성'이라는 것은 쉽게 포기할 수 없는 관건적 중요성을 갖는다고 할 수 있다.[14]

김명인에게 민족주의는 여전히 유효한 담론이다. 민족주의가 해체된 지점에서 신자유주의에 대항할 만한 그 어떤 결속적 힘이 존재하지 않기 때문이다. 민족주의가 지니는 배타성을 최소화하되, 신자유주의 체제에 저항하는 기본적인 단위로서의 민족이라는 사상적 거처는 김명인에게 쉽게 포기할 수 없는 '자주'의 역량을 지닌 개념이다. 비록 분단 극복의 과

---

14 김명인, 「다시 민중을 부른다」, 『실천문학』, 2007년 가을호, 299쪽.

정을 통해서 어떻게 신자유주의의 체제로부터 벗어날 수 있을지에 대한 구체적 내용은 상술되어 있지 않지만, 분단이라는 상황이 민족담론에 있어서 하나의 변수가 되고 있음을 강하게 암시하고 있다. 그리하여 민족담론은 더 이상 민족이라는 폐쇄적이고 배타적인 민족 주체로 소급되는 "또 하나의 주체가 아니라 여러 주체들이 각각의 생산 및 사회관계 속에서 겪는 문제들이 작동하는 하나의 관계망이며 개인, 지역, 국가, 세계의 문제들이 구체화되는 하나의 프레임"(『자명한 것들과의 결별』 317쪽)이어야 함을 강조한다. 민족인식의 전환에 따라 변화되어야 할 민족문학은 비평가 김명인에게 주어진 새로운 과제인 셈인데, 바로 여기가 구래의 민족문학론을 폐기한 후 오랜 비평적 좌절 속에서 그가 도달한 비평적 실천의 가능성이자 희망이다. 그는 민족주체를 점진적으로 해체함으로써 재구성하는 고통스러운 과정을 거쳐왔던 것이다.

4. 사라진 '비극성'과 비가적 세계관

김명인이 주체 문제로 회귀하여 민족문학론에 새로운 가능성을 부여한 것에는 90년대 문학에 대한 환멸이 작용했음이 틀림없다. 80년대에 대한 부채의식이 김명인의 비평적 정체성을 이루고 있다는 점(『불을 찾아서』, 23쪽)을 생각하면, 쇄말주의로 침잠한 90년대 문학을 견뎌야 했던 비평가로서의 절망감은 오히려 자조에 가까운 자기비판[15]이었다. 무력한 80년대 작가들을 바라보는 것 또한 괴로운 일임에 분명했으므로, 90년대는 그가 '불'을 찾기 위해 긴 침묵에 빠져들어야 할 시간이어야 했다.[16]

『불을 찾아서』가 기나긴 90년대를 빠져나오면서 외친 자기연민의 비평적 선언에 가깝다면, 『자명한 것들과의 결별』은 90년대 문학에 대한 실질적인 분석과 평가가 반영된 비평서이다. 『불을 찾아서』는 계몽적 비평의 복권에 대한 강렬한 소망을 피력함으로써, 80년대의 비평적 유산을 물려받고 있지만, 『자명한 것들과의 결별』은 지나간 90년대에 대한 '차가운' 비평적 성찰이 담겨 있다. 물론 이 비평서는 우선 1988년부터 2003년까지 발표된 것들을 묶었다는 점, 논문과 비평이 뒤섞여 있다는 점 때문에 일관된 비평적 성찰을 파악하는 데

---

15 "어떤 현실이 부딪치건 나의 80년대적 자의식은 예외없이 간섭해 들어왔고 90년대에 대한 90년대식 이해를 방해했다. 그리고 그것이 나를 시대에 뒤떨어지게 만들었다." 『불을 찾아서』, 23쪽.

16 하지만 90년대에 그가 비평적 작업을 전혀 하지 않은 것은 아니다. 1992년과 1999년 사이에 그는 여러 편의 평문을 발표한다. 『불을 찾아서』(소명출판, 2000)가 그 구체적 결과물이다.

장애가 있긴 하지만, 2000년 이후의 비평을 중심으로 살펴보면 뚜렷한 논지를 발견할 수 있다. 그 논지란 바로 90년대 문학의 비극성 상실에 대한 비판이다.

> 여기에 비극적 세계인식이 틈입할 여지는 없다. 대신 수치스럽지 않을 정도의 욕망과 치명적이지 않을 정도의 비관을 양념으로 한 일상의 안락에 의해 가능해진, 관망과 우회의 포즈만이 무성하게 되는 것이다. 비극적 생체험의 가능성을 자발적으로 봉쇄한 90년대의 '진보적' 지식인들에게 비극적 세계인식이란 그저 '희미한 옛사랑의 그림자'에 불과할 뿐이다. '몰락 이후'의 급격한 공허는 여기서 비롯되는 것이다. 그것은 몰락 이전에 이미 준비되고 있었던 것이기 때문에 그처럼 가파르고 극적일 수 있었다.(『자명한 것들과의 결별』, 92-93쪽)

김명인이 비극적 세계인식에 천착하는 이유는 세계에 드리워진 "패배주의의 그림자에도 불구하고" 비극적 세계인식만이 "이 타락한 세계를 절대화하지 않고 그에 대항해나가는 가장 근원적인 세계인식일 수 있다"는 그의 생각에서 비롯된다. 다시 말해, 그가 생각하는 90년대 문학의 위기는 한마디로 정치성의 소멸이 아니라 "비극성의 소멸"에서 찾을 수 있다. 그가 생각하는 비극성 소멸의 원인은 신자유주의의 자본적 예속이 제공하는 생활의 안락인데, 그는 "존재하는 것의 총체적 타락의 경험이, 더 이상 존재하지 않는 것에 대한 절대의 그리움"이라는 "비극적 경지"를 그리워하는 것이다.(『자명한 것들과의 결별』, 92-103쪽) 김명인은 그러한 비극성을 90년대 문학에서는 발견할 수 없는 것으로 평가한다. 일상적 삶 속에서의 자잘한 내면의 비극은 그가 제시한 비극성의 범주에 포함될 수 없기 때문이다. 확실히 90년대 문학의 내면성은 역사적 현실을 방기한 결과였다.[17] 그것은 비극적일지라도 단순한 포즈에 지나지 않거나 자기도취적 비극에 지나지 않는 것이다.

비극성의 상실은 90년대 문학에 대한 맹렬한 공격으로 이어졌지만, 김명인은 70 · 80년대의 작가들에 대해서도 비

17 이에 대해 이명원은 매우 뛰어난 비평적 통찰을 보여주고 있는데, 고진의 내면성과 관련하여 그는 90년대 문학의 본질을 꿰뚫어보고 있다. 그는 내면성에 대한 고진의 언급이 '내면성'과 '정치적 환멸감'의 밀접한 연관성을 함의한 것으로 보고, 90년대 문학의 '내면성'을 87년 6월 항쟁의 좌절, 사회주의 블록의 몰락에 따른 내부세계로의 퇴행의 결과로 파악한다. 즉, 90년대 문학은 외부세계에 대한 관심을 과격하게 차단하거나 방기함으로써 발생한 기묘한 '내면성'이며, 참다운 내면성에는 미달되는 현실을 방기해버린 '내재화 경향'에 불과한 것으로 비판한다. 이명원, 「근대문학의 종언이 말한 것」, 『녹색평론』, 2008년 3-4월호, 101-103쪽.

평적 메스를 들이대는 것을 주저하지 않는다. 1970년대 한국 시단의 주역이었던 김지하, 고은, 신경림, 이성부, 조태일, 정희성, 이시영, 그리고 80년대의 박노해, 황지우, 백무산 등 90년대를 거쳐 오면서 비극성을 소진해버린 작가들에 대한 비판을 서슴지 않는다. 김명인이 일찍이 '서정성'의 반동성을 말했을 때, 지금의 시점에서 그의 날카로운 시각은 놀라운 데가 없지 않다.

> 또한 위기에 맞서 정면으로 부딪쳐가는 대신 전가의 보도라고 할 수 있는 이른바 '서정성'을 내세워 그 위기를 모면하려는 시도는 분명히 반동적이다. 그야말로 '누구를 위한 서정이며 누구의 어떤 예술성'인가를 심각히 반문해야 한다. 민중시의 일상적 구체성이나 파괴적이까지 한 건강성을 자기 시에서 담보해내지 못하는 지식인시인들이 '살기 위해서' 도망가 몸 숨기는 것이 바로 추상적이고 일정한 물신적 울림까지도 지니고 있는 '서정성'이라는 오래된 대피소라고 할 수 있다. 이런 서정성은 죽은 서정성이며 차라리 물신화된 '서정주의'에 다름 아니다.(『희망의 문학』, 19쪽)

서정성이 지닌 함정에 대한 그의 날카로운 지적은 최근의 서정시에도 여전히 유효한 비평적 자력을 지닌다.[18] 김명인은 "일상적 구체성"이라는 민중적 서정시의 기본적 토대를 말하는 데서 더 나아가, 서정성이 지닌 "추상적이고 일정한 물신적 울림"으로서의 함정을 정확히 지적한다. 지식인 문학의 현실도피적인 경향에 대한 날카로운 지적은 당대의 문학적 경향에 대한 전면적인 비판이지만, 민중에 밀착한 비평정신의 가장 깊은 단층을 보여주기에 충분하다. 이런 시각은 현재까지도 유효하다. 최근 평단에서 자주 사용하고 있는 '민중적 생명력'이라는 비평적 클리셰(cliche)에 대한 거부감[19]은 이를

---

18 이러한 지적은 지금 현재의 시점에서도 경청할 만한 것이다. 최근 젊은 시인들의 민중적 서정이 피상성과 추상성으로 내몰려 가는 현상 또한 90년대라는 한국문학의 피로감을 반영하고 있는 것은 아닐까 하는 의구심이 들기 때문이다. 손택수, 이영광, 신용목 등 젊은 시인들의 최근의 시적 경향은 피상적인 서정성을 면치 못하고 있는 실정이다. 어쭙잖은 초월적 신비주의를 동반한 생태적 감성, 초월과 허무의 시적 감성은 탁월한 서정시라는 찬사를 받고 있는데, 김명인의 말대로라면 이들의 시 또한 서정성의 반동성이라 할 만하다.

19 "'민중적 생명력'이라고? 생명력과 역사 주체로서의 민중성과의 거리는 얼마나 먼 것일까? 이들의 작품이 의식적으로 밑바닥 민중들의 삶을 그려 낸 것은 사실이고 그 노력 자체는 소중한 것이지만 거기엔 민중적 역사 의식이나 당파성 같은 정치적 심급은 존재하지 않는다. 이들에게 민중의 삶은 단지 애정 어린 소재일 뿐이다. 한창훈이 한편으로는 민중의 삶을 형상화하면서도 다른 한편으로는 깊은 허무주의적 자의식을 속을 헤매고 있는 것이나, 공선옥의 근작들이 곤핍한 자기 삶의

증명해준다.

문학에 대한 그의 '환멸'은 역설적이게도 90년대 문학을 전향적으로 수용하는 데서 확인된다. 역사의 변증법적 발전에 대한 신념을 버리지 못한 그가 2000년대 문학에 거는 기대는, 80년대 정치의 문학과 90년대 일상의 문학이 변증법적으로 상호 지양된 '정치적 일상성의 문학'의 출현이다.(『환멸의 문학, 배반의 민주주의』, 239쪽) 그러나 이러한 기대마저도 한낱 미망으로 그치리라는 그의 절망감은 더 이상 문학이 변혁의 수단이 될 수 없음을 뼈저리게 느낀 결과가 아닐까. 90년대 문학이 현실을 방기만 할 뿐인 유사(類似) 내면 문학으로 최고의 대중성을 획득할 때, 민족문학의 '적'은 그림자조차 거둔 채 자취를 감추고 말았다. 80년대를 투사로서 변혁가로서 혁명가로서 살아온 한 비평가는 90년대와 2000년대 문학에 이르러 문학을 통해 제대로 형상화된 적을 만나기가 어려워진 것이다. 투쟁할 일이 없는 비평 주체는 허물어질 수밖에 없다. 이미 단자화된 신자유주의의 체제 속에서 보이지 않는 적을 향해 전열을 가다듬기란 쉽지 않지만, 비평가는 구체적

조건들과의 미시적 투쟁 속에 갇혀 있는 것은 이들과, 이념형으로서의 민중과의 거리가 전혀 가깝지 않다는 것을 잘 말해주고 있다." 김명인, 『환멸의 문학, 배반의 민주주의』, 후마니타스, 2006, 202쪽.

현실에서 적을 색출하여 투쟁해야만 한다. 적이 사라진 시대의 비평가는 여전히 비가적(悲歌的) 세계관을 벗어나서는 안 되는 것이다. 그러나 총을 들고 싸웠던 세대에 대한 선망은 어떠한 적도 혁명의 거점도 발견할 수 없는 현실에 대한 좌절로 변질된다. 그가 한국문학에 높은 수준의 '비극성'을 요구하는 것은 바로 이 때문이다. 그의 말대로 민중은 여전히 보이는 곳에서 보이지 않게 비참의 세계를 살아내고 있으며, 그 비참의 세계로 빚어내는 비극성이야말로 보이지 않는 적들을 선명히 드러내고 있지 않은가 말이다. 따라서, 비가적 세계인식 속에서 점화되는 유일한 진리는 적은 배반하지 않는다는 사실이어야 한다.

5. 새로운 비평 주체의 길 - 다시 민중을 부르며

1987년에 대한 김명인의 사유는 그에게 중요한 비평적 전환점이 되었으며, 그의 비평적 주체는 1987년의 본질[20]에 대한

20 그는 이에 대한 분명한 입장을 취하고 있다. "민주주의의 정착 과정으로 알고 있던 지난 20년은 사실은 '신자유주의 세계체제'가 남한 사회에 관철된 과정이기도 했다." 「다시 민중을 부른다」, 『실천문학』, 2007

사유의 지점에서 다시 벼려진다. 미국 자본을 중심으로 한 신자유주의 체제는 자본의 타락한 욕망을 '자유'로 둔갑시키면서 점령지를 지속적으로 확장해나가고 있는 것이다. 신자유주의는 자본가의 비만한 '자유'에 헌신한다. 그러나 그것은 "그들의 소득 · 여가 · 안전이 더 이상 향상될 필요가 없는 사람들을 위한 자유의 충만함과, 그 반면 자산가들의 권력으로부터 보금자리를 확보하고자 민주적 권리를 사용하려 힘들게 시도하는 사람들을 위한 자율의 초라함"[21]을 의미할 뿐이다. 더욱 큰 문제는 1987년과 신자유주의 체제의 본질보다도, 그 이후를 살아가는 우리 사회의 욕망이다. 그것은 신자유주의 체제하에서 혁명가가 아닌, "국가와 자본에 의한 시장 시스템에 장악되어 시장이 요구하는 '인적 자원'과 이데올로기를 생산하는 인간공장"(「1987, 그리고 그 이후」, 13쪽)인 사범대학의 교수로 살아가는 김명인 스스로에 대한 반성으로 적

년 가을호, 293쪽; "자본주의 세계체제의 관점에서 거시적으로 본다면 1980년대 들어 본격적화된 신자유주의 세계체제의 요구가 남한에 관철된 결과에 지나지 않았다." 「1987, 그리고 그 이후」, 『황해문화』, 2007년 봄호, 15쪽.

21 Polanyi, K. *The Great Transformation*, Boston: Beacon Press 257쪽. 데이비드 하비, 최병두 역, 『신자유주의』, 한울아카데미, 2007, 222쪽, 재인용.

나라하게 드러나기도 한다.

비평가 김명인의 무력감은 신자유주의 체제하의 단자화된 삶에서 비롯된다. 신자유주의 체제하에서 더욱 강화되는 무력감은 '개인화의 저주'에서 비롯되는 것이다. 공동체적 저항의 연대에서 이탈해감으로써 단자화된 민주화 세력들은 일상적 안락에서 허우적거릴 뿐이다. 경쟁하지 않으면 유지될 수 없는 생존의 긴장은 자본의 안락과 긴밀히 결합함으로써 생존경쟁이라는 관성의 법칙에서 쉽사리 빠져나올 수 없도록 한다. 개인화와 경쟁은 신자유주의 체제의 통치 원리인 것이다. '자유'라는 아름다운 이름의 '개인화'가 진행될수록 계급적 운명은 개인의 운명이 되고 계급의 실패는 개인의 실패가 되고 만다.[22] 따라서, 김명인은 신자유주의에 대항하여 투쟁할 것을 적극적으로 요구한다. 과거의 '민중적 민족문학', '(소)시민적 민족문학', '민주주의 민족문학-노동해방문학', '자주적 민족문학' 등의 분파들은 이제는 이론 과잉의 가소로운 분류에 지나지 않는다.(「1987, 그리고 그 이후」, 27-28쪽) 이제 그의 비평적 사유는 신자유주의에 대한 구체적 투쟁을 요구한다. 90년대라는, 적이 부재했던(혹은 잘 보이지 않았던) 환멸의 시대를 지나 적의 모습은 이제 선명하게 부각되고 있는

22 울리히 벡, 정일준 역, 『적이 사라진 민주주의』, 새물결, 2000, 85쪽.

것이다. 적은 비참한 생활 속에서 연명해나가야만 하는 기층 민중의 삶 그 자체이며, 그것을 방치하고 있는 사회체제인 것이다. 그러나 반-신자유주의라는 실천적 담론을 생산하는 비평은 여전히 투쟁의 유효한 전략적 거점이 될 수 있는가? 여기에 비평가로서 김명인의 고민이 내재한다.

> 적어도 80년대까지는 문학평론이 곧 사회평론이었고 정치평론이었다. 나는 그 당시 나의 비평문들이 '문예물'이라는 생각을 추호도 해본 적이 없었다. 당시 문학평론은 나의 정치의식을 담는 가장 유효한 그릇이었다. 하지만 90년대를 지나 2000년대에 들어서도 다시 그런 시대는 오지 않았다. 문학은 한갓 쇼핑의 대상으로 전락하고 문학평론은 광고문구이거나 장식물로 타락했다.(『환멸의 문학, 배반의 민주주의』, 9쪽)

문학권력 논쟁에도 불구하고 문학은 여전히 자본에 예속된 상태이며, 문학비평은 여전히 권력의 위계 속에 허우적거린다. 문학비평가로서의 당혹감은 여기서 비롯된다. 문학이 한갓 상품미학으로 전락해버린 상황 속에서 타락한 문학과 투쟁하는 것조차 힘에 부치는 일이지만, 문학 외부의 상황은 더욱 암담하기 때문이다. 한마디로 비평의 사회적 역할이 점점 축소되고 있는 것이다. 더구나 민중은 이제 계몽비평을 더 이상 바라지 않는다. 작가를 포함한 지식인들의 진보정당 지지 선언은 의례적인 행사일 뿐 대중으로부터 최소한의 관심도 받지 못한다. 오히려 '진보'는 무능한 것으로 혹은 허위적인 것으로 조롱당한다. 레지 드브레의 탄식처럼, "이 땅은 어떻게 변했나…… 그렇다, 젊은이들의 가슴을 두근거리게 해주는 꿈이 착각이고 백일몽이라 나무라는 시대가 되었다."[23]

여기서 비평의 악몽은 시작된다. 아니, 처음부터 비평은 악몽이었다. 비평의 역사는 지겨운 고담준론의 역사였으며, 민중은 언제나 담론의 왕국 외부에 존재했을 뿐이다. 그리하여 비평 주체의 무력감은 현실을 방기해버린 탈주체의 삶을 종용한다. 많은 지식인들의 변혁주체로부터의 이탈은 이러한 무력감에서 비롯된 바가 크다. 저항 투쟁 역시 '탈중심화'[24]로 전개될 수밖에 없는 현실은 더욱 암담하다. 신자유주의 체제에 대항하기 위한 민중들의 연대는 오늘의 현실에서 매우 긴

23 레지 드브레, 강주헌 역, 『지식인의 종말』, 예문, 2001, 210쪽.

24 "물론 그 저항 투쟁은 그 안에서 동원이 아닌 참여로, 중심화가 아닌 탈중심화로, 위계화가 아닌 평등화로, 동일성이 아닌 차이의 힘으로, 자기가 존재하고 생활하고 바로 그 자리에서 남의 논리가 아닌 자기 삶의 논리와 요구에 의해, 그러면서도 긴밀한 네트워크적 연대를 통해 전개되어야 한다." 김명인, 「다시 민중을 부른다」, 『실천문학』, 2007년 가을호, 307쪽.

요한 사안이 아닐 수 없다. 그러나 탈중심화된 민중의 연대 가능성 역시 구체적 현실 속에서 실천적 방법론이 결여된 이상적이고도 요원한 바람일 뿐, 구체적 대안은 못 된다는 사실을 그 누구보다 김명인 스스로가 잘 알고 있을 터이다.

이제 비평의 악몽을 어떻게 할 것인가? 비평을 통해 혁명적 삶을 살았던 김명인의 절망은 단순히 비평에 대한 절망이라기보다는 신자유주의를 고스란히 받아들일 준비가 되어 있는 우리 사회에 대한 절망과도 다르지 않다. 절망은 주체를 바스러뜨린다. 그러나 그의 주체는 해체를 요구하는 상황에서도 항상 강화하는 쪽으로 매듭지어왔던 사실을 상기하자. 그는 다시 비평적 주체를 강화한다. 그리하여 막연할지라도 다시 민중을 향해 간절한 희망의 뿌리를 내릴 수밖에 없다. 악몽은 현실이지만, 현실이 아니다. 악몽이 끝나는 순간, 진정한 '현실'이 시작될 것이기 때문이다. 그렇다면, 오히려 비평은 악몽의 순간을 살아야 하는 것이 아닌가. 가장 절망적이고 비참한 순간에야말로 비평은 부박한 세계의 단단한 정신적 좌표가 될 수 있으므로. 그리하여 김명인은 비평의 악몽을 견디는 단단한 비평 주체이다. 악몽 속에서 외치는 그의 부름에 민중이 마침내 화답하는 현실이 언젠가 도래하기를 바랄 뿐이다.

그러나 다시 한 번 묻지 않을 수 없다. 이 세계의 바깥은 정말로 있는가. 이 절망적인 물음에 답하기 위해 다시 그의 비평적 결기(結氣)를 빌릴 뿐이다.

> 이 세계의 바깥은 없다. 왜냐하면 우리는 사실상 이 범죄적 세계의 공모자이기 때문이다. 하지만 이 세계의 바깥은 있다. 왜냐하면 우리는 늘 회의하고 성찰하고 다른 세계를 꿈꾸는 존재이기 때문이다.(「1987, 그리고 그 이후」, 35쪽)

5

매혹과 비판,
성찰과 망명

— 권성우론

전 성 욱

1. 자의식

문학이 현실의 구체성으로부터 등을 돌릴 수 없는 것처럼, 비평은 어루만지거나 때리고(批) 해석하거나 평가할(評) '대상' 없이는 존재할 수 없다. 타자와의 생산적인 대화와 열린 교섭의 과정은 비평의 무늬를 직조하는 아라크네의 섬세하고 여린 손길이다. 그러나 때로 비평이 오만한 열정에 사로잡힐 때, 그리하여 비평가가 자기의 솜씨에 반해 타자들의 목소리에 귀 기울이지 못할 때, 그 비평은 거미로 변신한 아라크네의 슬픈 이야기를 반복한다.

독자적인 예술로서 비평의 고유한 자리를 치열하게 탐구했던 고바야시 히데오(小林秀雄)는 "작가와 비평가 사이의 정당한 주종관계"를 인정할 것을 요구하면서 "비평은 작품을 추월할 수 없고, 추월해서도 안 된다"고 이야기한 적이 있다.[1] 비평가는 대상 앞에서 겸손할 줄 알아야 하고 타자를 통해 자기를 되돌아볼 수 있어야 한다. 타자에 대한 성찰 없는 비평은 자기의 논리로 타자를 침묵시키는 난폭한 주체의 이기적 글쓰기로 타락하기 쉽다. 주체와 타자의 관계에 대한 끊임없는 성찰은 비평가의 자의식을 바로 세우고 정당한 인정투쟁이 불온한 이전투구로 변질되는 것을 막아준다.

비평의 아름다움은 문장의 유려함이나 해석의 치밀함보다는 '비평가의 자의식'이라는 내면의 섬세한 무늬로 드러난다. 비평가의 자의식은 선험적 실체가 아니라 타자와의 우발적 만남으로 빚어지는 것이므로 타자란 곧 비평가의 존재기반이다. 그러므로 비평가의 자의식은 곧 타자에 대한 자의식이다. 타자와의 만남에 소홀한 게으른 비평가, 타자의 깊이를 가늠하지 못하는 무지한 비평가, 자기의 욕망으로 타자를 압도하는 무례한 비평가가 늘어날 때 창작과 비평의 행복한 만남은 쉽게 결렬되고 비평은 비루해진다. 그러므로 진정한 의미에서의 개성적인 비평가는 역설적으로 '남'을 의식함으로써 '나'를 내세우는 인간이라고 할 수 있다. 비평의 아름다움

---

1 고바야시 히데오, 유은경 옮김, 「비평에 대해서Ⅱ」, 『고바야시 히데오 평론집』, 소화, 2003, 171쪽.

은 이처럼 비평가의 자의식에 아로새겨진 타자의 흔적들로부터 드러나는 것이다.

내면 없는 인간은 없지만 그 깊이가 서로 다른 것처럼, 자의식 없는 비평가는 없지만 그것의 강·밀도는 비평가마다 모두 다르다. 권성우만큼 타자에 대한 예민한 의식을 바탕으로 비평가로서의 자의식을 열정적으로 탐구하고 구축해 온 비평가는 드물다. 이 같은 맥락에서 권성우는 한국의 비평사에서 자의식에 가장 충실한 비평가로 기억될 것이다. 어쩌면 그의 비평은 훗날 '자의식의 비평'이라 불릴지도 모르겠다. 다른 문학의 갈래에 기생하는 비평이 아니라 예술의 독자적 영역으로서 비평에 대한 권성우의 열정은 인상적이다.

권성우에게 비평은 더없이 매혹적인 문학의 성좌이며 낯선 타자들과의 만남을 통해 자신을 일깨우는 영원한 동경의 글쓰기다. 그에게 타자는 매혹과 비판 사이의 아슬아슬한 긴장을 통해 비평가의 실존을 끊임없이 캐묻는 도반으로서의 동무다. 그가 "자기에게서 멀리 떨어질수록 자기에게로 가까이 간다"[2]는 김현의 구절을 즐겨 인용하는 것도 타자야말로 주체의 자기중심주의를 반성하게 하는 진정한 동무임을 절

---

2 김현, 『김현 예술 기행-반고비 나그네 길에』(김현문학전집 제13권), 문학과지성사, 1993, 15쪽.

실하게 자각하고 있기 때문이다. 권성우에게 비평은 "'타자'를 통해서 '자아'의 유아성을 극복하면서 한 사람의 성인이 된다는 명제가 가장 전형적으로 드러나는 장르"[3]이다. 그러므로 그에게 비평가의 길은 곧 인간으로서의 성숙을 가져다 주는 자기고양의 오솔길이다.

첫 비평집 『비평의 매혹』(1993)에서부터 시작해, 『비평과 권력』(2001), 『비평의 희망』(2001)을 거쳐 『논쟁과 상처』(2006)와 『낭만적 망명』(2008)에 이르기까지 권성우의 비평에는 기만적인 주류체제로부터의 해탈을 바라는 뜨거운 염원이 담겨 있다. 자본과 권력의 영토로부터 탈주하는 유목과 방랑, 그리고 '외부'를 향한 형언할 수 없는 매혹과 동경은 어떤 얽매임으로부터도 자유로운 유목적 비평가 혹은 낭만적 망명의 비

---

3 권성우, 「근대 문학 비평과 '타자의 현상학'」, 『모더니티와 타자의 현상학』, 솔, 1999, 33쪽. 1994년에 제출된 박사학위 논문을 전재한 이 글은, 권성우 비평의 '태도'를 형성하고 있는 '타자의 현상학'에 대한 학술적 탐구를 담고 있다는 점에서 주의를 이끈다. 권성우는 이 논문을 통해 미셸 푸코, 벵상 데콩브, 자크 라캉 등의 '타자'에 대한 이론을 참조하여 김환태, 임화, 박영희, 최재서의 1920~1930년대 비평을 분석함으로써 이들의 비평이 타자와의 건전한 교섭보다는 동일자의 논리로 타자를 복속시키려는 근본적인 문제점을 드러내고 있다는 비판적 결론에 도달한다. 권성우의 이런 비판적 시각은 자신의 비평세계에 대한 평가에도 그대로 적용되어야 할 것이다.

평가라는 자의식을 이끌어냈다. “나에게는 분명 중심과 주류를 불편하게 생각하는 피가 흐르는 것 같다”[4]는 고백에서 드러나는 것처럼 폭력적인 중심과 타락한 주류체제에 대한 적대는 권성우의 비평적 기질을 정의하는 유력한 입장이다. 그리하여 그의 비평은 때때로 대상에 대한 매혹을 뒤로한 채 고독과 상처를 초래하는 격렬한 논쟁의 전장으로 뛰어들 수밖에 없었던 것이다. 하지만 그 참혹한 논쟁의 중심에서도 그는 “‘비판’이라는 지적행위를 글쓰기의 기본 동력으로 활용하는 비평은 자기성찰과 자기비판이 세심하게 동반되어야 한다”(「비판, 그리고 ‘성찰’의 형상학」, 『권력』, 131쪽)는 비평가로서의 자의식을 잊어버리지 않는다. 이런 자의식이야말로 권성우의 비평이 타자에 대한 예민한 감각에 바탕을 둔 자기성찰의 글쓰기라는 것을 다시 한 번 확인시켜준다.

비평가에게 타자는 자기의 주체성을 구성하는 소중한 연대의 동무들이다. 그것은 “타자를 통해서만이 나의 모습과

---

4 권성우, 「책머리에-“굳고 정한 갈매나무”를 꿈꾸며」, 『낭만적 망명』, 소명출판, 2008, 7쪽. 이 글에서 다루는 권성우의 비평집은 다음과 같다. 『비평의 매혹』(문학과지성사, 1993), 『비평과 권력』(소명출판, 2001), 『비평의 희망』(문학동네, 2001), 『논쟁과 상처』(숙명여자대학교출판부, 2006), 『낭만적 망명』(소명출판, 2008). 앞으로 인용을 할 때는 각각 『매혹』, 『권력』, 『희망』, 『상처』, 『망명』이라고 표기한다.

욕망, 무의식적 편향·편견·체질·한계·성취·내상(內傷)을 생생하게 확인할 수 있기 때문이다."(「다시 생산적인 대화를 위하여, 혹은 '타자의 현상학'」, 『매혹』, 145쪽) 저 소중한 타자들이 있기에 비평가의 자의식은 언제나 생성의 과정 속에 있을 수 있는 것이다. 무엇으로도 환원될 수 없는 타자들의 다채로운 질적 차이는 주체의 동일성을 균열하는 보배로운 혼돈 그 자체다. 자기 동일성의 집착을 방해하는 이 생산적인 분열은 타자에 대한 동일화의 욕망과 타자에 대한 극복의 욕망 사이를 오가면서 주체와 타자의 건강한 교섭을 매개한다. 매혹과 비판이라는 양가적 정서의 위태로운 줄타기 속에서 비평가는 희망을 꿈꾸거나 상처받거나 아니면 망명하게 될 것이다.

2. 매혹

매혹은 대상에 대한 즐거운 홀림이며 '너'에게 '나'를 보내는 기꺼운 마음이다. 대상이 내뿜는 고혹적인 열정에 사로잡힌 '나'의 겸허함으로부터 '너'를 향한 동경, 그 아련한 그리움이 시작된다. 물론 그것은 대상으로의 편향적인 이끌림이 아니라 '나'를 위대하게 세우고 싶은 애타는 욕망의 다른 모습이기도 하다. 문학이 그토록 매혹적인 것도 바로 그 욕망, 글을 통해 세계를 허물고 새로 짓는 무한한 힘에 대한 동경 때문일 것이다. 하지만 그 권력의지는 타자의 간섭을 통해 제약받지 않을 때 무서운 폭력의지로 변질되기 쉽다. 작가에게 독자란 그들의 권력의지를 감시하는, 견제하는 타자들이다. 비평가는 그 숱한 독자들 중에서도 제도화된 권위를 내세워 해석의 사법권을 행사하는 좀 더 적극적인 의미의 타자들이다. 그러므로 비평 역시 권력의 욕망과 무관할 수 없다. 타자의 비밀을 밝혀내려는 비평가의 자의식은 미지의 영역을 지배하고픈 일종의 정복욕망을 드러낸다. 그래서 진정으로 타자와의 열린 만남을 희망하는 비평가라면 비평가의 자의식만큼이나 대상을 향한 대타적 의식에 예민할 수밖에 없다.

비평가라면 아마도 비평의 매혹에 끌린 저마다의 사연을 갖고 있을 것이다. 권성우에게 문학의 매혹은 시나 소설에 앞서 비평으로부터 먼저 찾아왔다. "나에게 당시의 교양과목이었던 '한국 근대문학의 이해'는 문학비평의 특이한 매력을 선사한 특이한 과목이었다. 그 교양과목을 통하여 나는 문학비평의 세계가 지니고 있는 '황홀한 지적 모험의 세례'를 듬뿍 맛볼 수 있었다. 말하자면 나는 어느 지면에서 고백했듯이 '화려한 논리의 축제를 섬세한 예술적 감성의 세계보다 먼저 맛보았던 것이다.'"(「비평이란 무엇인가?」, 『매혹』, 43쪽) 황지우나 이성복의 시를 느끼고 이해하기 전에 김윤식과 김현을 먼저 만났으며, 이후 그 만남은 백낙청, 유종호, 김우창, 김병익, 김주연, 김치수와 같은 비평가들과의 만남으로 이어졌다. 권성우에게 이들과의 만남은 자신을 "한 사람의 비평가가 되게끔 한 시원적 공간이며 비평 글쓰기의 모태"(『매혹』, 43쪽)라 할 수 있다. 그렇다면 시와 소설이 그에게 미처 선사하지 못했던 비평의 그 황홀한 매력이란 무엇일까. 권성우의 비평은 무엇보다도 바로 이 질문, 비평의 매혹에 대한 근본적인 물음으로부터 시작한다. 첫 비평집 『비평의 매혹』은 그의 다섯 권의 비평집 중에서 가장 치열하고 뜨겁게 이 물음에 대해 탐구하고 있다. 여기엔 패기와 열정으로 가득 찬 한 젊은 비평가의 내면이 충실하게 드러나 있으며 앞으로 펼쳐질 그의 비평 세계가 뚜렷하게 예시되어 있다.

그에게 비평의 매혹에 대한 물음은 곧 비평이란 무엇이며, 왜 어떤 인간은 시인이나 소설가가 아니라 비평가로 존재하는가에 대한 물음이기도 하다. 다시 말해 그것은 비평(가)의 자의식에 대한 물음이다. "글쓰기를 비롯한 모든 인간의 지적 활동에는 적어도 그것이 성실하고 진지한 모색 아래 전개된다면, 그 행위에 대한 정밀하고 치열한 '자의식'이 존재한다. 말하자면 자신이 과연 무엇 때문에 특정한 지적 행위에 참여하게 되었고 특정한 방식의 글쓰기를 수행하는 것인가에 대한 성찰이 그러한 자의식에 해당될 터인데, 그러한 차원의 문제의식이 천박한 운명론이나 허무주의로 귀결되지 않는다면, 그 성찰은 그 자신의 지적 행위의 근원에 대한 '전체적 통찰'과 '반성적 사유'의 기회를 제공하기 마련이다."(『매혹』, 41쪽) 권성우는 그에게 처음으로 비평의 매혹과 희열을 가져다준 김윤식과 김현의 비평론을 탐구함으로써 자신의 비평적 자의식을 가다듬는다. 이들은 권성우의 비평적 자의식을 가능하게 한 타자들이라는 점에서 이 타자들에 대한 해명은 곧 자신의 존재근거를 밝히는 일이기도 하다. 이 매혹적인 타자들과의 대화와 투쟁의 힘겨운 과정을 거쳐내야만 그는 비로소 '나만의 비평적 공간'을 확보한 개성적 비평가로 우뚝 설 수 있게 되는 것이다. 그러므로 그 과정은 지난하고 치열한 고투일 수밖에 없다.

30여 년을 넘게 지속된 그들의 비평에서 그는 '고독한 정신의 위험한 풍경'을 엿본다. 권성우에게는 은사이자 전범의 비평가인 김윤식의 비평은 "비평가 주체의 성실성과 비평 쓰기를 운명적으로 감당해나가는 자의식, 비평가의 고유한 개성이 결여되어 있는 모든 형태의 비평에 대한 강력한 항의"(『매혹』, 53쪽)로 인상 깊게 받아들여진다. 김현은 실증주의와 교조주의라는 질곡을 넘어, 자신의 비평을 '공감의 비평'에서 '분석적 해체주의'의 세계로 확대시킨 비평가로, 그리고 "특유의 깊고 넓고 치열한 반성적 사유를 이 땅의 비평문학에 본격적으로 끌어온 최초의 비평가"(『매혹』, 76쪽)로 인식된다. 권성우는 이들의 문학적 사유의 근거와 비평에 대한 열정을 확인하는 과정을 통해 자신이 속한 세대의 비평적 방법론으로 '에세이비평'과 '메타비평'의 가능성을 이끌어낸다.

'에세이비평'과 '메타비평'은 이후 전개되는 권성우의 비평적 궤적에서 대단히 중요한 의미를 갖는다. '에세이비평'은 시, 소설 중심으로 이루어져왔던 비평 영역의 상투성에 대한 저항인 동시에 자기 내면의 섬세한 결을 드러낼 수 있는 비평 양식의 새로운 실험이다. 그러니까 '에세이비평'은 '에세이에 대한 비평'이면서 동시에 '에세이로서의 비평'인 것이다. '메타비평'의 의미 역시 가볍지 않은데, 권성우에게 '메타비평'은 '비평이란 무엇인가?'라는 질문을 이어가는 비평적 성찰의 중요한 방법이다. 「동경(憧憬)과 분석, 그리고 유토피아」라는 평문은 첫 비평집의 첫 번째 글이면서 '에세이비평'과 '메타비평'을 적극적으로 시도한 글이라는 점에서 중요한 의미를 갖는다. 이 글은 편지 형식의 에세이비평을 시도하고 있으며 변두리 양식으로 폄훼되던 에세이의 매혹적인 가치를 발굴하고 있다는 점에서, 그리고 선배 비평가들의 글쓰기에 대한 일종의 메타비평을 수행하고 있다는 점에서 「비평이란 무엇인가?」에서 이끌어낸 자기 세대의 비평적 기획을 충실하게 실천하고 있다.

이제 그에게 메타비평은 임화, 유종호, 김현, 김병익, 백낙청, 도정일과 같은 매혹적인 타자들과의 대화를 주선하는 글쓰기의 방법으로 분명하게 자리 잡는다. 특히 김현에 대한 지속적인 해석과 비판은 인상적이다. 그는 일련의 김현론을 통해 매혹과 동경에서 비판과 성찰의 타자로 김현을 새롭게 재구성한다. 「매혹과 비판 사이」는 김현의 대중문화 비평을 분석함으로써 대중문화에 대한 김현의 인식변화를 주목한 글이다.(『비평의 희망』에 수록된 이 글은 수정 보완된 형태로 『낭만적 망명』에 다시 실렸다.) 권성우는 이 평문의 서두에서 지금까지의 김현론이 추모나 회고를 비롯해 지나치게 따뜻한 긍정의 시각으로 지배되고 있는 것을 지적하고 "김현 비평에 대한 합리적인 이해를 위해서 이제 절실하게 필요한 것은 무엇보다도 비평가 김현에 대한 환상과 거품, 선입관과 편견, 지나친 신화화의 휘장을 걷어내고 김현을 있는 그대로 이해하는 작업"(『망명』, 105쪽)이라고 역설한다.[5] 김현은 대중문화에 대한 멸시의 시선이 팽배했던 당시의 일반적 풍토에서 비켜나 대중

5 이런 문제의식은 무엇보다 김현 비평과의 바른 소통을 위해서 절실하게 요구된다. 그런 의미에서 최근 발간된 고봉준 외, 『김현 신화 다시 읽기』(이룸, 2008)와 같은 저작은 그 요구에 적극적으로 응답하는 참신한 비평적 기획이라고 할 수 있을 것이다.

문화에 대한 선구적 통찰을 보여주었다. 그럼에도 문학중심주의에 결박된 계몽주의적 시각을 견지하고 있었던 김현이 드디어 매혹과 비판 사이의 절묘한 균형감각을 회복함으로써 탁월한 대중문화론을 집필할 수 있었던 것으로 그는 이해한다. 권성우는 김현의 대중문화 비평에서 "매혹된 자만이 그 자신을 매혹시킨 대상의 실체를 가장 구체적이며 세밀하게 파악할 수 있다는 사실"(『망명』, 123쪽)을 확인한다. 그리하여 매혹과 비판이 타자에 대한 양극단의 감수성이 아니라 한 얼굴의 다른 표정임을 깨닫게 된다. 이런 인식을 바탕으로 김현을 비롯한 4·19세대 비평가들에 대한 보다 근본적인 비판적 분석을 수행하고 있는 것이 「4·19세대 비평이 마주한 어떤 풍경」(『희망』)이다. 권성우는 4·19세대 비평가들이 자신들의 비평적 동일성을 구성하기 위해 이전 시대, 특히 1950년대 문학을 적극적으로 비판했고 그것이 결국은 세대론적 인정투쟁의 전략에 따른 과도한 부정이었다고 비판한다.[6] 이런 비판

---

6 '세대론적 인정투쟁의 욕망'을 고발하는 권성우의 논리는 "모든 비평적 담론은 운명적으로 전략적이다."(「다시 생산적인 대화를 위하여, 혹은 '타자의 현상학'」, 『매혹』, 130쪽)라는 그의 오래된 인식과 무관하지 않다. 그 역시 1980년대에서 1990년대로 넘어가는 이행기에 비평을 시작한 세대로서, 자기 세대의 비평적 입지를 확보하기 위해 기존 관념의 고루함을 상대로 치열한 논쟁을 펼치지 않을 수 없었다. 『비평의 매

과 함께 김현의 비평이 가장 매혹적이었던, 1970년대 비평의 한 풍경을 『김현 예술 기행』과 『시인을 찾아서』라는 두 권의 저작을 통해 들여다보고 있는 글이 「만남의 글쓰기, 혹은 에세이의 매혹」(『망명』)이다. 프랑스 사회와 문화에 대한 김현의 통찰 속에서 권성우는 "자기에 대한 치열한 성찰은 타자에 대한 깊이 있는 관찰과 동전의 양면의 관계"(294쪽)임을 새삼 깨닫는다. 『시인을 찾아서』에서는 『김현 예술 기행』에서 보았던 '현장과의 만남'을 통한 글쓰기의 또 다른 모습을 보면서 김현 비평의 개성적 면모라고 할 수 있는 "섬세한 직관, 대상과의 직접적인 만남을 통한 공감의 비평, 에세이적 글쓰기 등의 특징"(303쪽)을 확인한다. 바로 이러한 것들이 권성우를 그토록 설레게 했던 매혹의 근거가 아닐까.

비평의 매혹을 가로질러 비판에 이르는 과정은 숱한 논쟁을 치르면서 상처와 고독을 견뎌온 힘겨운 인고의 시간이었을 것이다. 아무리 그것이 정의로운 의도에서 시작된 정당한 것이라 할지라도 타자와의 논쟁은 언제나 분노와 증오를

혹』에서 2부 '경계선의 진정성'을 구성하는 네 편의 평문(「다시 생산적인 대화를 위하여, 혹은 '타자의 현상학'」, 「예술성 · 다원주의 · 문학적 진정성」, 「김영현의 소설과 정남영의 비평문에 대한 열네 가지의 생각」, 「베를린 · 전노협, 그리고 전노협」)은 바로 그 고투의 흔적이다.

생산하고 아픔과 상처를 남긴다. 감정이 이성을 압도하고 수사가 논리를 능가하는 세속적인 논쟁 앞에서 생산적인 대화를 희망하는 것은 얼마나 절망스러운가. 그러나 다행히도 이제 40대 후반, 인생의 절반을 보낸 그에게 다시 비평적 대화의 열정을 불러일으키는 타자들이 찾아온다. 임화, 가라타니 고진, 에드워드 사이드가 바로 그들이다. 상처받은 영혼에게는 위로의 순간이 필요하며 의기가 꺾인 비평가에겐 자기 고양의 계기가 절실하다. "어떤 글이 제대로 된 비평인가? 나는 비평가로서 어떤 길을 걸어가야 하는가?"(「망명의 비평-임화 · 에드워드 사이드 · 가라타니 고진과의 만남」, 『망명』, 21쪽) 등단 20년차의 권성우는 이 같은 초발심의 질문을 스스로에게 던지며 '비평가로서의 위기의식'과 당당하게 마주한다. 임화와 가라타니 고진, 그리고 에드워드 사이드는 "그들의 비평적 입지는 조금씩 다르지만, 현실에 대한 성찰과 한 사회의 시스템 및 문학제도에 대한 비판을 어떤 비평가보다도 소신 있게 지속적으로 수행해왔다는 공통점"(22쪽)을 갖고 있었다. 이들은 권성우에게 인생의 반고비 외로운 길에 먹구름 뒤의 태양처럼 나타난 단테의 길잡이 베르길리우스가 아니었을까. 그들의 비평적 고투는 자신이 지나온 비평적 행로와 겹쳐지면서 스스로를 기운 차리게 하는 위로와 자극의 계기가 되어주었을 것이다. 그에게 "임화는 늘 문단의 중심에 있으면서도,

외부자의 입장에서 그 중심의 제도적 모순과 지배이데올로기에 대해 항상 자각한 비평가였다."(30쪽) 1940년을 전후로 한 시기의 저 임화는 바로 지금의 권성우가 아닐 수 없다.[7] 에드워드 사이드는 비평행위의 정치적 행동성과 논쟁의 중요성을 역설했고 동시에 비평가의 중요한 덕목으로 '독립성과 보편성'을 들었다. 권성우는 바로 이 대목에서 논쟁의 과정에서 입은 상처를 뒤로하고 어떤 주류적 체제의 구속으로부터도 자유로운 '낭만적 망명'의 비평가로 스스로의 위치를 지정할 수 있게 된다. 고독과 상처는 곧 망명의 결단을 위한 수순이었던 것이다. '문학제도와 시스템에 대한 비판적 탐문'을 통해 당대문학의 편협한 제도로부터 망명을 감행한 가라타니 고진에게서는 문학제도의 부정성과 결별하는 과감한 결단을

7 권성우는 박사학위 논문에서부터 『횡단과 경계』(소명출판, 2008)의 1부에 묶인 네 편의 임화론에 이르기까지 오랫동안 임화에 천착해왔다. 이는 그의 임화 연구가 이문열(작가론), 김현(메타비평)에 대한 지속적인 탐구에 비견되는 학문적 영역에서의 장구한 프로젝트라는 사실을 환기시킨다. 『횡단과 경계』는 비평가와 연구자, 비평과 논문, 주류장르(시, 소설)와 비주류 장르(에세이)라는 근대문학의 완고한 경계를 가로지르는 지적 기획의 산물이다. 그런 의미에서 권성우의 임화론은 어떤 경계와 장벽으로부터도 구속받기를 거부하는 유목적 지식인으로서 그의 면모를 선명하게 보여준다고 할 수 있겠다.

본다.[8] 그러나 이들은 살아 있는 혼돈으로서의 타자들이 아니다. 이들은 모두 자기의 욕망으로 주조한 환각의 주형물이다. 권성우는 서로 다른 이 타자들을 '망명자'라는 하나의 이름으로 호명함으로써 자기와의 동일성 속에서 교묘하게 위안의 거처를 마련하고 있는 것이 아닐까. 논쟁이 가져다준 고독과 상처는 타자들의 낯섦을 자기애의 환상 안에서 폭력적으로 제거해버린다. 권성우는 저 타자들 속에서 위안을 얻고 싶었던 것이다.

권성우에게 비평은 시나 소설과 같은 주류화된 문학장

---

8 권성우는 「추억과 집착-'근대문학의 종언'과 그 논의에 대하여」(『망명』)에서 가라타니의 테제를 한국문학의 제도와 문단시스템에 대한 비판적 성찰의 계기로 전유하고 있다. 권성우의 입론은 조영일이 『가라타니 고진과 한국문학』(도서출판b, 2008), 『한국문학과 그 적들』(도서출판b, 2009)에서 그랬던 것처럼 가라타니 고진의 문제의식을 한국의 문단제도에 투박하게 적용하고 있는 것 같다. 권성우나 조영일 모두에게서 한국문학을 위한 진정 어린 충정을 느낄 수 없는 것은 아니지만(특히 '문단문학'의 외부에 있는 텍스트들에 대한 조영일의 의미 있는 해석은 주목할 필요가 있다) 이들은 가라타니의 종언론을 '문학 일반'의 종언이 아닌 모순으로 가득 찬 '문단 시스템'의 종언이라는 국지적 사태로 축소함으로써 가라타니의 맥락을 오독한다. 가라타니의 명제가 가진 논리적 타당성의 문제를 떠나 그의 종언론은 분명 문학이라는 예술의 한 장르에 대한 실망의 명백한 표명이다. 그가 문학을 통한 투쟁이 아닌 'NAM'이나 철학적 탐구를 통해 해결책을 모색하는 이유도 여기에 있다.

르의 매혹에 앞선다. "좋은 비평문을 읽는 즐거움은 좋은 시나 소설 혹은 수필을 읽는 즐거움에 결코 못지않다."(「두 비평가의 내면 풍경」, 『매혹』, 110쪽) 비평은 그에게 최량의 희열을 안겨주는 문학의 한 갈래이자 위대한 예술 그 자체다. "비평이라는 장르는 다른 어떤 장르보다도 주체의 내면이나 정치적 무의식이 확연하게 드러나게 되며 이데올로기 문제에 대해서 정치한 접근을 시도"(111쪽)할 수 있기 때문에 시와 소설과는 다른 특별한 매력이 있다. 권성우는 비평의 또 다른 매혹을 "비평이 과학과 예술 혹은 상상력과 논리의 팽팽한 긴장상태의 접점에 존재한다는 사실"(111쪽)에서 찾는다. 감성과 지성이 어우러진 비평의 글쓰기는 예술과 학문의 경계를 가로질러 매혹과 동경의 유토피아를 건축한다. 바로 이런 이유에서 권성우의 비평이 작품에 대한 실제비평보다 메타비평에 기울어져 있다고 할 수 있을 것이다.[9]

9 최원식의 비평을 논하면서 실제비평의 부족을 한계로 비판했던 권성우는 「창비 비판을 둘러싼 비평가의 내면풍경」(『상처』)에서 지난 시절의 그 비판을 철회하면서 다음과 같이 자신의 입장을 새롭게 정리한다. "물론 능력이 된다면, 메타비평, 이론비평, 텍스트비평 등 비평의 모든 분야에서 열정적인 능력을 발휘할 수도 있으리라. 그러나 대부분의 경우, 이 모든 것에 대해서 남다른 비평적 열정을 발휘하기란 쉽지 않다. 엄청나게 다양한 비평적 스펙트럼 중에서, 각기 자신이 선택한 비평방법에 상대적으로 비중을 둘 수밖에 없는 것이다."(387쪽) 이런

그렇다고 권성우가 텍스트비평을 게을리 한 것은 아니다. 동시대의 작가와 작품에 대한 깊은 애정은 독자적인 예술로서의 비평에 대한 매혹만큼이나 뜨겁다. 그런데 그의 작품론/작가론에는 뚜렷한 편향이 드러난다. 권성우가 비평의 대상으로 삼은 작품들은 인물의 내면적 성찰이 두드러진다는 점에서 지성적이라고 할 수 있다. 이 같은 주지주의적인 문학적 취향은 글 쓰는 인간의 '자의식'에 대한 그의 유별난 감수성을 반영한다. '내면'의 성찰을 통해 표현되는 '자의식'의 탐구는 권성우 문학론의 기축이다. 이것은 비평가의 자의식이 잘 드러난 평문에 대한 그의 메타비평적 관심과 같은 맥락에서 이해된다.

권성우가 '에세이 소설선'이라는 이름으로 엮은 『생각하는 별들의 시간』(태성, 1990)에 실린 작품들의 면면은 그의 미학적 편향을 고스란히 드러낸다.[10] 그는 이 앤솔러지에 실린

솔직한 토로는 충분히 이해할 만한 정당한 고백이다. 한국 문단의 제도적 문제를 비판하는 데 주력해온 권성우(최근의 조영일도 해당된다)를 향해 텍스트비평의 부족을 들어 비판하는 것은 비판적 논리의 빈곤과 비판적 주체의 치졸함을 드러내는 것이라고 볼 수밖에 없다. 문단제도와 텍스트가 별개의 문제라는 것은 아니지만 비평적 관점에 따라 논의를 집중하는 영역이 다를 수 있는 것이다.

10 그 목록은 다음과 같다. 이상의 「날개」, 허준의 「습작실에서」, 김승옥의 「무진기행」, 이청준의 「전짓불 앞의 방백」, 최인훈의 「달과 소년병」,

작품들이 80년대의 주류문학이라고 할 수 있는 '운동으로서의 문학'을 반성적으로 성찰할 수 있다고 보았다. 80년대라는 '불의 시대'에도 "내면적이고 심리적이며 한 개인의 절망과 번민 · 방황 등의 내면 풍경이 진솔하게 노정되는 작품을 창작하기 위해서는 철저한 예술가 정신이 요구"(「'이 세계를 형성하는 사소한 일' 너머의 풍경」, 『매혹』, 87쪽)되었을 것이다. 그러나 민족문학론의 미학적 경직성은 '예술가 정신'으로 요약되는 작가의 자의식을 포용할 만큼 여유롭지 못했으며 오히려 그것은 정치적으로 불온한 것이라 비판받았다.

이른바 객관적 정세를 추수하는 문학이 초래할 미학적 파탄을 피하기 위해서는 주 · 객관의 긴장 속에서 빚어지는 내적인 고뇌의 무늬를 드러내는 작품들에 대한 새로운 인식이 필요했다. 현실의 부조리한 모습은 인간의 불온한 내면을 통해 더 핍진하게 표현될 수 있기 때문이다.[11] 서술주체의 자

이문열의 「이 황량한 역에서」, 윤후명의 「모든 별들은 음악 소리를 낸다」, 임철우의 「사평역」, 김영현의 「포도나무집 풍경」, 하창수의 「더 깊어지는 강」, 박상우의 「한 편의 흑백영화에 관하여 그는 말했다」. 권성우가 엮은 또 다른 편저인 『문학이란 무엇인가』(문학동네, 1994)의 필자 목록(김현, 복거일, 황지우, 김종철, 이청준, 정과리, 이문열, 김명인, 이성복, 유종호, 신범순, 김윤식)을 통해서도 '자의식'을 중핵으로 하는 그의 문학적 취향을 가늠해 볼 수 있다.

11 미셸 제라파는 변증법적 문학론과 형식주의 문학론을 이분법적으로

의식이 깊게 드러난 소설들은 80년대 문학이 간과했던 개인과 실존의 문제들을 다시 귀환하게 함으로써 한 시대의 심각한 편향을 바로잡는다.

이문열에 대한 권성우의 지속적인 탐구도 바로 이런 차원과 연결된다. 서울대 재학시절 대학신문사의 현상모집에서 평론부분 문학상을 수상했던 「이문열론: 세계관의 변화과정을 중심으로」(서울대 대학신문, 1985. 12. 2)에서부터 「작가에게 보내는 젊은 비평가의 편지-이문열 씨에게」(『매혹』), 「우리는 어떻게 진정으로 변화할 수 있을까요?-이문열 선생님께」(『희망』), 「예술을 위한 예술과 정치적 보수주의-이문열의 예술가소설에 대해」(『망명』)에 이르기까지 그는 20여 년이 넘게 이문열의 문학에 대한 애정 어린 독서를 멈추지 않았다. 그럼에도 그의 이문열론은 매혹의 근거를 밝혀내기보다는 미학적 한계를 비판하는 데 집중한다. 예컨대 그는 이문열의 소설들에서 '세계관의 구조'와 '이야기의 구성원리'가 지나치게 유형화된 것을 문제 삼고 '작가의 지나친 개입과 주관적 해설'을

구분하는 속류적인 문학사회학에 반대했다. 그는 비(반)사회적인 모더니즘 작가로 규정되었던 베케트, 프루스트, 포크너의 소설들에 담긴 사회적 의미를 적극적으로 읽어냄으로써 리얼리즘 문학론의 일방적인 시각적 편향을 바로잡는다.(미셸 제라파, 이동렬 옮김, 『소설과 사회』, 문학과지성사, 1977)

비판한다. 여기다 소설의 표면에 드러난 예술의 독자성에 대한 강조가 그 이면의 정치적 보수주의를 은폐하고 있다는 지적까지 더하면 권성우의 이문열론은 완전히 비판으로 기울어 있는 것처럼 생각될 수 있다. 하지만 권성우에게 비판은 매혹의 반의어가 아니라 애정의 또 다른 표현임이 여기서 다시 드러난다. 비판은 대상을 파멸시키기 위해서가 아니라 대상과의 만남을 통해 '나'를 성찰하기 위해 필요하다. 작가적 자의식을 강렬하게 드러내는 이문열의 소설에 대한 지속적인 탐구는 비평가로서 자신의 자의식을 성찰하는 것이기도 하다. 이문열이라는 타자는 자기의 내면을 들여다보는 일종의 거울인 셈이다. 권성우는 아마도 이문열의 소설에 드러난 예술가의 자의식에 대한 오랜 탐구를 통해 예술적 주체의 확고한 자의식이 뿜어내는 멋스러움에 이끌리면서도 타자를 압도하는 위험한 동일화의 욕망을 경계하였을 것이다.

권성우에게 작가론은 비평가로서 자기의 자리를 반성하는 성찰의 글쓰기다. 이문열론에서 그러했던 것처럼 다른 작가들 역시 그에게는 자기성찰의 타자들로서 의미를 갖는다. 그리하여 그는 자폐적 엘리트주의에서 벗어나 치열한 문학적 자의식(작가의식)과 장인정신을 갖춘 작가로 거듭난 이인성에게 매혹당하게 되는 것이다.(「존재론적 고독에서 '당신'과의 만남으로」, 『매혹』; 「문학은 어떻게 살아남는가」, 『희망』) 마찬가지로 이성복의 문학론을 "주체중심주의에 기반을 둔 자기 동일성에서 벗어나 타자에 대한 성실한 이해와 배려로 나아가는 도정"(「문학에 대한 근원적 질문」, 『희망』, 36쪽)으로 받아들일 수 있는 것도 비평가로서의 자기성찰을 위한 '타자의 현상학'이라는 맥락에서 이해할 수 있다.

이처럼 권성우에게 매혹의 타자들은 비평가로서 자신의 입장과 태도를 구성하는 존재의 기반이다. 어떻게 보면 지나칠 정도로 주체와 타자의 관계에 대한 문제의식을 반복하고 있는 권성우의 평문들은 타자와의 열린 대화와 소통을 소망하는 비평가로서의 강밀한 자의식을 반영한다. 그러나 역시 지나치면 모자람만 못하다. 성찰의 강박에 붙들린 것 같은 그의 결벽증은 비평적 주체에 내재한 욕망의 병리학을 암시한다. 작가론(비평)으로 쓰이기 위해 작품이 존재하는 것이 아닌 것처럼 비평가를 위해 작가가 존재하는 것은 아니다. 그렇지만 권성우의 비평적 매혹의 대상들은 마치 그의 성찰을 위한 들러리로 존재하는 것처럼 느껴질 때가 있다. 지나친 배려가 타자에게 부담을 주는 것과 마찬가지로 과도한 '타자의 현상학'은 타자를 소외시킨다.

면 하늘 저편의 무지개를 좇는 것처럼 공감의 대상을 염원하는 비평가의 소망은 절실하다. 하지만 발 딛고 서 있는 이곳의 남루한 대상들과 부대끼는 비평가의 세속적인 열정도 뜨겁기는 마찬가지다. 대상과의 교감이 공감으로 이어질 때 비평가는 행복하다. 그러나 비평이 대상과 어긋나 길항하더라도 곧장 불행이 찾아오는 것은 아니다. 어차피 비평가의 자의식과 마주하는 타자들이란 그 모두가 '잘 빚어진 항아리'일 수는 없는 것이니까. 금 가고 얼룩지고 이 나간 타자들의 형상 앞에서도 애처로운 눈길을 거둘 수 없는 것이 올곧은 비평가의 자의식이리라.

비평이 인정과 연고에 얽매이고 권력과 자본에 기생할 때 불행은 세균처럼 쉽게 번식한다. 비평을 얽어매는 것이 비단 권력과 자본만은 아니다. 그릇된 신념과 반성 없는 이념 역시 비평가의 해석과 판단을 위태롭게 하는 위험한 열정이다. 정의롭다는 확신은 때때로 그 신념을 배반해 대상에 대한 무분별한 폭력을 정당화시킨다. 특정한 사상과 이론에 중독되어 해방의 이념을 지상의 척도로 삼는 교조적 비평의 맹목 역시 위험하다. 이처럼 비평가에게 반성 없는 열정이란 종교적 맹신에 사로잡혀 타인의 믿음을 묵살하는 광신도의 자기중심주의와 다를 바 없다.

해석과 판단의 척도는 선험적인 입법으로 존재하는 것이 아니므로 저마다의 입장과 태도에 따라 평가는 다를 수 있다. 그러므로 작품을 둘러싼 해석의 투쟁은 지극히 자연스럽다. 그러나 해석의 상대주의는 비평가의 자기성찰이 결여될 때 그 해석이 폭력으로 나아갈 길을 열어준다. 해석에는 비평가의 드러난 의도와 함께 이면의 정치적 무의식이 간섭하기 때문에 비평가에게 해석은 언제나 두려운 과업이다. 매혹이 감상적 도취로 빠지거나 비판이 감정적 분노로 폭발하지 않게 하기 위해서라도 매혹과 비판 사이의 긴장과 조화는 비평가의 자의식을 구성하는 중요한 덕목으로 요구된다.

한 사람의 비평가는 비판과 논쟁의 상처와 고독을 겪어냄으로써만 진정한 매혹에 도달할 수 있다. 문학의 매혹에 이르는 길이 모순과 부조리로 가득 찬 비열한 거리라는 사실을 깨닫게 될 때 문학은 더 이상 낭만적 동경의 성채가 아니라 속악한 세계의 한 중심에 놓인다. 문학의 자리는 미학적 관념의 유토피아가 아니라 야쿠자의 질서로 지배되는 비정한 나와바리(champ)인 것이다.[12] 문학의 위대함이 천재들의 두뇌

12 "문학 장은 권력 장 안에서 피지배적인 위치를 차지한다. 권력 장은 (경제적이거나, 또는 특히 문화적인) 여러 다양한 장들 속에서 지배적

로부터 창조되는 것이 아니라 제도와 권력이 만들어낸 일종의 담론효과라고 의심할 수 있을 때 문학을 둘러싼 공모와 음모의 음험한 힘들은 그 실체를 드러낸다.

문학의 매혹에 유별난 감수성을 갖고 있던 권성우에게, 그 매혹이 실은 한갓 조작된 신화일 수 있다는 회의의 순간은, 가혹하게도 그를 비판과 논쟁의 전장으로 불러낸다. 권성우는 비평가로서의 활동을 시작한 초기부터 '논쟁'에 대한 자의식을 분명하게 견지하고 있었다. 그는 "자신의 문학적 · 비평적 입장을 정당화시키기 위하여 상대방의 논지를 과장 · 축소 · 오해하거나, 글쓰기를 지극히 권력적인 헤게모니의 창출을 위한 공간으로 인식하는"(「다시 생산적인 대화를 위하여, 혹은 '타자의 현상학'」, 『매혹』, 130-131쪽) 것에 반대함으로써 불편부당한 인정투쟁으로서의 논쟁에 거리를 둔다. 비평이란 본질적으로 전략적일 수밖에 없지만 부정한 형식의 전략은 비평을 진흙탕의 논쟁으로 타락하게 만들기 때문에 '생산적 대화'를 위한 비평가의 성찰이 무엇보다 중요하다는 것을 인식하고 있었던 것이다.

인 위치들을 점유하기 위해 필요한 자산을 소유하려고 하는 행위자들이나 집단들 사이의 힘의 관계의 공간이다."(피에르 부르디외, 하태환 옮김, 『예술의 규칙』, 동문선, 1999, 285-286쪽)

1987년에 등단한 권성우의 비평적 전략의 출발점은 80년대와 90년대의 양극단의 편향으로부터 거리를 두면서 그 접점을 모색하는 것이었다. 그는 80년대 민족문학론의 맹신과 90년대 포스트모더니즘 문학론의 맹목 모두를 부정적인 형식의 '담론의 전략화'로 비판했다. 극단적 사유가 내재하고 있는 '배타적 거부와 열광적 옹호'의 주술로부터 벗어나기 위해 그는 이질적인 것들의 공존을 인정하는 가치의 '다원주의'와, 보수적인 기존의 관념을 전복하는 인식론적 '상대주의', 그리고 정치적 패배주의와는 다른 문학적 '허무주의'의 가능성을 탐색한다. 권성우의 이런 입장은 보수화된 민족문학론의 관제성과 포스트모더니즘의 이름으로 창궐하던 대중문학의 상업성을 동시에 극복하면서 양자가 가진 창발적 가능성의 벡터를 모색하는 것이었다. 하지만 그에게 정말 위태로운 것은 포스트모더니즘이라기보다는 민족문학론의 연역적인 환원론과 교조적인 배타성이었다.[13] 이문열, 이인성, 유하에

---

13 "포스트모더니즘 논쟁에 관하여 말한다면 나로서는 그러한 문학사조를 일종의 '새것 콤플렉스'에 지배되어 맹목적으로 수용하는 것도 문제지만 사회 구성체의 질적인 변모로 인한 새로운 이론적 지평이 가져다준 문학 · 예술의 질적인 변모를 정확히 보지 못하고 포스트모더니즘을 단순히 '제1세계 다국적 기업의 세계 전략'이라고 거친 잣대로 비판하는 것도 일정하게 문제가 있다고 생각된다."(「예술성 · 다원주의 · 문

매혹될 수 있는 문학적 감수성은 유물론적 변증법의 경직된 논리와 불화할 수밖에 없다. 이른바 '김영현 논쟁'은 바로 그 같은 감수성이 '불의 시대'와 불화하면서 끝내 작별하는 진통의 풍경을 담고 있다.

권성우는 "평범한 현실주의 작품보다는 탁월한 모더니즘 작품을 훨씬 좋은 문학이라고 생각하며 이와 똑같은 의미에서 탁월한 현실주의 작품을 황당하고 깊이가 없는 모더니즘 작품보다 월등한 문학작품이라고 생각한다."(171쪽) 탈(비)정치적인 것이 가장 정치적일 수 있다는 오래된 명제를 수용할 때 언뜻 공평무사하게 여겨지는 그의 이런 생각은 사실 대단히 정치적이다. 그의 생각에는 모더니즘이나 리얼리즘 같은 특정한 이념이 문학의 가치를 판가름하는 최종의 심급이 될 수 없다.(정남영과 조정환이 그를 '자유주의자'라고 조롱하는 이유가 바로 여기에 있으며 권성우가 그들을 '교조주의자'로 비판할 수 있는 근거가 또한 여기에 있다.)

권성우는 김영현의 소설들(『깊은 강은 멀리 흐른다』, 실천문학사, 1990)이 "80년대 민중문학에서 현저히 부족했던 섬세한 내면의 풍경과 심리적인 복합성, 소설 구성의 깔끔한 완결성, 솔직하고 진솔한 자기 고백 등의 신선한 면모들"(172쪽)을 통

학적 진정성」, 『매혹』, 162-163쪽)

해 민족문학론의 한계를 넘어 90년대 문학의 가능성을 보여 주었다고 고평했다. 그러나 정남영은 그것을 '당파적 현실주의'라는 사회과학의 척도로 가볍게 부정해버린다. 권성우에게 정남영의 비평은 문학의 구체성과 그 복잡성의 미묘한 질감을 '당파성'과 '총체성'이라는 추상적 관념을 통해 해소해버리는 무서운 맹목의 글쓰기다. 권성우의 해석을 계급적 논리로 환원해버리는 정남영의 비평—그에게 이 논쟁은 해석투쟁이기에 앞서 계급투쟁이다—은 확실히 이념의 과잉에 빠져 있다. 그런 의미에서 정남영에 대한 권성우의 비판은 정당하다. 그러나 또 다른 차원에서 볼 때 그의 비판은 정의롭지 못하다. 투쟁의 현실 깊숙이에 있던 정남영에게 권성우의 비평은 "그 의도가 얼마나 진지하고 정의로운 것인지는 모르겠으나 실상은 반동 부르주아지를 대신하여 민중진영 내의 가장 진보적인 부분과 전쟁을 벌이고 있는 것"(「'김영현 논쟁'의 결론」, 『노동해방문학』, 1991. 1)으로 인식되었다.[14] 논쟁의 장 안에

14 훗날 권성우는 (신형철로 생각되는) 신진 평론가 'S'에게 다음과 같이 조언한다. "자신의 비평이 어느 사이에 특정한 문학제도의 정치적 무의식과 특정 문학집단의 이해관계 속에서 작동하고 있다는 사실에 대한 자각이야말로 S형의 비평적 전회, 이론적 도약을 위해서 반드시 필요한 자기 부정, 자기 성찰의 과정이라고 생각됩니다.(「이론의 매력과 비평의 전회」, 『망명』, 90쪽) 이것은 정남영이 권성우에게 보냈던 비판의

서 권성우는 분명 정남영을 압도했다. 그러나 논쟁의 바깥에서 그의 비판은 체제의 논리에 봉사할 수 있었다. 이 논쟁은 해석투쟁이나 계급투쟁이기 이전에 진보적 문학론의 입장에서는 생존투쟁이었던 것이다. 이 논쟁에서 권성우는 당당했지만 가혹했고, 확신했지만 다 몰랐으며, 결국은 이겼으면서도 다 이기지는 못했다.

논쟁 이후 한동안 침묵을 지키고 있던 권성우는 1994년 창간된 계간 『리뷰』에 에세이들(『희망』의 5장에 재수록)을 발표하는 것을 계기로 '매혹에서 비판'으로 비평의 중심을 이동한다. 이후 활화산처럼 분출될 그의 '비판적 글쓰기'는 이 에세이들에서 용암처럼 들끓고 있었다. 비평의 매혹을 미혹으로 타락시키고 해탈의 비평을 구속의 비평으로 역전시키는 문학판의 적들을 향한 분노는 드디어 「PC통신과 비평의 역할」(『버전업』, 1997년 가을)을 통해 다음과 같이 폭발한다. "유수한 문학계간지와 연계된 각 비평적 서클들은 자신들의 입지에 대한 근원적인 반성에 근거한 치열한 비판적 담론과 활발한 논쟁을 전개하기보다는 출판자본의 유혹에 굴복하거나 자신들 동네의 작품만을 옹호하는 나팔수 역할에 만족하고 있다."(『희망』, 227쪽)

반복이 아닌가.

「신세대문학에 대한 비평가의 대화」(『문학과사회』, 1997년 겨울)는 구체적인 대상과의 논전을 불러일으킨 평문으로 앞으로 펼쳐질 치열한 논쟁의 서곡에 해당한다. "저널리즘이나 J씨 같은 신진 문학평론가들은 늘상 새로운 작품에 대해서 적극적인 의미를 부여하면서 '새로운 축제'를 구성해 나가는 것 아니겠습니까. 이러한 현상은 문학적 권력의 작동방식이라는 측면에서 해석될 수도 있을 겁니다. 최근에 젊은 작가들의 부상은 이러한 비평과 저널리즘의 속성 자체에서 기인하는 면도 있겠지요. 그런데 제가 보기에는 거기다 덧붙여, 문학 계간지를 가진 채 단행본 출판을 통해 출판사를 운영하는 출판자본의 난립으로 인한 치열한 경쟁이, 문학적 수련을 철저히 거치지도 않은 신인들의 때 이른 화려한 등단과 스타 시스템 현상으로 나타나고 있다고 생각하고 있습니다."(『희망』, 247-248쪽; 이 발언은 『문학과사회』의 지면을 통해 '문지'에서 출간된 신인들의 작품을 논하는 자리에서 나왔다.) 이것은 이른바 '문학권력'에 대한 도발이자 선전포고문이다. 그러나 문사 쪽에서는 권성우의 선전포고를 "문단의 역학관계 속에서 전략적으로 행해지는 자객의 글쓰기"(「총평-문학공간」, 『문학과사회』, 1998년 봄)로 간단하게 무시해버린다. 열린 비판과 생산적 대화를 희망했던 그에게 이런 무시는 멸시와 다르지 않았다. 이를 계기로 문단권력의 부정적 실체를 다시 한 번 확인하면서, 그의 비평은 이제 강준만을 비롯해 김정란, 진중권, 김영민, 김명인, 『비평과전망』 동인 등의 '비판적 글쓰기' 그룹과 연대하면서 『문학과사회』뿐 아니라 『문학동네』, 『창작과비평』 등의 특정 에콜이 가진 편협한 섹트주의와 위선적인 상업주의를 비판하는 쪽으로 완전히 기울어진다. 그 세속적인 논쟁의 외로운 과정들은 『비평과 권력』, 『논쟁과 상처』라는 두 권의 비평집에 고스란히 담겨 있다.

『비평의 매혹』에 매료되었던 독자들에게 이 두 권의 비평집은 뜨악하다. 비판과 반박, 공박과 논박이 오가는 거친 메타비평의 논전은 즉각적이었고 격정적이었기에 상징계의 규율을 벗어난 욕망과 충동의 생생한 모습을 거침없이 드러냈다. 문학을 둘러싸고 있던 신비로운 장막을 걷어내고 그 속살을 드러낼 때 문학을 향한 매혹과 동경은 한낱 헛것이 된다. 그 헛것, 거짓 이데올로기의 주술을 푸는 해방의 카타르시스는 동시에 고독과 상처를 가져온다. 그리하여 문학권력 논쟁은 매혹의 열정을 잃어버린 이들에게는 향락(jouissance)의 새로운 대상을 발견하는 것이었으리라.

권성우의 문학권력 비판은 세 개의 논점으로 정리된다. ① 권력의 공정하고 합리적인 행사에 대한 문제제기[15] ② 권

---

15 "문학권력 논쟁의 진정한 의미는 이 논쟁이 문학장 내에서 비평계의 부

력비판의 근거로써 자기의 권력의지에 대한 철저한 반성과 성찰의 요구[16] ③ 권력비판에 대한 반론들의 권위적이고 불성실한 태도에 대한 비판.[17] 『비평과 권력』은 ①과 ②를, 『논쟁과 상처』는 ①과 ③을 주된 내용으로 하는 평문들을 중심으로 구성되어 있다. 세 개의 논점 중에서 ①은 ②와 ③을 종속적으로 불러오는 근본적인 문제설정이다. 그런데 실제로 논의의 중심인 ①은 그 동기의 순수성과 비판의 윤리적 정당성에도 불구하고 파괴력을 가진 참신한 비판이라고 할 수 없는 소박한 동어반복에 머물고 말았다. 그것은 성역에 대한 침범이나 금기에 대한 위반이라기보다는, 누구나 알면서도 아무나 말하지 못했던 불편한 진실에 대한 새삼스런 환기였다.

정적 관행, 문학성이라는 척도에 의해서 은폐된 모순, 왜곡된 역학관계 등을 공공연하게 드러나게 만들었다는 점에서 찾을 수 있을 것이다." (「심미적 비평의 파탄」, 『상처』, 122쪽)

16 '비판'이라는 지적 행위를 글쓰기의 기본 동력으로 활용하는 비평은 자기 성찰과 자기비판이 세심하게 동반되어야 한다. 투명하고 지혜로운 성찰이 동반되지 않은 비평은 때로 타인에 대한 폭력적인 비판이나 천박한 나르시시즘, 자기동일성에 대한 일방적 옹호로 귀결되기 마련이다.(「비판, 그리고 '성찰의 현상학'」, 『권력』, 131쪽)

17 "필자는 이러한 태도에서 부정적인 편견이 지적 불성실성과 결합하여, 비판 대상자에 대한 참으로 폭력적인 표식을 붙이는 전형적인 사례를 목도한다."(「우리를 아프게 하는 비판을 원한다」, 『상처』, 318쪽)

문학권력 비판이 "주류 문학권력과 불합리한 문학제도에 대한 비판을 금기시하던 묵시적 관행을 깨트린 의미 있는 시도"(「비판, 추억, 그리고 김현」, 『권력』, 57-58쪽)라고 한 자평은 틀린 말은 아니지만 분명 과장된 표현이다. 겉으로는 생산적인 대화를 요청하면서도 실제로는 상대방의 윤리적 취약성을 집요하게 추궁함으로써, 비판의 당사자들을 궁지로 몰아넣어 단죄에 가까운 비판의 칼날을 휘두른 것은 그들에게 성찰이나 반성보다는 당혹스러움과 분노의 격렬한 감정을 불러일으켰다. 바로 이러한 이유 때문에 논쟁 자체를 추문으로 폄훼하는 반론들이 제출되었고 권성우는 다시 ③의 비판으로 이에 응수했다. ②는 이 논쟁의 구도 속에서 ①과 ③에서 전개된 비판의 정당성을 확보하기 위한 전략적인 자기합리화라고 할 수 있겠다. 문학권력 논쟁은 '나'의 성찰을 통한 '타자'와의 비판적 대화를 지향하고 있지만 실제 논쟁의 과정은 철저하게 '나'를 중심으로 전개되었다. "욕망의 과격성은 격렬한 논쟁의 과정에서 가장 직접적이며 노골적으로 드러"난다.(「심미적 비평의 파탄」, 『상처』, 122쪽) 자기 성찰의 강박과 타자의 현상학에 대한 집착은 자기중심주의라는 동일한 욕망의 다른 증상이다.

문학권력 논쟁의 문제의식은 정의롭고 정당했다. 그렇지만 상대를 진정으로 굴복시켜 변화를 이끌어낼 수 있는 비판의 정교함을 보여주지는 못했다. 문학과 윤리의 관계를 생각할 때 "도덕주의적 분노와 단순화보다는 과학적인 상황 이해"[18]가 보다 엄밀하게 요구되는 것은 상황에 대한 총체적 이해가 결여된 비판이 가져올 수 있는 의도하지 않은 폭력적 결과를 피하기 위해서다. 하지만 누구도 『비평과 권력』, 『논쟁과 상처』라는 전장의 기록에 담긴 권성우의 정의로운 열정과 자기 성찰의 진정성을 의심하기는 힘들 것이다. 비평가로서의 황금기를 더럽고 추악한 세속적인 논쟁의 장에서 보내면서 그가 잃어야 했던 것들, 포기할 수밖에 없었던 것들이 준 쓰라린 상실의 아픔을 생각해본다.(여기저기서 들려오는 타자들의 비아냥거림은 그를 얼마나 아프게 했을까.) 그렇지만 그의 비판과 논쟁은 타자와의 생산적인 대화라는 목적에 끝내 도달하지 못했다. 물론 이것이 권성우의 한계를 증명하는 것은 아니다. 유익한 전쟁이라는 모순어법만큼이나 생산적인 논쟁에 대한 기대는 어색하다. 진정으로 생산적인 논쟁은 자기에게서 멀어지고 타자에게 가까워지는 것이다. 하지만 누구나 쉽게 그러하듯이 권성우는 타자에게서 멀어지고 자기에게로 가까이 갔다. 우리에게 논쟁이란 지극히 세속적인 싸움인 것이다.

---

18 김우창 외, 『행동과 사유』, 생각의 나무, 2004, 73쪽.

4. 망명

처절한 논쟁의 싸움터를 지나온 한 비평가에게 이 환멸의 세계는 또 다른 비평가의 형상을 요구한다. 연고와 소속이 비평가의 주체적 판단을 간섭하는 그런 세계로부터의 탈주와 함께 새로운 문학적 영토의 구축을 위해 가져야 할 세계에 대한 분명한 입장, 그러니까 "어떠한 입장과 연대로부터도 자유로운 유목민적 태도와 상대적으로 특정한 입장을 지지해야 한다는 비판적 지식인으로서의 역할 사이"(『권력』, 8쪽)에서의 고민은 '낭만적 망명자'로서의 비평가라는 새로운 모델을 제시한다. 그리하여 권성우는 다음과 같이 말할 수 있게 되었다. "나는 개인적으로 우리 시대 비평가에게 요구되는 긴요한 자세가 바로 자신을 지적인 망명자라고 간주하는 독립성과 주체성이라고 생각한다. 스스로의 비평을 둘러싼 정황과 맥락에 대한 성찰을 통해, 자신의 비평이 어느 사이에 특정한 문학제도에 수동적으로 연루되어 있거나 특정 문학 집단의 편파적인 이해관계에서 자유롭지 않다는 성찰을 할 수 있을 때 비로소 독립적인 비평의 길을 모색할 수 있는 것 아닐까."(「망명의 비평」, 『망명』, 37쪽)

권성우가 '실명비판'과 '메타비평'을 통해 문단의 주류적 흐름과 싸우면서 겪었던 '고립'은 역설적으로 그에게 어떤 이념과 집단으로부터도 구속받지 않는 '독립적 비평의 길'을 열어주었던 것이다. 그에게 임화, 에드워드 사이드, 가라타니 고진은 그 길을 먼저 간 선구적 비평가였으며 이 세계의 낯익은 삶으로부터 스스로를 적극적으로 고립시킨 진정한 망명가였다. 이제 그는 "비평가에게 있어서 자유와 주체성의 확보는 공정한 비평, 불편부당(不偏不黨)한 비평을 위한 가장 중요한 존재론적 기반이"(「자유와 타자, 그리고 비평」, 『망명』, 71쪽)라고 말할 수 있게 되었다. 그러나 '망명'은 아늑한 고향과의 힘겨운 단절이며, 불편하고 고통스런 우발적 삶으로의 과감한 기투이기에, '성찰'이 말의 반복으로 쉽게 이루어질 수 없는 것처럼 진정으로 그것의 실천은 어려운 일이다. 권성우는 과연 망명의 당위를 아는 것에서 더 나아가 진짜 망명을 감행할 수 있을 것인가. 성찰과 반성을 너무 남발하지 말기를 바라는 마음 그대로 나는 권성우에게 망명을 더 이상 이야기하지 말라고 전하고 싶다. 성찰에 말이 필요 없는 것처럼, 망명은 그저 말없이 슬픈 결단인 것이다.

건조하고 상투적인 논문 투의 비평문체로부터 '나'를 전면에 드러내는 개성적 비평으로, 주류화된 문학의 장르 구분을 넘어 변두리 양식의 가치를 발굴하는 '외부'의 비평으로, 문단제도의 불합리한 권력 행사를 거부하는 자유로운 탈주의 비평으로, 지금까지 권성우가 보여온 비평의 궤적은 끊임

없는 유목의 여정 그 자체였다. "문학세계에는 시인이 살고 있고, 소설가가 살고 있듯이 문예비평가가 살고 있다."[19] 권성우는 고바야시 히데오의 이 말을 실감나게 하는 정말로 드문 비평가다. 그럼에도 나는, 아니 그러하기에 나는 권성우가 "모든 기성의 제도와 그물로부터 탈주한 '유목민적 주체'"(「회색인, 유목민, 오리엔탈리즘」, 『망명』, 179쪽)라는 관념적 비평가가 되지 않기를 바란다. 그에게 필요한 것은 세계로부터의 초월로 오해될 수 있는 '낭만적 망명'이 아니다. 지금 절실한 것은 '매혹'과 '비판', '성찰'과 '망명'을 희원하는 동일성의 주체, 바로 '자기'로부터의 망명, '나'로부터의 망명이다. 그리하여 이 글은 "자기에게서 멀리 떨어질수록 자기에게로 가까이 간다"는 김현의 명제로 다시 돌아온다.

19 고바야시 히데오, 앞의 책, 12쪽.

6

르네상스 정신의 비평적 발현

— 도정일론

박 형 준

1. 어떤 추문으로부터: 사유의 정지와 시민성의 붕괴

이 글은 '문대성'이라는 '사건'으로부터 시작한다. 잘 알다시피, 19대 국회의원 선거 전후 가장 이슈가 되었던 사건 중 하나가 올림픽영웅 문대성 교수의 논문 '표절' 논란과 국회의원 '당선' 문제이다. 물론 이 글에서 다루고자 하는 것은 논문 표절의 진위가 아니며, 학문적 글쓰기에 대한 반성과 도덕적 차원의 공박도 아니다. 그보다는 '문대성'이라는 사태가 대의민주주의 문화를 지탱하는 시민성의 붕괴와 무관하지 않으며, 그것이 인문주의자 도정일이 말하는 '사유의 정지' 상태를 환기시킨다는 점이다.

역설적으로만 참이 되는 진실 앞에, 학위수여기관이나 실정법기관의 판정은 무의미하다. '문(文)도리코'(진중권)라는 위트 있는 표현에서 알 수 있듯, '지식'은 손쉽게 '정보' 속에서 혼합되어 유통되고, '목적'은 필요와 '수단'에 의해 착종되어 사라진다. 다시 말해, 글쓰기가 실용적 가치나 기능성을 강조하는 방향으로 질주할 때 지식(인)의 비판적 가능성은 폐기될 수밖에 없다. 그러므로 정작 중요한 것은 냉소적 유머의 씁쓸함을 회자하는 데 있는 것이 아니라, 이 비유를 통해서 '비평'의 '종언'이나 '이행'을 상기해야 한다는 데 있다.

도정일에 따르면, 현대 사회는 비판적 문식성(비판적 글쓰기, 혹은 비평)이 궤멸된 시대이다. 이는 문자언어의 위상 변화를 보여주는 것이기도 하다. 자본을 축적하고 스펙을 관리하는 기능적 문식성만이 유효성을 지니며, 비판적 문식성은 불필요한 것으로 인식되고 있다. 진중권 식의 언어유희가 허락된다면, '문대성'은 '문(文)'과 '대성'이 분리된 '문(文)-대성'으로 읽을 수 있다. 왜냐하면, '문(文)-대성'이라는 사태는 바로 문자언어의 윤리적 파탄을 보여주는 가장 외설적인 형태이자, 문식성의 가치가 '기능'을 넘어 '비판적 사유'로 나아가야 한다는 사실을 재환기하는 사회적 증례이기 때문이다. 즉, '문(文)'과 '대성'의 이격과 간격이란, '이름'(기능과 실용)을 얻기 위해 전유되거나 소멸된 '인문적 가치'의 성찰적 발현인 셈이다.

그렇다면 문제는 다시 비판적 문식성이다. 이 추문은 우리로 하여금 '읽고-쓴다는 것'이란 무엇이며, 또 그것이 왜 중요한지를 근본적으로 되묻고 있다. 아마도 우리 시대의 대표적 인문주의자 도정일이라면, 이러한 사태를 '전체성의 붕괴'—김우창이라면 '구체적 보편성'의 상실—라고 기술할 것이다. '읽고 쓴다는 것'을 단순히 기능적 문식성의 신장으로 이해하지 않는 도정일은, '문(文)-대성' 사태를 시민사회 형성의 기본 바탕이 되는 '인문 가치'의 몰락—'운동하다 보면 그럴 수 있지 않느냐'는 안이한 태도에서 확인할 수 있듯이—, 다시 말해 '적극적 무지'의 상황으로 설명할 것이다. 왜냐하면 '논문 표절/국회의원 당선'이라는 행위/결과는 단순히 사적 도덕률의 위배만을 의미하는 것이 아니라, 비판적 사유와 공적 가치의 훼손과 직결되는 문제이기 때문이다.

그렇다면, 우리가 주목해야 하는 것은 표절의 진위가 아니라, 오히려 이 사건이 주체와 시민사회의 사유 '정지 상태(문화적 좀비와 같은)'[1]를 보여주는 대사회적 증례라는 사실이

1 도정일, 「한국을 '좀비의 나라'로 만드는 바이러스에 맞서라」, 『불량 사회와 그 적들』, 알렙, 2011, 55쪽. 이 책을 본문에서 표시할 경우 『불량』이라고 쓰고 쪽수를 병기한다.

다. 하지만 이 사건이 불러온 사회적 파장에도 불구하고, 문대성 교수는 국회의원에 당선되었다. 이것은 대의민주주의를 구성하는 주체의 '사유 정지 상황'이 사적인 도덕 불감증의 문제가 아니라, 건강한 시민사회를 구성하는 데 필요한 중요한 공적 이슈—시민성의 붕괴와 궤를 같이 하는 그것—임을 방증하는 것이다.

그러므로 작금의 우리에게 필요한 것은, 실용적 가치와 기능적 문식성의 추구 여부가 아니라, 사회 전 분야에 침투해 있는 기능 중심주의적 사유를 분쇄하고 비판적 사유를 회복하는 일이다. 이와 같은 사유의 정지 상태를 인문적 가치를 통해 돌파하고자 하는 이론적 실천은 문학비평의 과감한 이행을 촉구한다. 이른바, 인문주의의 귀환. 이러한 변화의 흐름을 도정일이라는 예외적 비평가에게서 확인할 수 있다. 그래서 지금 다시, 도정일이다.

2. 비판적 이성의 회복: 미완의 근대를 향한 여정

비평을 공부하는 사람들에게는 이미 고전이 된 『시인은 숲으로 가지 못한다』(이하 『시인』)에서 확인할 수 있는 것처럼, 도정일은 매우 독특한 비평가이다. 왜냐하면 그는 불확실성과 탈이성에 마취되어 있던 90년대를 '차가운 정신'으로 묵묵히 돌파한 몇 안 되는 비평가이기 때문이다. 그는 "보편 인권, 자유, 평등, 민주주의, 비판 정신, 정교 분리, 법치 같은 근대성의 유산"이 "여전히 우리에게 소중한 자산"(『불량』, 62쪽)이라고 말한다. 서구 근대성에 기반해 있는 도정일의 인문 지향은 다소 고집스러워 보일 정도로 확신에 차 있다. 이종숙이 도정일 식의 질문어법에 대해 "저자가 이 모두에 대해 이미 대답을 가지고 있을 뿐 아니라, 무자비하리만큼 강한 확신의 힘으로 그 대답을 밀어붙이기 때문"[2]이라고 말한 것은 이런 까닭이다.

하지만 이는 인문학 교육의 중요성을 누구보다 강조한 도정일의 신념이 반영된 부분이라 하겠다.[3] 따라서 계몽주의에 대한 알레르기 반응이나 손쉬운 비판은 이 경우에 적

---

2 이종숙, 「문학이란 무엇인가? 현대비평이론의 혁명적 힘?」, 『창작과비평』 88호, 1995, 386쪽.

3 도정일이 "버려서는 안 되는 것, 버릴 수 없는 것, 사람들이 행복 이데올로기에 홀려 내동댕이쳐서는 안 될 것들은 무엇인가? 그것들을 찾아내고 지키고 그것들의 존재를 환기시키는 일이 '문학의 진실'이고 '문학의 정의'"라고 한 것은 그러한 맥락을 보여준다. 문학의 진실과 정의는 곧 '문사철'(인문학적 가치)로 수렴, 혹은 다시 확장되는 외부성을 지니고 있다. 도정일, 「밀레니엄, 오, 밀레니엄!」, 『시장전체주의와 문명의 야만』, 생각의나무, 2008, 45쪽.

용되지 않는다. 이른 시기부터 '문학'이라는 영역을 초과하여 전개된 도정일의 비평은 정치, 사회, 역사, 경제, 문화, 교육 등의 분야를 망라한다. 기존의 문단 구조에서는 감행하기 힘든 이론적 실천이 초기부터 적극적인 양상을 띠게 된 것은 도정일의 철저한 현실 인식 때문이다. 특히, 그가 비평집 『시인은 숲으로 가지 못한다』에서 생태공간과 문화공간—예를 들면, '압구정'을 계급문화로 이해하는 장면이 특히 그러하다—의 모순 상황에 주목한 것은 이를 방증한다. 그의 현실 인식은 자연과 문명의 관계에 대한 위기의식으로 점철되어 있으나, 그것이 자연/문명, 비이성/이성, 동물/인간 등과 같이 분절된 이분법으로 구조화되어 있는 것은 아니다. 왜냐하면, 도정일은 세계를 구성하는 대상을 반대급부의 충돌(대립적 시각) 과정으로 해석하지 않기 때문이다. 히브리 신화와 그리스 신화를 비교하는 대목에서 이를 잘 확인할 수 있다.

그는 '유대-기독교'가 모순-대립물을 '악'이나 '결여'로 인식하기 때문에 배제와 추방이 가능하다고 말하는 반면에, 그리스적 사유는 늘 '공존상태'에 있기 때문에 반대되는 것을 소멸시키는 일 자체가 불가능하다고 말한다. 즉, 기독교적 사유와 구분되는 그리스적 사유란, "하나의 혼합성, 즉 모순 대립물의 공존"을 지향하는 하이브리드적 가치를 지니고 있는 것이다.[4] 도정일은 "모순물과 대립물"은 "서로 떨어져 존재하지 않는다"고 하면서, "이런 하이브리티가 존재하는 사회가 좋은 사회"(『대담』, 31쪽)이며, 그것이 본인이 지향하는 '두터운 세계'라고 말하고 있다.

> 그가 말한 이성은 데카르트적인 것이라기보다 플라톤적인 것이었다. 그는 근대 합리성(rationality)의 폭력성을 강하게 비판했다. 그러나 고대로부터 전승된 이성(reason)의 전통을 포기한 것 아니었다. 오히려 근대 합리성의 폭력성을 비판하기 위해서도 이성은 필요하다. 거기에 플라톤이 있었다.
>
> 근대 이성주의. 나도 압니다. 근대적 합리주의가 밝은 빛 못지않게 짙은 어둠을 가지고 있다는 것. 하지만 그걸 알면서도 사회적으로 지적으로 포기할 수 없는 이성이 있다는 것, 나는 그것을 굳게 신뢰해요. 그런 건 아마도 플라톤의 영향이 아닐까요, 즉 근대론자들의 영향이 아니라 플라톤의 영향.(『대담』, 28쪽: 문단 나눔-인용자)

4 도정일 · 최재천, 『대담: 인문학과 자연과학이 만나다』, 휴머니스트, 2005, 30-31쪽. 본문에서 이 책을 인용할 경우 『대담』이라고 표시하고 쪽수를 병기함.

이와 같이, 그리스적 사유에 기반한 현실 인식은 1990년의 세기말, 다시 말해 '악몽의 밀레니엄'을 차가운 정신으로 버틸 수 있게 한 사상적 바탕이 되었다. 이는 '이성'이라는 포기할 수 없는 인간 전통의 회복과 추구를 의미한다. 허나 위의 인용문에서 확인할 수 있는 것처럼, 그것은 근대 합리주의에 바탕을 둔 도구적 이성이 아니라, 오히려 "근대 합리성의 폭력성을 비판"하는 '플라톤'적인 이성, 다시 말해 '비판적 이성(critical reason)'을 의미한다. 하지만 그의 글에서 비판적 이성이 무엇인지를 설명하는 긴 호흡의 논의는 발견하기 어렵다. 왜냐하면 도정일이 강조하는 비판적 이성은 속물화되고 동물화하는 세계 체제에 대한 실천적인 거부와 저항 행위, 다시 말해 '시장전체주의'에 대한 근본적인 비판을 가능하게 하는 정신적 동력원으로서만 생성 · 작동하고 있기 때문이다.

그래서 오민석은 매우 조심스럽게, "비판적 이성의 회복이라는 표현"이 적당하지 않다고 말한다. 왜냐하면 이와 같은 용법은 "우리 사회에 비판적 이성이 언제 과연 존재했었느냐"[5] 하는 근본적인 질문을 유도하기 때문이다. 물론 이러한

5 오민석은 도정일이 비판적 이성을 강조하는 이유를 한국 사회의 합리성, 공익성, 사회적 이성의 결여로 요약한 바 있다. 어찌 되었든 비판적 이성이 시장전체주의라는 구조적 모순에 의해서 정확한 의미를 획득

질문이 '비판적 이성'의 가치와 현실 개입 자체를 제한하는 것은 아니다. '시장전체주의'라는 구조적 모순은 '지금 여기'를 비판적으로 인식할 수 있는 개개의 능력, 다시 말해 비판적 이성을 통해서 인지되고 거부될 수 있기 때문이다. 따라서 우리에게 유효한 질문의 방식은 '비판적 이성은 무엇인가'라는 것이 아니라, 비판적 이성이 가장 활성화되는 순간과 맥락은 언제인가, 하는 점이다. 도정일에 따르면, 이는 '성찰'의 시간을 회복하는 과정—만약 한병철이이라면 '시간의 향기'를 회복하는 것이라고 표현하였을 것—과 다르지 않다. 성찰의 시간 속에서 비판적 이성은 활성화되며, 동시에 착종되고 전도된 현실에 대한 적극적인 개입과 해석 의지가 발현되기 때문이다.

그렇다면 '비판적 이성'이 중요한 까닭은 무엇인가? 뒤에서 자세히 상술하겠지만, 비판적 이성은 '사유의 정지' 상태를 극복하는 원천적 힘을 제공해준다. 비판적으로 생각한다는 것은 인간적인 가치를 가장 전면에 내세우는 정신 행위의 선택이자, 사회의 구조적 모순을 섬세하게 사유하고자 하는 성찰적 노력이다. 아래 인용문을 함께 읽어보자.

하는 개념임에는 틀림없다. 오민석, 「비판적 이성의 힘-도정일론」, 『오늘의문예비평』 60호, 2006, 253쪽.

> 지금 우리 사회는 '사유의 정지'라고 부를 만한 일종의 마비 상태에 빠져 있는 것 같아요. 생각하지 않을 뿐 아니라 생각하기를 거부하고 기피하고 혐오하는 것이 사유의 정지입니다. 생각한다는 행위에 모라토리엄을 걸어버리는 거지요. '생각한다'는 것이 무엇인가라는 것부터 생각하지 않습니다.
>
> 생각을 안 한다고? 무슨 소리, 우린 열심히 생각하고 있어, 라고 반박할 사람들도 있을 겁니다. 생각에도 여러 종류가 있겠지만 내가 말하는 것은 '사회적 사유'입니다. 우리가 이렇게 막 살아도 되는가, 우리는 도대체 어떤 사회를 만들고자 하는가, 좋은 삶이란 어떤 것인가, 아이들을 키워도 되는가—개인의 삶과 집단의 삶을 연결해서 성찰하고 잘못된 것들을 찾아내고, 그래서 의미 있고 가치 있는 삶의 방식을 생각하는 것이 사회적 사유입니다.(『불량』, 54-55쪽: 문단나눔-인용자)

그는 현대인의 사유가 '정지 상태'에 놓여 있는 까닭이 '밀림주의 바이러스'와 '시장만능주의', '쾌락지상주의', '지식만능주의'(『불량』, 55-56쪽)라는 바이러스에 감염되어 있기 때문이라고 보았다. 특히, '지식만능주의'는 '지식정보주의 사고 구조'를 의미한다. 도정일은 정보와 지식 자체가 중요하지 않다고 말하지 않는다. 지식이 중요하지 않은 것은 아니지만, 현대 사회를 살아가는 각 개인에게는 단순히 지식을 습득하는 것뿐만이 아니라, 다양한 사태와 사물을 비판적으로 인식할 수 있는 '생각의 능력'('사회적 사유')이 필요하다는 것이다. 사유의 정지 상태에 대한 거부, 그것은 곧 "인간에 대한 책임, 사회에 대한 책임, 역사에 대한 책임, 문명에 대한 책임"[6]을 실천하는 정신 작용인데, 도정일은 이를 '사회적 이성'이라고 부른다.

다시 말해, 그가 말하는 '사회적 이성'이란 사유를 정지시키는 '밀림의 공동체'로부터 도주하는 사유의 실천으로 정리할 수 있다. 이는 다름 아닌 '무지'로부터의 탈출을 의미한다. 도정일은 '무지'를 다시 '소극적 무지'와 '적극적 무지'로 나누고 있다. 그는 "보지 못하는 것"을 "소극적 무지"로, 이와 달리 "문제를 보지 않고 위기에 눈 감는 것은 무의식적 선택과 집단적 의지에 의한 무지, 곧 적극적 무지"로 구분하였다. 특히 "문제를 보지 않으려는 그 적극적 기피의 경향이 한 사회에서 가장 잘 드러나는 것"은 "사회가 사유의 정지 현상을 보일 때"(『다시』, 13쪽)라고 강조하였다. 그렇다면, 무지 상태란 일종의 사회병리적 현상이며, 특히 '적극적 무지'는 사회

---

6 도정일, 「더 나은 세계를 위해 우리는 무엇을 할 것인가?」, 『다시, 민주주의를 말하다』, 휴머니스트, 2010, 25쪽. 본문에서 이 책을 인용할 경우 『다시』라고 표시하고 쪽수를 병기함.

적 증상에 가깝다고 말할 수 있다.

이와 같이, 현대 사회의 주체가 '적극적 무지' 상태를 벗어날 수 있는 방법과 가능성은 '비판적 이성' 혹은 '사회적 이성'을 활성화하는 것이다. 그러나 이성의 비판적 가능성과 역능은 작금의 해체적 입장과 포즈(허무주의)와는 철저하게 구분되는 자리에 놓여 있다.

> 나의 〈인간학적 가치〉라는 용어도 인간주의적 가치의 지칭과 무관한 것이 아닌 이상, 그 역시 〈구풍의 철학〉 또는 〈낡아빠진 인간주의〉라는 지적을 면하기 어렵다. (…) 인간 해체의 정치적 동기는 때로 부르주아적 인본주의와 자본주의의 자유주의 인간 이데올로기를 격파한다는 것인데 이것의 전략은 요약하자면 인간을 정신분열증과 치매증 환자로 만듦으로써 자본주의가 어떤 방법으로도 통제할 수 없는 존재로 만들자는 것이다. (…) 자본주의적 현실을 깨기 위해서는 인간 자체가 깨어져 분열증 환자가 되어야 한다는 논리는 인간이 일시에 집단 자살함으로써 악의 문명에 종지부를 찍자는 주장과 마찬가지로 그 기발성이 놀랍도록 무책임하다. 비평의 회생은 이런 도착증적 기발성에서 벗어나는 일이다.(『시인』, 281-284쪽)

도정일은 서구 지성사의 맥락에서 해체주의의 가치를 이

해하고 있다. 하지만 동시에 포스트모던, 혹은 해체주의에 대해 열광하는 지적 풍토에 대한 직접적인 비판 역시 아끼지 않고 있다("인간 자체가 깨어져"서 "집단 자살"의 결말밖에 기대할 것이 없다고 표현하는 등). 특히, "인간 해체의 정치적 동기"가 "인간을 정신분열증과 치매증 환자로 만"든다는 과격한 주장은 다소 놀랍기까지 하다. 하지만 '포스트-키드'들에 대한 냉담한 반응, 다시 말해 탈근대론에 대한 냉소적 태도는 손쉽게 비판받을 만한 성질의 것은 아니다. 그는 사회적 측면에 있어서만큼은 자신을 철저한 '근대주의자'로 명명하는 데 주저하지 않았다. 그 근거는 한국을 포함한 동아시아 삼국 모두가 '정신의 근대'[7]를 한 번도 성취한 적이 없다는 사상사적 인식에 근거해 있기 때문이다. 이른바, 한국 사회는 여전히 '미완의 근대'(하버마스)라는 것이다.

이 지점에서 근대와 탈근대 사상에 대한 도정일의 양가론적 입장을 확인할 수 있다. 도정일은 해체주의가 지향하는 '균열의 무한 추구'와 '분열을 향한 열정'이 철저한 자기반성과 성찰에 근거한 지적 모험이라고 보았다. 그러나 그것은 때

---

7 도정일 · 여건종 대담, 「시장전체주의를 넘어서」, 『전환의 모색』, 생각의나무, 2008, 193쪽. 이 책을 본문에서 인용할 경우 『전환』이라고 표시하고 쪽수를 병기함.

로 너무나도 극단적인 형태로 융기하기 때문에, 사태의 본질을 이해하거나 사회적 모순을 해결하는 데는 도움이 될 것이 없다는 것이다. 비유하자면, 그것은 교각살우(矯角殺牛)에 가까운 것이다. 그래서 도정일의 근대론 비판과 탈근대론 거부는 맥을 같이한다. 근대가 지향하는 도구적 이성을 비판하면서, 주체의 합리적 의사소통을 회복하는 것. 또 이를 가능하게 하는 '비판적 이성'과 '사회적 이성'을 공론장의 영역에 자리매김하고자 하는 기획, 이것이야말로 바로 미완의 근대를 향한 도정일의 독특한 비평 작업인 것이다. 그렇다면 이 '기획'의 구체적인 양상은 무엇인가?

3. 비평의 이행: 두터운 삶과 세계 구성을 위하여

우리 사회의 모순을 보지 않으려는 적극적인 무지를 도정일은 '무지에의 의지(will to ignorance)'[8]라고 부르기도 하였다. 왜냐하면 이와 같은 '무지'는 주체의 사회적 인식 자체를 마비시키기 때문이다. '시장'에서의 성공과 실패 여부가 시민의

8 도정일, 「문명의 야만성과 세계화 비전」, 『시장전체주의와 문명의 야만』, 생각의나무, 2008, 100쪽.

자질이나 능력으로 평가받는 세계는 민주적이고 합리적인 사회가 아니며, 이것은 앞에서도 살펴본 시장전체주의에 압도된 삶의 방식, 다시 말해 '사회적 이성'이 마비된 상태를 의미한다. "시장에 별 도움이 되지 않는다고 판단되는 이성적 · 비판적 담론들은 '헛소리'가 되며 도구적 · 기능적 이성 이외에는 어떤 것도 '이성적'이거나 '합리적'인 것의 범주에 들지 못"[9]하는 것은 이 때문이다.

사실, 바로 앞의 인용문은 해체론 자체에 대한 비판이라기보다는 도정일의 인문주의를 명징하게 드러내는 데 바쳐지고 있다고 보는 것이 타당하다. 매우 선언적이면서도 확신에 가득 찬 이 문장에서 우리는 인간 개개인의 가치와 무한한 잠재성을 신뢰하고 있는 인문주의자 도정일을 만나게 된다.[10] "인간학적 가치"의 회복, 다시 말해 비평 정신('비판적 이성'과 '사회적 이성', 비판적 글쓰기)의 회복 역시 종국에는 '인간'을 향

---

9 도정일, 「시장전체주의와 한국 인문학」, 앞의 책, 136-145쪽.

10 도정일은 인문학이 가르치는 것은 무엇인가, 라는 질문 속에서 "잠재력의 실현(unfolding)이나 어떤 목적을 향한 '비커밍'(becoming, '되어가는')의 존재로서의 인간"은 "자기의 내적 잠재성을 발현시키고자 하는 존재이고 어떤 목적을 향해 자기를 형성해가는 존재"라고 하였다. 인문학이 하나의 '건축술'이 되어야 한다는 도정일의 주장에서 이와 같은 맥락을 이해할 수 있다. 도정일, 「인문학, 무엇을 가르치나」, 《국민일보》, 2011. 5. 19.

해야 함을 강조하고 있기 때문이다. 그렇다면, 인간학적 가치에 바탕한 비평 정신이란 무엇인가. 그것은 바로 '인문 문화'의 옹호이자 '인문적 가치'의 회복을 의미한다. 그는 "인문학적 기능을 되살리기 위해 문학비평은 인문학 내부의 자멸주의적 경향을 체포해야 하고, 인문 문화의 옹호를 위해서는 사회의 비인간적 적대환경에 모든 방법으로 대응하"(『시인』, 268쪽)여야 한다고 말한다. 그렇다면 동시대의 비평적 위기란, 곧 인문 문화적 가치에 대한 둔감증과 무력증을 의미하는 것이 아니겠는가.

> 그것은 현실에 아무 영향도 주지 않고 그 누구도 다치지 않으면서 수행되는 전쟁, 현실적 영향이 없으므로 마음 놓고 몰입할 수 있는 싸움, 그러면서도 무언가 중요한 일을 하고 있다는 자족감의 공급을 받으며 현실에서는 불가능한 전쟁을 종이 위에서 전개하는 대리전쟁인 것이다. 문학비평, 특히 강단비평과 이론은 전문성을 가질 수 있고 또 가져야 하지만 이 전문성은 비평이 인간의 사회적 삶과 단절해야 할 이유도 구실도 되지 않는다.(『시인』, 284)

> 소설이나 시가 언어에 녹여내는 표현의 가능성, 인간의 이해, 인간의 발견, 이런 것이 참 중요하잖아요. 사람을 이해한다, 인

간을 발견한다. 인간의 가슴 깊은 곳으로 들어간다고 하는 작업은 사실은 쉬운 일이 아니죠. 그런데 그런 일을 가장 잘 하는 것이 문학 작품입니다. 감성 교육이다 윤리 교육이다 하는 것이 어디서 출발하는가? 문학 작품의 경험으로부터 출발합니다. 전기, 위인전, 역사물 이런 것들을 읽는 것도 그래서 중요합니다.(『대담』, 36쪽)

그는 우선 강단비평을 경계한다. 물론 이는 "강단비평과 이론의 전문성" 자체를 부정하는 것은 아니다. 이러한 주장의 진의는, 강단비평의 이론 지향성이 인간의 사회적 삶과 단절되어, 역설적이게도 인문 문화적 가치에 대한 '무지'를 무감각하게 만드는 데 일조할 수 있음을 경계하는 것이다. 사실, 이러한 물음은 '비평'의 근본 가치와 기능을 되묻는 행위이다.

도정일은 동시대의 문학비평이 "현실에 아무 영향도 주지 않고 그 누구도 다치지 않으면서 수행되는 전쟁", 다시 말해 다채로운 레토릭으로만 파국에 도달하는 '종이 위의 대리전(戰)'이 되어버렸다고 말한다. 그러므로 포스트모더니즘, 혹은 탈근대론에 대한 비판 역시 문학비평의 비(非)인문학적인 확전과 확대를 경계하자는 것으로 이해할 수 있다. 하지만 도정일이 "문학평론을 문예비평의 울타리 밖으로 들고 나가자"(『전환』, 181쪽)고 선언한 맥락을 반문학주의나 문화주의로의 전회로 이해하는 것은 곤란하다. 왜냐하면 이는 정치, 경제, 사회, 문화 등으로 문학비평의 외연을 확장하여야 한다는 뜻이 아니라, 문학비평이 보다 큰 시야와 맥락에서 인문 문화적 가치의 회복에 기여하여야 한다는 것을 의미하기 때문이다.

동시대의 문학 텍스트가 도정일의 "글쓰기의 욕망을 자연스럽게 불러일으킬 정도로 충분히 매력적이지 않"[11]기 때문에, 그에게 "이 시대의 문학은 지리멸렬한 대상으로 다가올 수 있을 것"이라고 지적한 권성우의 논평은 일면 타당하다. 그러나 이러한 진단은 문학비평의 임계를 허물며 '인문 문화적 가치'의 최전선으로 나아간 도정일의 '인문비평'에 대한 방향을 너무 협소하게 이해한 혐의가 있다. 당대의 문학 작품 자체에 대한 권성우의 비평적 기대치, 예를 들면, "도정일의 명징하면서도 정교한 비평적 혜안이 어떤 방식으로든지 이 시대 문학에 생산적인 자극으로 작용할 수 있을 때, 그는 비로소 말의 바른 의미에서 한 사람의 문학비평가로 기억될 수 있을 것"(「단상」, 267쪽)이라는 주장은, 오히려

11 권성우, 「도정일의 문학비평에 대한 몇 가지 단상」, 『오늘의문예비평』 60호, 2006, 267쪽.

문학비평의 틀과 범주, 그리고 다양한 가능성을 축소하고 있기 때문이다.

물론 그렇다고 해서, 도정일이 문학 자체의 힘이나 가능성을 부정하는 것은 아니다. 그는 인간의 이해와 발견을 가장 잘 담고 있는 것이 '문학 작품'이며, 그 총체적인 경험 속에서 감성의 변화와 윤리적 상상력의 발현이 이루어질 수 있다고 보았다. 특히, 문학적 표현 양식의 특징을 보여주는 "정서의 가장 큰 힘은 그것이 '부분과 전체에 대한 균형 있는 감성'이라는 데 있"(『시인』, 275쪽)다는 주장은 울림이 크다. 부분과 전체, 이성과 감성, 문명과 야만의 틈을 찢고 충돌시키는 것이 아니라, 그 균형을 적절히 유지하는 것이 '전체성의 감각'이라는 것이다. 그는 문학이 '심미적 감성 교육'을 가능하게 하는 방편이 될 수 있으며, 이를 통해 '전체성에 대한 감각'이 만들어지거나 유지될 수 있다고 보았다.

도정일이 말하는 '전체성의 감각'이란 이미 끝장나버린 근대적 유산으로서의 '총체성' 개념이 아니라, '지금 여기'에서도 여전히 지속적으로 탐구되어야 할 보편적 가치(전체성의 감각)를 의미한다.[12] 도정일이 종종 일련의 '포스트-'한 지적

12 이와 관련해서는 이 글에서 다루고 있는 책과 도정일, 「포스트모더니즘-무엇이 문제인가」, 『창작과비평』 71호, 1991을 참조할 것.

허영들을 비판의 대상으로 삼는 것은, 이러한 담론이 "부분성의 물신화와 그 전면적 가치화"(『시인』, 274쪽)를 조장하여 전체에 대한 감각을 마비시키기 때문이다. 그가 말하는 '전체'라는 용법은 '무결점'과 '완성'을 지향하는 것이 아니다. 아마도 김우창이라면 '구체적 보편성'이라고 불렀을 '전체에 대한 감각'은 두터운 세계 인식과 경험 속에서 재구성되는 것이기 때문이다. 앞에서 언급한 것처럼, '두터운 세계'란 모순 대립물의 공존까지 가능하게 하는 하이브리드적 가치 체계를 의미한다. 그렇다면, 공존의 가능성을 봉합의 방식으로 이해하는 '포스트-'한 상상력의 내리침은 언제나 그 타깃을 빗나갈 수밖에 없다.

흥미로운 것은 김우창의 '구체적 보편성'이 다소 형이상학적으로 제시되어 있다면, 도정일의 '전체성에 대한 감각'은 오히려 형이하학적으로 제출되었다는 점이다. 그래서 그것은 언제나 구체적 현실과 교접하면서 그 개념을 획득한다. 도정일의 인문주의가 '시장전체주의'와의 싸움을 피해갈 수 없는 것은 이 때문이다.

> 시장전체주의적 사고는 사회 전체를 시장으로 보고자 하지만, 그러나 사회는 전면적 시장이 아니고 대학도 전면적 시장은 아니다. 사회는 시장을 포함하는, 그러나 시장보다 훨씬 큰 실체

이다. 시장은 사회의 일부이고 이 '일부'는 전체(사회)를 대체하지 못한다. 시장전체주의는 시장을 사회 전 영역으로 확대함으로써 부분으로 전체를 대체하는 '제유(提喩)적 오류'에 빠져 있고 이 오류가 도달하는 결론은 마거릿 대처의 유명한 언명처럼 "사회란 것은 존재하지 않는다"라는 것이다. (…) 21세기를 통틀어 한국인에게 부과되는 중요한 사회적 과제 중에서도 가장 우선적인 것은 민주사회의 유지, 발전, 계승이다.[13]

도정일에게 시장은 단순한 경제요소나 경제체제가 아니다. 그는 시장이 "전체(사회)를 대체"함으로써 사회의 전 분야를 구속하고 통제하는 역할을 하고 있다고 말한다. 이것이 시장전체주의의 맨얼굴이며, 이는 인간과 삶의 전체성을 파편화하는 원흉으로 기능한다. 특히, 시장전체주의는 인간 사회의 다양성과 복합성을 '시장'의 논리를 통해 단순화하고 규격화한다. 이것이 문제적인 이유는, 시장전체주의가 '단일세계의 문화 체제'를 (재)생산하기 때문이다. 시장의 논리에 의해 포섭된 사회는 '파편화된 시각'과 '부분의 오류'를 통해 비판적 이성과 사회적 이성을 마비시키며, 그 결과 문화적 가치의 붕괴라는 돌이킬 수 없는 사태를 초래하게 만든다는 주장

13 도정일, 「시장전체주의와 한국 인문학」, 앞의 책, 149-150쪽.

이다. 그렇다면 왜 문화적 가치의 붕괴가 문제인가?

도정일은 '문화'가 정치 · 경제 · 사회와 별개로 존재하는 독립 영역이 아니라고 말한다. 그는 "정치 · 경제 · 사회 · 문화 네 분야로 나눌 때 그 네 분야의 '하나'로서의 문화"가 아니라, "다른 모든 영역들(정치 · 경제 · 사회)에서 사람들의 태도와 행동을 근본적으로 안내하고 지배하는 가치와 신념의 체계"[14]를 문화라고 보았다. 즉, 문화는 "모든 영역에서 사회적 삶을 특정의 방향으로 조직하게 하고 거기에 의미와 가치를 부여"하며 "사람들의 태도와 행동의 변화 여부에 결정적인 영향"을 미치는 것이다. 이와 같이, 도정일은 문화에 대한 해석학적 지평을 기존 개념(협의의 문화 개념)의 수평선 너머로 확장하여 사유함으로써, 문화가 인간의 삶을 구성하고 조망하는 사회적 중핵 가치임을 역설하였다. 흥미로운 것은, 이러한 문화의 몰락이 '비평의 위기'와 직결되는 문제라는 점이다.

> 인문 문화적 가치의 위기와 이것이 초래하는 문화의 몰락은 비평, 특히 '문학비평'이 맡아야 할 사회적 소임의 방기와도 깊이 관계되기 때문이다. 문학비평의 사회적 소임이란 무엇보다도

14 도정일, 「문화는 무엇을 할 수 있는가?」, 『우리는 무엇을 할 것인가』, 프레시안북, 2008, 345쪽.

> 한 문화의 인간학적 혹은 인문 문화적 가치를 보존, 계승, 발전시키는 기능과 역할을 말한다. (…) 그러나 문학의 생산과 수용, 그것의 유통과 향수의 제 과정은 정치경제적 국면들과 광역문화의 여러 기제(여컨대, 교육, 언론, 출판)들을 포함하기 때문에 (…) 문학비평이 수행하는 광의의 문화적 비판과 반성은 한 문화가 창조하고 보존하고 발전시켜야 할 가치들을 부단히 정의하고 확인하는 인문문화적 사색행위이다. 이 점에서 문학비평은 인문 문화의 신경중추 가운데 하나이다.(『시인』, 266쪽)

문화의 몰락은 인문 문화적 가치의 위기에서 초래되었으며, 그것은 두터운 세계를 구성하는 주체의 '전체성에 대한 감각'을 마비시킨다. 도정일은 이와 같은 사태가 문학비평의 '사회적 소임의 방기'와 관련된다고 말한다. 비판적 이성, 다시 말해 비판과 반성의 사고가 실종된 소극적인 무지상태, 혹은 무지에의 의지를 철회할 수 있는 동력원으로서의 비판적 기능과 문식성(비평)이 상실되었다고 보는 것이다. 그는 "문화적 몰락은 다른 어떤 요인보다도 인문학의 전반적 위축과 인문 문화의 위기에서 초래되고 있"기 때문에 "문학비평은 이 위기에 정면 대응해야"(『시인』, 266쪽) 스스로의 존립 가치를 유지할 수 있다고 보았다. 그러므로 문학비평이 수행하는 "광의의 문화적 비판과 반성"은 "한 문화가 창조하고 보존하고 발전시켜야 할 가치", 다시 말해 인문 문화적 가치의 회복을 지향하여야 하는 것이다. "인문학의 한 갈래이자 사회문화적 제도로서의 문학비평이 수행해야 할 사회적 기능"(『시인』, 266쪽)에 일찌감치 주목하였다는 점에서, 작금의 비평적 위기를 돌파할 수 있는 나름의 대안을 제시하였다고 말할 수 있다.

이와 같이, 도정일 식의 문학비평 개념은 언어예술로서의 '문학'의 경계를 훌쩍 뛰어넘어 사회 전반적인 모순을 성찰하는 '비판적 일반 양식'으로까지 나아간다. 오늘날의 문학비평은 스스로를 사회로부터 격리시킴으로써, 오히려 인문 문화의 위기를 심화시키고 있다는 것이 도정일의 주장이다. 그가 비평의 위기를 초래한 원인을 문학공동체 내부의 폐쇄적인 문법('종이 위의 대리전'이 그것)에서 찾은 것 역시 이러한 까닭이다. 그렇다면 문학비평은 문학 텍스트 자체의 내적 자질을 해명하는 작업, 다시 말해 수사학적 스타일의 갱신이나 현실과 유리된 작품의 구조를 생산/해설하는 데만 골몰할 것이 아니라, 시장전체주의의 막강한 환원 논리에 압도된 인문 문화적 가치를 회복하는 데 전심전력을 다하여야 하는 것이다. 그것은 언어예술로서의 문학 장르를 넘어 인문주의의 항해를 시작하는 코스모폴리탄적 실천이며, 시장 중심주의적 세계화에 의해 조각난 '전체성'의 감각을 회복하는 일과 다르지 않다. 즉, '두터운 세계'를 위한 비평적 · 윤리적 질문이 인문 문화적 가치의 회복, 다시 말해 인문학 운동에서 시작되어야 함을 다시 한 번 천명한 것이라 하겠다. 이른바 문학비평의 이행을 통해서 말이다.

4. 인문비평의 가치와 한계: 민주주의 세계시민으로 가는 길

다시, 문대성이다. 국민 영웅이자 올림픽스타 '문(文)-대성'의 파국은 사적 일탈의 문제가 아니다. 정작 중요한 것은, 비판적 문식성의 가치와 윤리가 무너진 자리에서 시민의 정서와 논리를 대의하는 국회의원이 탄생하였다는 점이다. 대의정치제도의 모순을 비판하기에 앞서, 이 사태야말로 인문 문화적 가치의 부재가 불러온 시민성의 참담한 수준을 보여준다는 사실을 재인식하는 것이 우선 필요하다. 도정일 식으로 말해, 이는 소극적 무지가 아니라 적극적 무지, 다시 말해 비판적 이성의 작동을 정지시키는 그 '무지에의 의지'를 잘 보여주는 사회적 증례—즉, 우리 사회의 비판 불감증과 시민성의 붕괴를 상징적으로 보여준 구체적인 예—이다.

또한 이는 인문적 가치와 시민성의 형성이 결코 다른 자리에서 논의될 성질의 것이 아님을 보여주는 예이기도 하다. 도정일은 시민성의 붕괴 원인을 중·고등학교 및 대학의 인문학 교육의 실패에서 찾고 있다. 그는 대학 글쓰기 강좌의 폐기 및 축소, 취업 위주의 교양 교과목 재편 과정 속에서 이미 이와 같은 문제를 제기한 바 있다. 책을 읽고 쓴다는 것은 "우리 시대의 고귀한 문화적 활동"이며, "돈이나 권력보다는 '가치의 추구 행위'를 대표하고 의미를 만드는 행위"(『불량』, 61쪽)이다. 그러나 현대 사회에서는 이러한 가치 추구 행위가 전혀 지켜지지 않고 있다는 것. 이러한 사회 현상 분석은 '교양 교육'을 위축시키고 '기능 교육'을 강조하고 있는 대학 사회의 도착적 요구에 대한 문제 제기이기도 하지만, 동시에 인문학적 소양의 미달이 초래할 공동체적 파국에 대한 예지이기도 하다. 도정일은 "교육받은 사람이라면 짊어져야 할 사회적 책임"이 있으며 "그것이 시민적 덕목의 요체"[15]라고 보았다. 하지만 시장전체주의에 포섭되어 공적 책무를 손쉽게 양보하거나 포기하는 경향이 일반화되어버렸다는 것이다. 그렇다면 대안은 무엇인가?

---

15 도정일·김수이 대담, 「무엇을 쓸 것인가」, 『글쓰기의 최소원칙』, 룩스문디, 2008, 43쪽. 본문에서 이 책을 인용할 경우 『원칙』이라고 쓰고 쪽수를 병기함.

도정일이 인문학 교육을 시민 교육의 필수 요소로 제시하고 있다는 것은 이미 잘 알려진 사실이다. 그의 시민도서관 사업과 인문학 교육에서 확인할 수 있듯, "시민 교육의 핵심은 결국 인문 문화적 가치를 알고 유지하고 전승할 수 있는 시민적 능력의 함양"이며, "그런 능력을 가진 인간을 기르는 것이 인문학"[16]의 궁극적인 역할이다. 앞서 살펴본 것과 같이, 인문 문화적 가치를 회복하는 과정은 도구적 이성이 아닌 사회적 이성의 발현을 통해 합리적 의사소통에 이르는 여정을 의미하며, 그는 이러한 과정이 민주주의 문화 속에서 실천된다고 말하고 있다. 왜냐하면 사적인 자유 의지를 통해 공적인 가치를 지속시키는 힘이 민주주의 문화에 있기 때문이다. 물론 이는 시간의 흐름에 따라 자연스럽게 달성되는 것이 아니라, 시장전체주의로 표상되는 파시즘적 단일 문화 체제/생산에 대한 거부와 저항을 통해서 힘겹게 모색 가능한 것이다.

시민 교육이라고 하면 흔히 '민주투사' 양성을 연상하는 사람들이 있을지 모른다. 천만의 말씀이다. 민주사회는 사람이 사람답게 살 수 있는 '품위사회decent society'의 다른 이름이며,

---

16 도정일, 「시장전체주의와 문명의 야만」, 앞의 책, 173쪽.

> 그 사회를 유지하는 데 필요한 능력과 덕목과 합리성의 수준을 체득한 사람을 길러내는 것이 시민교육civic education이다. 시민교육은 민주사회의 인간교육이고 인재교육이다. 대학에서 이루어지는 인문학 교육도 시민을 길러낸다는 교육목표와 연결될 때에만 그 가장 근본적인 사회적 의미를 획득한다.(『다시』, 17쪽)

도정일이 민주주의를 최상의 사회정치시스템이라고 말하고 있는 것은 아니다. 그는 현재의 야만적인 체제를 넘어서기 위해서 필요한 최소한의 체제가 민주주의이고 그 가치를 지키는 것이 시민의 책무라고 보았다. 민주주의의 핵심은 시민성이며, 그것의 최소 필요조건은 자유와 책임이다. 그러므로 시민 교육이란 "개인의 발전을 위해 그가 하고 싶은 것을 자유롭게 추구하되, 동시에 사회 속에서 필요한 책임의 부분, 윤리적 책임의 부분"(『원칙』, 43쪽)임을 이해하고 나누는 데 있다. 시민의 자유와 책임을 강조하는 민주주의 문화는 자유주의의 기본 원칙에 바탕해 있으며, 이는 "사회를 유지하는 데 필요한 능력과 덕목과 합성의 수준을 체득한" 시민의 양성을 통해 지속가능해진다.

그렇다면 동시대의 문학비평은 삶의 전체성을 통찰할 수 있는 '정신적인 토대와 능력을 다지게 하는 교육'을 통해서 인문학적 소양을 갖춘 '세계주의(cosmopolitanism)'적 시민의 양성에 기여할 수 있는 비판적 글쓰기가 되어야 함을 의미한다고 하겠다. 그래서 도정일의 비평은 문학적 자기 표현이나 '학적 작업'이 아니라 '단호한 결심'으로 수행되는 "사회갱신의 작업"[17]과 다르지 않다. 이와 같이, 인문 문화적 가치를 통해 불합리한 사회 체제를 거부하고 전체성의 감각을 회복하고자 하는 실천적 글쓰기를 우리는 '인문비평'이라 부를 수 있다. 또 이런 점에서 볼 때, 우리는 도정일의 인문주의, 다시 말해 인문비평을 '인간의 오랜 문화적 이상'에 도달하고자 하는 르네상스 정신의 비평적 발현으로 이해할 수 있을 것이다.

하지만 도정일의 건강한 인문주의가 놓치고 있는 지점 역시 없지 않다. 그것은 계급 모순과 사회적 불평등이다. 문학비평이나 인문학 교육이 정치투쟁이나 항쟁의 방식에 묶이지 않는 '시민학(civics)'에 더욱 가까워져야 한다는 그의 주장에는 '계급 불평등'과 '지배계급의 착취 논리'가 탈각되어 있다. 하지만 이를 근거로 하여, 그를 단숨에 '자유주의 비평가'로 몰아 세우는 것은 옳지 않다. 이는 시간을 두고 더 꼼

17 도정일, 「시장전체주의와 인문 가치」, 앞의 책, 181쪽.

꼼하게 검토되어야 할 내용이다.[18] 그래서 우리 시대의 르네상스인 도정일을 이해하기 위한 다음 작업은 인문비평의 자유주의적 기반을 관통하는 정치경제학적 보고서가 되어야 할 것이다.

18 책을 묶지 않는 것으로 유명한 도정일이 산문집을 두 권 출간하였다. 아쉽지만, 이에 대한 검토는 후고를 기약한다. 도정일, 『쓰잘데없이 고귀한 것들의 목록』, 문학동네, 2014; 도정일, 『별들 사이에 길을 놓다』, 문학동네, 2014.

7

근대 문학 이후를 탐색하는 모더니스트

— 황종연론

손 남 훈

1. '단독성'의 문학이라는 '착각'

글머리에서 나는 철학적 담론에는 '이 나'가 빠져 있다고 느꼈다고 말했다. 덧붙여 말하자면 **나는 문학에는 그것이 존재할 수 있다는 착각을 오랫동안 품고 있었다.**(강조-인용자) 문학은 '이 나'나 '이 사물'을 고집하고 있지 않은가라고 말이다. 그러나 문학이 '이 나'나 '이 사물'을 지향하게 된 것은 겨우 근대소설부터로 문학의 본성과는 무관하다. 그리고 근대소설에서도 근대철학에서 일어난 것과 똑같은 일이 일어났다. 근대철학은 알레고리처럼 일반 개념을 앞세우는 대신 개별적인 사물을 파악하려 한다. 그러나 근대철학은 결코 단독성으로서 개별적인 사물을 향하고 있지 않다. 반대로 근대철학은 언제나 단독성을 특수성으로 바꾸려 했다. 바꾸어 말해 특수한 것(개별적인 사물)을 통해 일반적인 것을 상징하려 한다. 근대소설이란 벤야민이 말했듯이 이러한 상징 장치이다. 예컨대 우리는 어떤 소설을 읽으며 바로 '내 자신의 일이 씌어 있는' 것처럼 공감한다. 하지만 이러한 자신 = 나는 '이 나'가 아니다.[1]

가라타니 고진은 『탐구2』의 앞머리에서, 일반적으로는 거의 같은 개념으로 취급되었던 "단독성"과 "특수성"이라는 용어를 엄밀히 구분해야 한다고 주장한다. 그에 따르면, 단독성은 동일성이나 일반성으로 해소될 수 없고 단독적인 그 일회성 자체를 긍정하는 것인 데 반해, 특수성은 일반성 또는 집합에 귀속될 수 있는 보편성이나 원리의 특수한 발현을 말한다. 그런데 위의 인용에서 알 수 있는 바와 같이, "철학적 담론"에는 "이 나"(단독성)가 빠져 있다는 데에서 문제가 시작된다. 고진에 따르면, 철학은 지금껏 단독성을 특수성으로 치환하고 이를 보편적인 것으로 간주하려는 욕망에서 자유롭지 못했다는 것이다. 이에 비해 문학은 철학이 수행하지 못했던 단독성을 사유하는 결집들이며, '일반적인 나'가 아닌 '이

---

1 가라타니 고진, 「단독성과 특수성」, 『탐구2』, 권기돈 옮김, 새물결, 1998, 19쪽.

나'를 긍정할 수 있는 글쓰기일지도 모른다는 생각을 했다는 것이다. 하지만 결론적으로 말해서, 고진의 이러한 생각은 스스로 말하고 있는 것처럼 "착각"에 지나지 않는다. 문학 역시 단독성을 말하고 있는 것처럼 보이지만 그것 역시 타인과의 공감을 이끌어내기 위한 특수성 지향의 언어에 다름 아니기 때문이다.

이처럼 문학에 대한 그의 관점 내지는 가치기준이 정녕 "착각"에 지나지 않는 것이었다고 한다면, 그는 이제 문학이라는 "착각"에서 벗어나 '진실', 다시 말해 단독성을 탐구할 수 있는 방향을 모색해야 한다. 이제 그에게 문학을 한다는 것은 '죽은 아이 고추만지기' 그 이상이 될 수는 없기 때문이다. 하지만 고진이 말하는 문학에 대한 "착각"은 단순히 개인적인 신념이나 특정 학자가 선행해야 할 과제를 제시하는 것으로 끝나지 않았다는 데서 문학의 자리를 떠나버린 그를 여전히 문학판에 호출해야 하는 이유가 제공됐다. 왜냐하면 그는 저 선정적이기까지 해 보이는 '문학의 종언 선언'의 장본인이기 때문이다.

소설은 '공감'의 공동체, 즉 상상의 공동체인 네이션의 기반이 됩니다. 소설이 지식인과 대중 또는 다양한 사회적 계층을 '공

감'을 통해 하나로 만들어 네이션을 형성하는 것입니다.[2]

잘 알려진 바와 같이, 고진이 말하는 문학은 근대문학이며, 이는 근대소설로 등치된다. 그런데 위의 인용에서 말하고 있는 것처럼, 그가 말하는 소설은 어떤 단독성으로 사유할 수 있는 근거를 가진 것이 아니라 '공감'을 통해 공동체(네이션)를 형성하는 원리로 작동하는 것, 다시 말해 일반성 속에 속해 있는 특수성의 발현이다. 고유명 내지는 단독성을 표출하는 형태가 아니라 특수성을 일반화하고 이를 다시 네이션으로 조직 · 구조화하는 것으로서 소설(더 정확히는 근대소설)의 이유는 존재해왔으며, 소설의 그러한 기능이 더 이상 가능하지 않을 때, 근대문학 역시 끝난다는 것이다. 그렇다면 역으로 말할 때, 고진이 종언 선언 이전까지 가져왔던 문학에 대한 관심은 문학이 특수성 속에서도 단독성으로 존재할 수 있는 자질을 탐구하려 했던 것이라 할 수 있으며, 결론적으로 그것이 '착각'임을 시인하게 된 것과 무관하지 않다는 사실에서 '종언'을 말한 것이라고 할 수 있다. 그의 역작 『일본 근대문학의 기원』의 상당 부분이 나쓰메 소세키에게 바쳐지고 있

2 가라타니 고진, 「근대문학의 종언」, 『근대문학의 종언』, 조영일 옮김, 도서출판b, 2006, 51쪽.

는 것은 그 한 예다. 그는 "근대소설이라는 관점에서 보면 그것은 근대소설에 적응할 수 없었던, 또는 일부러 적응하려 하지 않았던 소세키의 적극적 의지를 의미한다. 그것은 근대문학 속에 존재하면서 그에 대해 이의를 제기하고 다른 가능성을 찾아내려 했던 것을 의미한다"[3]면서 나쓰메 소세키 문학의 존재 의의를 밝히고 탐구했다. 이때 '다른 가능성'이란 곧 네이션 형성의 과정으로서 요구된 문학의 '복무' 의무를 거부한 소세키 문학의 단독성과 그의 '고립'이 갖고 있는 적극적인 의미의 탐색과 동의어일 것이다. '문학사'라는 거대 이데올로기에 설득력 있는 자기 목소리로 비판적 입지를 드러낸 가라타니 고진의 비평적 성과가 여기에 있음은 주지의 사실이다.

하지만 고진의 종언 선언과 그에 앞선 '착각' 고백이, 근대문학의 '특수성'이 결국 '독아론'의 함정에서 자유로울 수 없다는 것을 인정해야 한다는 논리로 귀결되어야 한다면, 그리고 그 '독아론'이 주체와 객체의 분열 내지는 이분법이나 타자에 대한 차이를 인정하지 못한다는 논리로 치달을 수밖

3 가라타니 고진, 『일본 근대문학의 기원』, 박유하 옮김, 민음사, 1997, 227쪽.

에 없다면,[4] 그것은 어쩌면 우리가 회피하고 싶었을지도 모를, 중차대한 문학의 한계를 목격하는 것이 된다. 문학이 근대사회 안에서 높은 지위를 누려왔으며 도덕적 과제를 짊어질 수 있었던 것이 근대에 대한 내부자적 시선에 의한, 근대 그 자체의 이데올로기 강화를 위해 문학이 복무했기 때문이라면, 문학이 그 복무의 자리를 내려놓을 때 그것은 "그저 오락"[5]이 될 수밖에 없음은 당연한 논리적 귀결이 되기 때문이다.

그러나 이는 가라타니 고진이 지금껏 수행해왔던 문학비평을 깡그리 오류로 만들어버리는 논리가 되는 것이기도 하다. 고진의 말마따나 자신의 문학에 대한 관점이 "착각"이었음을 고백하는 것은 자신의 문학비평 작업 역시 "착각"에서 비롯되었음을 말하는 것이 되어버리기 때문이다. 기존의 문학사를 비판하려는 목적으로 씌어졌다고 밝힌 『일본 근대문학의 기원』뿐 아니라, 그 밖에 모든 형태의 문학을 화두로 한 글쓰기 작업이 근대문학에 대한 회의를 보여준 작가들에게 바쳐지고 있다고 한다면(나쓰메 소세키론은 그 대표적인 작업일 것이다.) 그러한 회의 자체를 무화시켜버리는 저 거대한 "착

4 가라타니 고진, 『탐구2』, 21쪽.

5 가라타니 고진, 『근대문학의 종언』, 59쪽.

각"은 그저 가라타니 고진의 논의에 의존해 한국 근대문학의 지형도를 들여다보려 했던 한국 평론가나 지식인들에게만 곤혹스러운 것이 아니라 그러한 언급을 했던 고진 자신에 대한 곤혹스러움이기도 한 것이다.

때문에 황종연이 가라타니 고진의 '종언론'에 대해 깊은 회의감과 함께, '그럼에도 불구하고' 문학의 가능성을 **믿고** 가려는 생각을 개진한 것은 당연해 보인다.

> 그러나 근대문학이 언문일치 제도를 조건으로 성립한 이후 그것을 계속 정통화하고 그 국민 이데올로기를 추인하거나 강화하는 역할만을 해왔다고 믿기는 어렵다. 근대문학의 어떤 작품은 읽기 여하에 따라 그 자체의 언문일치 문체에 대한 불신, 비판, 해체를 수행하고 있는 것으로 드러날지도 모른다. (…)
> 그렇게 문학은 그 제도화에 저항하는 요소를 포함한다는 사실을 통찰하고 있음에도 그(가라타니 고진-인용자)는 그러한 요소들이 근대문학 속에서 어떻게 잔존했는지, 그리고 그것들이 예고한 근대문학의 이후가 어떤 양상인지는 논제로 삼지 않는다. 그 자신의 말대로 문학에 대해 "진정으로 낙담했"기 때문일 것이고, 문학비평보다 "시급한 과제들"이 있다고 믿기 때문일 것이다. 가라타니의 문학과의 결별은 일본문학을 위해서도, 그의 비평으로부터 자기인식과 자기비판의 새로운 모델을 얻은

한국문학을 위해서도 애석한 일이다.[6]

황종연이 볼 때, 가라타니 고진의 종언 선언은 "제도화에 저항하는 요소"를 "논제로 삼"아왔던 그의 문학적 작업 태도를 스스로 철폐한 것이다. 고진이 진정으로 수행해야 할 것은 종언 선언이 아니라, "근대문학의 이후가 어떤 양상인지"를 살펴야 하는 것인데, 이를 수행하지 못했다는 것이다. 다시 말해 황종연은, 고진이 '종언'이 아닌, '이후'를 말해야 했다고 생각하고 있다. 하지만 황종연의 이 논의가 조영일의 정치한 지적과 같이, 문학에 대한 '신념'을 가진 자의 발언이라는 점을 상기한다면[7] 우리는 이 논의가 보여주는 논리상의 매끄러움에도 불구하고 다시금 이를 곱씹어 볼 필요가 있다. 그것은 황종연이 지니고 있는 문학에 대한 '신념'이—'신념'이라는 말이 지닌 막연함에도 불구하고—문학에 대한 어떤 범주를 설정해둔 전제에서부터 비롯되고 있기 때문이다. 그것은 고진이 종언 이후의 "문학은 그저 오락이 되는 것"이라고

---

6 황종연, 「문학의 묵시록 이후-가라타니 고진의 『근대문학의 종언』을 읽고」, 『현대문학』 2006년 8월호, 213-215쪽.

7 조영일, 「비평의 운명: 황종연과 가라타니 고진」, 『작가세계』 2007년 봄호, 326-327쪽.

말한 것에 대해 황종연이 보여주는 불쾌감에서 감을 잡을 수 있는 부분이다. 다시 말해, 황종연에게서 문학이란 오락 이상의 것, 오락보다 차원 높은 것, 오락 이상의 진중한 가치를 지닌 그 무엇인 에토스다. 황종연에게서 그것은 모더니즘 문학에 대한 건전한 믿음과 등치어로 봐도 무방하다.

2. 모더니즘에 대한 과도한 옹호

그러나 그의 모더니즘에 대한 신념은 주로 리얼리즘에 대한 비판과 부정을 통해 이루어지고 있다는 점을 간과해서는 안 된다. 마치 국민국가를 형성하는 데 있어서 국민 아닌 것들을 정의함으로써 역설적으로 국민이 정의되었듯이, 그의 모더니즘론 역시 모더니즘이 아닌 것, 다시 말해 리얼리즘에 대한 비판을 통해 모더니즘 진영에 활기를 불어넣는 비평적 전략을 택하고 있다. 아마도 다음 글은 그 적절한 예가 될 것이다.

> 한국의 리얼리즘론자들은 리얼리즘이 총체성의 복원을 추구하며 그런 점에서 파편화를 반영할 따름인 모더니즘보다 우월하다고 주장하지만, '총체성'의 서사가 지구적 근대의 상황 속에서 어떻게 살아남는가를 시사하는 가장 중요한 사례 역시 모더

니즘 텍스트이다.[8]

황종연의 모더니즘 옹호론을 들여다보기 전에 우리는 먼저 그 전제가 되는 모더니즘-리얼리즘의 이분법이 과연 온당한가를 물어보아야 한다. 이러한 물음은 황종연 스스로도 묻고 있거니와 그와 토론을 벌였던 최원식의 논문[9]에서도 던져지고 있는 질문이다. 최원식은 「'리얼리즘'과 '모더니즘'의 회통」이라는 글에서, 한국의 근현대사의 질곡과 파행은 "두 개의 〈현대〉"가 갈라져 나오게 했고 이것이 각각 좌파의 사회주의 리얼리즘과 우파의 모더니즘의 지표가 되었다고 주장한다. 때문에 그는 "두 개의 현대와 두 개의 현대문학 사이에 드러나는 이 엄격한 상동성(相同性)은 한국 사회에서 문학적 담론이 얼마나 정치 투쟁과 직접적으로 맺어져 있는가를 단적으로 웅변하는 것"[10]이라 한다. 이는 리얼리즘과 모더니즘

---

8 황종연, 「모더니즘에 대한 오해에 맞서서」, 『창작과비평』 2002년 여름호, 261쪽.

9 최원식의 「'리얼리즘'과 '모더니즘'의 회통」은 대산문화재단에서 주최한 심포지엄 〈현대 한국문학 100년〉에서 발표된 논문 중 하나이며, 이 논문의 토론자는 황종연이었다.

10 최원식, 「'리얼리즘'과 '모더니즘'의 회통」, 유종호 외, 『현대 한국문학 100년』, 621쪽.

의 이분적인 대립이 단순히 문학 내부에서 벌어진 세계관과 가치관 혹은 미학적 입장의 차이에서 비롯된 것이 아니라 사회 · 정치 · 역사적인 맥락과 밀접히 연관되어 있었음을 의미한다. 때문에 그것은 문학적이기보다는 사회 이데올로기적이며, 구체적이기보다는 추상적인 '신념'의 차원이기 쉽다. 최원식이 "리얼리즘과 모더니즘의 집단정체성은 상상된 또는 창안된 표지이기 쉽다. 실제의 작품들과 이 집단 정체성을 조응할 때 그러한 의구심은 더욱 커지게 마련"[11]이라 언급한 것은 리얼리즘과 모더니즘의 대립이 문학적 가치에 대한 제고를 저해하고 담론의 형이상학화를 초래할 수도 있다는 점을 비판적으로 경계한 것이다.

이 점에 대해서는 원칙적으로 황종연도 같은 입장인 것으로 보인다. 최원식의 논의에 대한 동감으로 그는 "이론적으로 구축된 리얼리즘과 모더니즘에 대한 추종으로부터, 그리고 그러한 이론 편향을 근저에서 결정한 정치적 이해로부터 생겨났다는 혐의가 짙다"[12]고 언급하고 있거니와, 리얼리즘에 대한 모더니즘 진영의 대표적 주자의 입장에서 작정하고 쓴 듯한 「모더니즘에 대한 오해에 맞서서」에서조차도, "인간

11 최원식, 위의 책, 633쪽.

12 황종연, 「리얼리즘과 모더니즘의 재고를 위한 물음」, 위의 책, 652쪽.

문화의 모든 이분법적 대립과 마찬가지로 리얼리즘과 모더니즘의 대립은 상당히 수상쩍은 이데올로기적 구조"[13]라 말하고 있기 때문이다.

하지만 위 인용문에서 확인할 수 있듯이, 그는 모더니즘 진영을 옹호하기 위해 한국의 리얼리즘이 루카치적인 '총체성'의 세계에서 아직 헤어나지 못하고 있다는 사실을 비판하는 것에 초점을 두고 있다. 그것은 집합적 정체성을 가진 '계급'의 자명성을 리얼리즘이 여전히 전제하고 있다는 비판과도 밀접히 연관된다. 이러한 리얼리즘 진영이 구축해놓은 기본 전제는 새로운 근대성의 시대를 살아가고, 살아가야 하는 개인들에게는 그리 합당한 시야를 제공해주지 못한다는 것이 그의 리얼리즘 비판의 요지이다. 그는 모더니즘이 보여주는, 개인적 정체성을 스스로 구축해가는 자유, 자율성의 구축이 삶의 진정성을 확보하는 최선의 길임을 역설한다. 리얼리즘의 '단단한 근대'에 대한 믿음을 철폐하고 '유동적인 근대'에 대한 주체의 자기 결정성을 고양하는 모더니즘적인 사유, 다시 말해 '주체의 자유'가 오늘날 "어떻게 살아남는가를 시사하는" 데 훨씬 유효하다는 것이다.

하지만 황종연의 이와 같은 주장은 리얼리즘론을 매우

13 황종연, 「모더니즘에 대한 오해에 맞서서」, 앞의 책, 241쪽.

협소한 지형도에서 바라보고 있는 데서 비롯되는 오해의 소지가 다분해 보인다. 리얼리즘의 '총체성'이 단지 '근대'라는 단단한 지표를 상상하는 데서 비롯되었다고 생각한다면, 그것은 그의 말마따나 낡은 이론틀에 불과할 것이다. 하지만 리얼리즘이 현실의 어두움과 모순을 드러내고 그 극복의 길을 제시하기 위해 적합한 상황과 인물을 '전형'적으로 드러내는 것이라 한다면, 이 때 '총체성'을 구현하기 위한 '전형'은 그 표면적인 어의(語意)와는 달리, 평범하거나 일반적인 한 예를 말하는 것이 아니라 보편적이고 전체적인 양상을 드러내는 특수한 예를 뜻하는 것이다. 다시 말해, 구체성 속의 보편성, 보편성 속의 구체성을 실현하는 것이 전형이다. 그러한 이율배반적이고 아이러니컬한 함의가 동시에 녹아 있는 것이기에, '전형'을 통해 구축하려는 '총체성' 역시 매끄럽게 정의되거나 단일한 의미로 환원될 수 없다. 한마디로 '총체성'이란 현실적으로 구현되어 있는 어떤 지표도 아니고, 과거에는 있었으나 현재에는 사라져버린 어떤 흔적도 아니다. 그것은 리얼리즘 진영에서 현실과의 첨예한 관계 속에서 끝없이 새롭게 구성해가야 할 이데올로기적 지향이자 구현의 대상으로 설정되어 있는 것이다. 한국 사회에 명확한 계급이 지배하고 있었다는 환상이 80년대 리얼리즘이 보여준 나름의 총체성을 구현해가기 위한 전제였다면, "새로운 근대성의 시대"에 리얼리즘의 총체성은 그 '텅 빈 기표'를 오늘날 새롭게 구축함으로써 역동성을 보장받을 수 있는 것이다. 리얼리즘이 19세기 서구에서 발명되었을 때, 얼마 지나지 않아 사라질 것이라는 예견이 있었음에도 지금껏 명맥을 유지할 수 있었던 것은, 있는 그대로의 현실을 드러내려는 욕망뿐 아니라 있어야 할 현실을 그려내려는 의지 때문이기도 했음을 간과해서는 안 된다. 물론 80년대처럼 총체성에 대한 물질적 믿음을 재현하고자 하는 소박한 사실주의적 사고는 황종연의 논리처럼 비판받아야 마땅하겠지만, 도식화되고 고체화된 총체성의 구현이 아닌, 다원주의적 가치를 비판적으로 계승하는 리얼리즘의 총체성 개념은 오늘날에도 유효한 사고가 될 수 있다. 그의 말마따나 "아이러니는 세계의 조화로운 통일성에 대한 관념이 붕괴한 이후 근대인이 획득한 가장 비범한 철학적 태도"[14]일 때, 그 근대인의 태도와 감수성은 모더니즘뿐 아니라 리얼리즘 안에서도 유효적절한 것이 되기 때문이다.

그런 점에서, 리얼리즘을 비판하고자 하는 그의 논의의 핵심은 어쩌면 가장 고진스러운 물음이어야 했는지도 모른

---

14 황종연, 「모더니즘의 망령을 찾아서」, 『비루한 것의 카니발』, 문학동네, 2001, 380쪽.

다. 다시 말해, 리얼리즘의 '총체성'을 구현하기 위한 '전형'의 창조가 '특수성'이 아니라 '단독성'으로 제출될 수 있는 것인지 물어야 한다. 모더니즘이 리얼리즘에 비해 이를 제출할 수 있는 더 적절한 근거를 가지고 있음이 증명된다면, 모더니즘이야말로 근대 이후를 사유하는 문학의 적절한 방식이 될 수 있을 것이다.

하지만 황종연의 모더니즘론은 모더니즘 진영의 외연을 확대하기 위한 논리로 쉽사리 귀결됨으로써 여전히 리얼리즘-모더니즘의 대립적 관점에서만 자신의 사유를 펼치는 한계를 보인다. 즉 그가 줄곧 비판해온 것이 리얼리즘에 의한 모더니즘의 극복이라는 명제였다면, 마찬가지로 그에게 되돌려줄 수 있는 비판은 모더니즘에 의한 리얼리즘의 극복이라는 명제가 될 수밖에 없는 것이다. 그 예를 우리는 그가 '모더니스트'로 규정한 이형기론에서 찾아볼 수 있다.

> 시의 현대성에 관한 논의에서 이형기가 역설하고 있는 현대시의 두 가지 측면, 즉 미적 자율성과 비판적 기능은 말할 것도 없이 모더니즘 문학의 중추적인 요소이다. (…) 모더니즘 문학에서 미적 자율성과 비판적 기능의 결합이 가장 특징적으로 나타나는 것은 널리 알려진 바와 같이 언어를 둘러싼 혁신적인 작업을 통해서이다. (…) 언어적 관습의 부정에 관련된 모더

> 니스트들의 실험적 작업은 러시아 형식주의에서 탈구조주의에 이르는 20세기의 문학이론의 발전을 통해서 세심하게 고찰되었을 뿐만 아니라 정교한 개념화를 보게 되었다. 낯설게 하기를 비롯한, 모더니즘의 문학적 혁신에서 유래된 개념들은 이제 모더니즘 문학만이 아니라 문학 일반에 적용되는 이론적 개념으로 활용되고 있는 터이다.
> 이형기 시론의 일차적인 주제는 그처럼 모더니즘과의 역사적 관련 속에서 발전된 언어이론을 토대로 현대시의 본질을 규명하는 것이다.[15]

모더니즘은 "미적 자율성과 비판적 기능"이 "언어를 둘러싼 혁신작업"을 통해 특징적으로 나타난다는 전제하에, 황종연은 이형기의 시론이야말로 이러한 과정 속에서 한국 시론사에 명확하게 모더니즘적인 시론의 양상을 드러냈다고 평가한다. 초기시의 전통적 리리시즘에서 벗어나 악마주의적인 시적 변신을 대담하게 꾀할 때, 이형기는 서양 모더니즘 문학의 세례를 받았고 그 결과 그의 시론에서 일관되게 모더니즘 정신이 나타난다고 보는 것이다. 그러나 이

---

15 황종연, 「현대성, 혹은 번화한 폐허」, 『비루한 것의 카니발』, 407-408쪽.

와 같은 황종연의 논리에는 이형기를 모더니스트로 규정하려는 과도한 욕망이 드러나 있다. 그것은 윗글에서, "러시아 형식주의에서 탈구조주의에 이르는 20세기의 문학이론의 발전"을 "모더니스트의 실험적 작업"으로 귀착시키는 데서 시작되고 있음을 우리가 주의 깊게 살펴야 하는 이유가 된다. 이형기의 시론이 모더니즘적 요소를 강하게 지니고 있기 때문에 모더니스트가 아니라, 문학 이론의 발전이 모더니스트에 의해 이루어졌기 때문에 필연적으로 그러한 실험적 작업들을 이어받은 이형기의 시론이 모더니즘의 범주에 속하게 되어버리는 견강부회식 논리를 우리는 만나고 있기 때문이다. 이처럼 모더니즘 옹호의 논리가 때로 이형기 시론에 대한 그의 정치한 해석마저 무화시켜버리는 우를 범하고 마는 것이다.

물론 이형기 시인이 모더니즘의 세례를 받은 것만은 분명하다. 하지만 그것은 그의 시세계와 문학적 작업의 일부만을 들여다본 데서 온 단견(短見)이다. 그의 시세계는 단순히 모더니즘이라 정의하기에는 외연이 무척 넓다. 때로 그것은 차라리 이중적이라 말할 수 있을 정도였다. 그가 문학의 '영구혁명'을 꿈꾼 허무주의자이자 문학적 아나키스트이었으면서도 불교적 세계관의 현대적 변용을 끈질기게 고민한 전통주의자의 면모도 보여줬다는 사실은 이를 증명한다. 특히 그의 후기시가 보여주는 일련의 작업들은 부정과 파괴의 정신을 일관되게 유지하면서도, 이를 시적 기법의 문제, 특히 아이러니컬한 세계에 대한 아이러니컬한 문학적 표현을 고민한 모더니스트의 특징을 고스란히 드러내는 한편, 문명화된 현실에 대한 준열한 비판 정신을 보여주는 '리얼리스트'[16]의 면모까지도 드러내고 있다. 그것은 이형기가 보여준 근대성에 대한 비판과 부정정신이 모더니즘에만 국한되는 것도, 리얼리즘의 발로만으로도 볼 수 없음을 의미한다. 근대에 대한 적의와 부정은 자연과의 접촉을 잃어버리고 인공의 세계 속에서 자아의 분열을 경험할 수밖에 없는 근대인들의 실존적 제반 상황에 대한 정직한 주체적 응대의 방식이기 때문이다. 더욱이 기표와 기의의 긴밀한 결합이 환상일 뿐이라는 비극은, 자의적인 기호만으로 존재와 세계를 표현할 수밖에 없는 근대인들이 더 이상 서정적이 아닌, 파토스적인 시적 정서로 자기 기반을 삼을 수밖에 없게 된 이유가 됐다. 이형기 시의 파토스가 근대인의 불안과 삶의 분열에 대한 정직한 반영인 이상 그는 리얼리스트이며, 모더니티에 대한 수용과 비판을 동시에 표현해내는 아이러니컬한 면모를 보이는 이상 그는 모

---

16 김준오, 「입사적 상상력과 꿈의 시학」, 『도시시와 해체시』, 문학과비평사, 1992, 290쪽.

더니스트인 것이다.

이형기를 모더니스트로 파악하려는 황종연의 논의는 이형기의 시론이 지니는 문학사적 의미를 명확히 한다는 장점이 있지만, 동시에 모더니즘의 범주를 과도하게 확장해버릴 위험이 있다. 황종연의 윗글은 리얼리즘에 대한 모더니즘의 우위 내지는 승리를 확인하게 하는 구체적인 한 예를 발명하기 위한 과정을 보여주는 것으로 보일 공산이 크기 때문이다. 자신의 문학적 신념에 대한 문학사적 맥락에서의 위치 찾기를 위해 특정 작가를 참조하는 것은 그 작가나 작품이 가지는 다양한 맥락을 사장시킬 우려를 낳는다. 비평적 글쓰기에서 선험적인 자기의식이 과도하게 치달을 때 필연적으로 귀결할 수밖에 없는 논리적 왜곡을 우리는 종종 보아오지 않았는가. 또한 이러한 태도는 결국 모더니즘에 의한 리얼리즘의 극복을 테마로 한다는 점에서, 그리고 그것이 리얼리즘에 의한 모더니즘의 극복이든, 모더니즘에 의한 리얼리즘의 극복이든 양분법적 사고라는 점은 변하지 않는다는 점에서 생산적일 수 없는 논의로 치달을 위험이 있다.[17]

따라서 생산적인 비평 논의를 위해서 필요한 것은 모더니즘이냐, 리얼리즘이냐를 구분하는 이분법적 논의가 아니

---

17 최원식, 앞의 글, 632쪽.

라 문학이란 무엇인가를 본질적으로 다시 묻고 이에 대한 답을 준비하는 것이 되어야 함은 우리의 건전한 상식이다. 물론 황종연이 이에 대한 답을 준비하고 있지 않다는 의미는 아니다. 그가 모더니즘론의 문학적 자장을 자기 토대로 삼으면서 내세우는 문학적 중심은 '진정성'이라 부르는 것에 있다.

3. 근대문학 이후의 비평

진정성은 실정적으로 정의된 어떤 행위나 상태를 표시하지 않는다. 그것은 오히려 부정의 용어이다. 진정성은 진정성이 부재한다는 인식 속에, 진정성을 추구하는 행동 속에 존재한다. 진정성 추구의 기본적인 충동은 그것이 어떤 내용의, 어떤 품질의 삶이든지 간에 개인 자신에게 진실한 삶을 살려는 파토스이다. 진정성의 파토스는 개인으로 하여금 그의 삶이 사회적으로 인정된 원칙과 일치하는가가 아니라 그 자신의 자아, 감정, 신념과 일치하는가를 묻게 한다. 따라서 그것은 개인 스스로 그 자신의 삶의 방식이나 모양을 만들려는 열정을 포함한다. 진정성을 추구한다는 것은 달리 말하면 개인의 자기 창조적 자유를 실현하는 것이다. 진정성을 추구하는 가운데 기성의 윤리적 질서와 갈등이 빚어지는 것은 불가피한 사태이다. 기성 윤리가 허위를 강요하거나 자아를 왜곡하는 압제적 기율이라고 판단되는 상황에서는 진정성의 이름으로 그것에 거역하는 각종 일탈과 범죄가 찬양되기도 한다. 하지만 오늘날 진정성의 관념이 언제나 갖고 있는 반사회적, 반윤리적 전환의 가능성에도 불구하고 그 관념은 간단히 배격하기 어려운 문화적 현대성의 일부이다. 현대사회를 지배하는 억압의 기제를 발견하고 그것들에 대항할 능력의 도덕적 원천은 진정성의 관념 바로 거기에 있기 때문이다.[18]

황종연의 모더니즘론이 가닿는 끝에는 '진정성'의 발견을 통한 기성 사회에 대한 저항과 혁명의 가능성을 모색하려는 태도가 있다. 그는 "진정성을 추구한다는 것은" "개인의 자기 창조적 자유를 실현하는 것"이라 요약하면서 이러한 창조적 자유야말로 "현대사회를 지배하는 억압의 기제를 발견하고 그것들에 대항할 능력의 도덕적 원천"이 될 수 있다고 말한다. 따라서 창조적 자유를 구축할 수 있는 물적 토대가 마련되어야 한다는 당위가 자연스럽게 성립된다. 그것은 간단히

18 황종연, 「비루한 것의 카니발」, 『비루한 것의 카니발』, 31-32쪽.

'자유주의'[19]라 말할 수도 있으며, 개인이 자기의 삶의 양식을 스스로 자유롭게 구축하는 자기결정권을 쥐게 되는 것을 의미한다. 그렇다면 문학에 있어서 그가 말하는 자유는 무엇보다도 창작 행위에 있어서 사상과 표현의 어떤 제약도 일어나지 않는 물적 토대를 구성하는 자유를 의미하는 것으로 볼 수 있다.

리얼리즘이 반영을 문학적 가치로 삼을 때, 모더니즘은 표현을 문학적 규범으로 삼는다. 모더니즘이 표현을 문학적 규범으로 삼는다는 것은 단순히 표현 기법이나 양식의 세련됨을 추구한다는 의미뿐 아니라 문학 창작에 있어서의 제약이 없어야 함을 의미하는 것이기도 하다. 따라서 모더니즘이 자유를 화두로 삼는 것은 무척 자연스러운 논리적 귀결이며 황종연 역시 이러한 맥락에서 그의 생각을 전개해가고 있는 것이다.

하지만 새삼스럽게도, '문학'이라는 테두리 안에서 이루어지는 표현의 자유란 결국 '찻잔 속의 태풍'이 될 공산이 커 보이는 것도 사실이다. 칸트 이후로 예술의 미적 자율성을 옹호하는 가치가 부각되는 것은 역설적으로 문학과 사회 사이

---

19 황종연 · 백낙청 대담, 「무엇이 한국문학의 보람인가」, 『창작과비평』, 2006년 봄호, 303쪽.

의 단절 내지는 '격절'을 예감하게 되는 것이기도 하기 때문이다. 문학과 사회가 상호육욕적으로 침투할 수 있다는 소박한 믿음이 붕괴된 오늘날, 문학에서의 진정성이 곧 사회의 진정성 내지는 주체의 진정성으로 쉽사리 치환되기는 어렵다. 문학의 자유라는 테제를 강조하면 할수록 역설적으로 근대인의 윤리적 판단의 근거가 되어야 할 진정성의 도래는 요원해질 수도 있는 것이다. 또한 그것이 가능하다 할지라도 모더니즘의 감각은 이를 쉽사리 자본으로 환원시켜, 근대로의 투항으로 귀결시켜버릴 수 있다.

물론 황종연은 이러한 난점을 알고 있다. 그것이 그를 모더니즘을 단순히 옹호한다고만 말할 수 없게 하는 이유가 되기도 한다. 그는 한국 근현대사에서 모더니즘이 밟아온 지난한 과정들을 객관적으로 살피면서 그 장점과 한계에 대해 누구보다 뚜렷하게 인식하고 있다. 이를테면, 그는 '카니발'이 필요하다고 믿으면서도 그것이 결국은 당대의 질서를 공고히 구축하는 데 역설적으로 이바지한다는 사실을 놓치지 않고, 이를 비판적으로 경계한다.[20] 그럼에도 불구하고 그는 모

20 황종연, 「비루한 것의 카니발」, 앞의 책, 31쪽. "광기의 카니발은 부르주아적 정체성을 파괴하는 효과가 있다기보다는 오히려 재건을 돕는 효과가 있다고 해야 옳다. 기성 질서에 역설적으로 기여하는 광기의

더니즘의 한계를 돌파할 가능성을 모더니즘의 문학에서 발견할 수 있고 발견되고 있다고 믿는 '모더니스트 비평가'이다. 그의 작품 비평들은 단순히 작품의 의미를 논리적 추론 요소로 진술해내는 데 그치지 않고, 당대의 맥락을 '근대'와 그 이후를 사유한다는 측면에서 매우 적확한 시선으로 포착하고 이를 키워드로 뽑아내어 작가의 무의식에 연결하여 해석해낸다. 그것은 그의 모더니스트로서의 감각이 그저 현재형에만 집중되어 있는 것이 아니라 근현대사를 통시적인 관점에서 보는 거시적인 안목임을 보여주고 있다는 말과 동의어가 되기도 한다. 하지만 그가 바라보는 문학의 미래, 종언 이후의 문학에 대한 그의 시선은 종종 당위적인 것으로서의 '문학으로의 회귀'만을 강조하는 경향도 눈에 띈다. 그것은 그가 문학적 글쓰기, 문학의 근본적인 표현 재료인 '언어'에 대한 건전한 믿음을 갖고 있기 때문이다.

철학 언어와 달리 문학 언어는 개념의 힘을 신봉하지 않는다는 원론은 조금 부연될 필요가 있다. 일반적으로 말해서, 사물

운명은 온갖 폭력과 외설과 불륜이 활개치는 대중문화상품 생산에서 이미 조직적으로 이용되고 있지 않은가. 민중 카니발은 그것에 대한 낭만적 미화를 일삼는 사람들의 해석과 다르게 애초부터 기성 권력 자체가 허용한 헤게모니의 일시적 균열에 불과하다."

의 지각과 경험을 추상화한 결과인 개념은 사물의 실재를 불변적이고 규정적인 형태로 인식하게 해주며 궁극적으로 사물과의 일치를 실현하게 해준다고 간주된다. 철학 언어는 사물과 동일화하려는 그 개념의 열망을 표현하는 반면에 문학 언어는 사물과 개념의 궁극적 동일성에 대한 불신을 표현한다. 문학은 보통 수사라고 불리는, 허구를 목적으로 하는 언어 사용을 통해서 사물의 실재를 고정시키는 개념의 힘, 바로 그것을 저지하고 교란한다. (…) 수사적 언어는 사물의 실재가 불변적이고 규정적인 형태 속에서가 아니라 끊임없는 생성의 움직임 속에서 발견된다는 생각, 따라서 언어를 통한 사물과의 일치는 어느 순간에도 최종적이지 않다는 생각을 그 수사적 언어 자체의 형식 속에 구현하고 있다. 그런 점에서 그것은 철학을 비롯하여 절대성을 주장하는 모든 개념화의 양식에 대한 반항을 대표한다.[21]

눈치챘겠지만, 위 인용문은 앞선 가라타니 고진의 인용과 닮은 구석이 있다. 둘 다 철학과 문학을 대비하면서 그 유사성과 차이에 대해 언급한다는 점이 그러하다. 그러나 논의의 핵심은 정반대로 귀결되고 있음도 알 수 있다. 그것은 결

21 황종연, 「문학의 옹호: 오늘의 비평에 거슬러서」, 『문학동네』, 2001년 봄호, 401쪽.

국 가라타니 고진이 '착각'이라고 불렀던 자리, 그 자리에서 황종연의 문학하기가 지속되고 있다는 점을 다시 한 번 상기시킨다. 모더니스트답게 윗글에서 나타나는 그의 "수사적 언어"에 대한 관심은 과도할 정도이지만, 중요한 것은 바로 거기에서 "사물의 실재가 불변적이고 규정적인 형태 속에서가 아니라 끊임없는 생성의 움직임 속에서 발견된다"라고 믿는 문학 언어에 대한 그의 생각이다. 고진의 어법에 따른다면, 그것은 문학 언어가 여전히 특수성이 아니라 단독성으로 사유될 수 있으며 이 때문에 문학은 앞으로도 '근대 이후의 문학'으로 남을 수 있을 것이라는 논의가 가능해지게 한다. 어찌 보면 황종연의 문학 작업들은 가라타니 고진이 말했으나 정작 그는 행하지 않은 자리, 그 '착각'의 자리에서 그것이 착각이 아님을 진술하는 과정인 것처럼 보이기도 한다. 다시 말해, 근대문학의 매끄러운 표면 위에 그 균열의 양상을 살피는 것, 그리고 균열의 가능성을 진단하는 '현미경'과 '청진기'가 황종연에게는 문학의 언어(좀 더 정확하게 지적하자면 '수사적 언어')가 되고 있는 것이다. 그렇다면 그 '현미경'과 '청진기'가 근대문학의 외부 또는 그 이후를 보여준다고 할 때 그 외부 또는 그 이후의 양상이 무엇인가 하는 점이 문제로 남는다.

여기서 가라타니 고진과 황종연은 극명하게 갈라진다. 고진은 그 자리에 남는 것은 '오락'이라 했고, 황종연은 이에

심한 알레르기 반응을 보였던 것이다.[22] 고진은, 근대문학은 더 이상 지적이고 도덕적인 과제를 떠맡을 수 없다고 했다. 이러한 논리를 우리가 수용할 수 있다면 이후에 우리가 행할 수 있는 길에는 세 가지가 있을 것이다. '오락'보다 더 중요한 무엇을 수행하기 위해 문학을 버리는 것, 문학은 아직 '오락'이 아님을 증명하는 것, 문학이 '오락'임을 수용하고 그 양상을 탐구하는 것. 첫 번째가 고진이 걸어가는 길이라면, 둘째는 황종연이 하고 있는 작업이 될 것이다. 하지만 문학의 자유를 주장하는 황종연의 논지가 고진의 방법론으로 미루어볼 때, 문학이 근대의 규율을 고심하는 데서부터 자유로워지는 것을 의미한다면, 고진을 돌파하려는 그의 논리가 결국 고진이 말한 논리로 귀결되어버리는 것은 아닐까 의심스럽다.

그렇다면 황종연은 역설적으로 가장 '고진스러운' 방법으로 이를 돌파해야 할 것이다. 때문에 우리는 그가 "문학의 의의에 대해 부정적"[23]이라고 말한 '오락'으로서의 문학 역시 두 번째의 길과 함께 탐구해주기를 바란다. 물론 그것은 그

---

22 황종연, 「문학의 묵시록 이후-가라타니 고진의 『근대문학의 종언』을 읽고」, 앞의 책, 196-197쪽.

23 황종연, 위의 책, 197쪽.

의 우려대로 근대로의 투항을 전격적으로 선언해버리는 결과로 치달을 수도 있다. 하지만 '근대문학의 종언'이 '문학의 종언'을 의미하는 것은 아니라 한다면, 어쩌면 '근대'가 빠진 '문학'을 탐색하는 데서 새롭게 나타날 문학의 (현실에 대한) 무관심성(disinterestedness)은 지금껏 우리가 만나지 못한 또 다른 문학의 지형도를 창출해줄지도 모를 일이다. 문학이 근대로의 투항을 선언하는 정치적 무기력증이나 허무로 귀결되지 않고, 또한 근대의 가치를 지향하지 않고, 이를 도리어 무(無)로 만들어버리는 '불편함'을 자기 본질로 삼을 때, 역설적으로 근대 이후를 지향하는 또 다른 가치를 창출할 수 있을지도 모른다. 그의 정치한 문학적 방법론과 거시적인 인식이 현 단계 한국 비평 지형도에서 중요한 이유를 차지할 수 있는 근거가 바로 여기에 있다.

8

‘무중력 공간’에 간혀버린 ‘미적 근대성’

— 이광호론

손 남 훈

1. '무중력 공간'이라는 환상

2000년대에 와서 공식적인 글쓰기를 시작한 작가들은, 상대적으로 정치적 죄의식과 역사적 현실의 중력과는 무관한 자리로부터 글쓰기의 존재를 설정할 수 있게 된 것으로 보인다. 가령 이런 새로운 글쓰기의 공간을 '무중력 공간'이라고 부를 수 있겠는데, 이때 '무중력 공간'은 90년대 문학의 주체들이 문화적으로 투쟁했던 것과 같은 방식의 '무엇으로부터'의 환멸과 저항의 전선을 설정하지 않는다. 중력이 없는 공간에서는 저항의 개념과 그 주체화도 있을 수 없다. 중력에 지배당하는 자는 날아오르기를 열망하겠지만, 무중력 공간의 존재에게 비상의 열망은 의미가 없다. (…) 무중력 공간의 글쓰기는 '무엇으로부터 자유로워야 한다'는 관념이 있을 수 없고, 따라서 '가벼워야 한다'는 강박도 의미가 없다. 다만 자기 미학의 자립성과 개체의 모럴을 스스로 구축하는 글쓰기가 있을 뿐이다. 다른 방식으로 말한다면, 이들은 '모럴'이 없는 세대가 아니다. 한국 사회의 역사적 인력(引力)에서 벗어난 자리에서 이들은 탈국가주의적인 문명적 차원의 개체적 비전을 모색한다.[1]

2000년대 문학의 글쓰기 공간을 서둘러 '무중력 공간'이라 명명할 수 있었던 시대는 행복했다. 문학은 드디어 현실이라는 무거운 짐을 덜어내고, 그 어떤 강박도 가지지 않은 채 자유로운 미학적 실험을 감행할 수 있는 공간을 갖게 되어, 작가들은 그 속에서 글쓰기 할 수 있는 여건이 마련되었다고 생각되었다. 그리하여 '무중력 공간'에서 지금껏 생산되지 못했던 '새로운 정치성'이 배태되는 양상을 들여다볼 수 있다고 주장할 수도 있었다.

이제 문학은 현실을 말할 필요도, 특정한 이데올로기적 '입장'을 가져야 할 이유도, 당대의 실천적 토대 위에서 양식화되어야 할 아무런 당위도 갖지 않게 됐다. 순수한 자기지시적 행위로서의 글쓰기가 비로소 가능해진 제반조건들 위

---

1 이광호, 「혼종적 글쓰기, 혹은 무중력 공간의 탄생」, 『이토록 사소한 정치성』, 문학과지성사, 101쪽.

에서, 미학적 전복이 더 이상 전복이 아닌 것으로까지 나아가도록 실험에 실험을 영구 반복할 수 있는 알리바이가 여기서 마련되었다. 현실로부터의 강박에서 벗어났기에 그 무게 속에서는 나타날 수 없었던 새로운 정치성이 효과를 발산하기 시작하고 그 새로운 정치성에서 문학이 계속적으로 존재해야 할 이유를 찾을 수 있게 되었다. 헤겔에게서 주창되고 아서 단토[2]에게서 확인된 '예술의 종말'이 드디어 이 땅에도 도래한 것이다.

그러나 '무중력 공간'의 발견이 '실재의 발견'이 아니라 '환상의 발명'에 불과한 것이었다면? 다시 말해, 누군가에 의해 최초로 발견된 것이 아니라 누군가가 의도적으로 발명한 것이었다면? 기실 '무중력 공간'은 "한국문학사의 가장 오래된 '금기어'"이기 때문에[3] 그 금기를 깬 용기 있는 명명이 될

---

2 아서 단토, 김광우 역, 『예술의 종말 이후』, 미술문화, 2004.

3 이광호, 「'2000년대 문학 논쟁'을 넘어서」, 『익명의 사랑』, 문학과지성사, 2009, 55쪽. '무중력 공간'을 '금기어'라 주장하는 그의 말 속에는 문학을 현실과의 상호관계 속에서 파악하는 리얼리즘 문학 진영에 대한 강력한 대타 의식이 내재되어 있다. 즉 (이광호가 생각하는) 리얼리즘 문학은 문학과 현실 사이의 강박을 만들어냈고 그 강박으로부터 탈주했을 때, 그 문학작품은 리얼리즘 진영의 비난을 벗어나기가 어렵다. 따라서 문학작품은 현실과의 관계 속에서 탄생해야 하고 현실을 얼마나 '리얼'하게 반영했는가가 작품 평가의 기준이 된다. 그러므로

수 있는 것이 아니다. 거기에는 한국문학의 여전한 존재 이유를 발명해야 하는 어떤 절박한 욕망이 내재되어 있다. '무중력 공간'은 작게는 2000년대 특정 작가들이 지닌 미학적 가치를 변호하게 하고, 크게는 한국 현대 문학사를 재구성하기 위해 세대론적 구분의 구심점을 삼으려는 개인적인 취향의 발명품인 것이다.

> 만약 '90년대 문학'이라는 개념이 가진 근본적인 문제점에도 불구하고 그 이름을 용인할 수밖에 없다면, '2000년대 문학'이라는 명명 역시 가능할 것이다. 그러나 이 명명은 '80년대/90년대'의 단절론을 반복하면서 앞 세대를 캄캄한 과거 속으로 밀어 넣는 세대론 전략 이상의 것이 되어야 한다. (…) 나는 이 글에서 90년대 이후의 문학을 '사생활의 발견'이라는 개념으로 호명했다. 그런데 이 '발견'의 미학은 나름의 한계를 갖는 것이

리얼리즘 진영의 입장에서 볼 때 '무중력 공간'은 '금기어'가 될 수밖에 없다. 이광호는 이러한 리얼리즘 진영의 입장을 기존 한국문학사와 대등하게 놓음으로써 리얼리즘 진영의 문학사적 헤게모니를 극대화하고 상대적으로 모더니즘 진영을 (리얼리즘 진영으로부터의) 억눌린 목소리들로 배치하고 있다. 다시 말해 한국문학사에서 리얼리즘의 목소리가 우위에 있었다는 점을 은근히 드러냄으로써, 2000년대 문학은 리얼리즘 문학과 변별되거나 차별된다는 점을 부각시키고 있다. 이에 대한 자세한 논의는 후술하겠다.

다. 가령 90년대 문학이 과연 사생활을 일차원적으로 드러내는 차원을 넘어서, 사생활의 '정치학'을 적극적으로 탐구했다고 볼 수 있을까? (…) 그러니까 사생활의 발견을 생활 세계의 정치학으로 밀고 나가는 작업은 이제 겨우 '시작'된 것이다. 그리고 이 새로운 시선은 새로운 문법과 언술을 요구하고 있다.

그런데 그러한 미학적 징후들은 이미 실현되고 있는지도 모른다. 가령 젊은 작가들이 보여주는 화법의 범주에서의 전복은 한국문학사의 그 어떤 내용주의적 전환보다 근원적인 전환에 가까운 것이다. (…)

2000년대의 중반부에 들어와서 한국문학은 이른바 '포스트 386'세대를 중심으로 새로운 미학적 패러다임을 드러내고 있는 것처럼 보인다. 90년대 문학과 2000년대 문학의 경계에서 있던 김연수 · 김경욱, 이후 천운영 · 윤성희 · 정이현 · 김애란 등은 90년대 내면 지향적 여성문학이 보여주지 못한 새로운 미학적 차원을 열어 보이고 있으며, 김중혁 · 박민규 · 이기호 · 한유주 등은 좀 더 극단적인 차원에서 탈현실적이고 탈일상적인 문학 공간을 만들어낸다. 2000년대 작가로 떠오른 이들의 상상력은 인문학적 소양보다는 새로운 대중문화적 감각과 미디어와 과학적 상상력 그리고 하위 장르적 문법을 차용한 극단적인 판타지와 우화적 요소를 과감하게 도입하게 만든다. 혼종적이고 무중력적인 상상력이 돋보이는 이러한 서사적 모험은 한국적 현실 경험의 중력으로부터 자유롭지 못했던 90년대 작가들에 비해 더욱 과감하고 근본적인 차원의 것이다. 90년대적인 소설의 중요한 미학적 영역 중의 하나였던 '내면적 일상성의 발견'같은 것은 더 이상 매혹적인 공간이 아니다. 2000년대 작가들은 '거대 서사/미시적 일상성'이라는 '80년대/90년대'의 이분법을 가로지르며, 탈역사적인 서사 공간을 만들어가고 있다.[4]

이광호의 비평 작업은 흔히 80년대/90년대/2000년대로 삼분화하고 이를 작가들의 글쓰기 의식의 토대가 되는 당대의 사회 환경과의 연관 속에서 재맥락화한다. 이를 통해 그는 문학의 지속과 변화 양상을 하나의 내러티브로 구축하기 위해 힘쓴다.[5] 그는 80년대와 90년대를 대비하는 자리에서 "집단/개인, 거대 담론/미시 담론, 정치적인 삶/문화적인 삶, 역사/일상"[6]을 사회적 상황과 관련하여 대비시키고, 90년대

4 이광호, 「사생활의 발견」, 『이토록 사소한 정치성』, 284-285쪽.

5 특히 「해체의 시대와 현대성의 새로운 모험」(『이토록 사소한 정치성』)은 80년대와 90년대 한국시사를 정리하는 작업이지만, 이와 함께 2000년대 문학에 대한 가능성 또한 제기하고 있다.

6 이광호, 「사생활의 발견」, 271쪽.

문학과 2000년대 문학을 '386세대의 문학=문화적 보수성/포스트 386세대의 문학=문화적으로 진보적이고 다원주의적'[7]인 것으로 이분화한다. 이와 같은 방식으로 그는 우리에게 익숙한 10년 단위의 시대 구분론과 세대론[8]을 통해 한국 최근 문학의 경향이나 작품들을 시기적으로 일별하여 문학사 속에 편입시킨다. 그가 한국시를 '풍경의 시/사건의 시'로 이분화하고 2000년대 한국시의 일부 경향을 후자에 두려 하는 것[9] 역시 한국문학사의 재맥락화 작업과 무관하지 않다.

그런데 가만히 살펴보면, 그의 이러한 구분 작업은 2000년대 한국문학의 외양을 설명하려는 데 주안점을 두고 있다는 사실을 알 수 있다. 다시 말해, 80년대/90년대/2000년대의 구분은 단순히 사회적 현실이나 작가군, 작가의 글쓰기 양태, 작품의 가치 평가 등을 통해서 그 양상이 달라졌음을 객관화하려는 데 있지 않다. 80년대와 90년대를 통틀어도 가

---

7 이광호, 「혼종적 글쓰기, 혹은 무중력 공간의 탄생」, 위의 책, 87쪽.

8 이광호, 「'2000년대 문학 논쟁'을 넘어서」, 53쪽. "'무중력' 개념은 2000년대 문학 공간에서 가장 젊은 세대들의 글쓰기를 부각시키려는 세대론의 일환으로 제기된 것이다. (…) 무중력의 개념과 연관되는 필자의 세대론은 기본적으로 사회적인 맥락 위에서 구성된 것이며, 그것은 새로운 문학 세대의 사회 존재론을 의미한다."

9 이광호, 「한국 현대시 100년, 그 이후」, 『익명의 사랑』, 426-427쪽.

능하지 않았던 '무중력 공간'의 탄생, '사건의 시'의 탄생은 비로소 2000년대에서야 가능해졌다는 점을 그의 비평은 귀결로 삼고 있기 때문이다.

물론 그것이 흔한 문학사 기술들이 지니는 오류처럼 2000년대 문학의 온전함을 증명하기 위한 방식은 아니다. 그는 2000년대 문학 역시 하나의 운동이나 과정으로 파악해야 한다는 생각을 갖고 있는 것처럼 보이며, 따라서 2000년대 문학을 기술하는 시점에서 하나의 완결성으로 파악하지 않는 '현재형'의 문학사적 기술 방식을 보여준다. 그럼에도 불구하고 그의 문학사적 재맥락화 작업은 '결여→충족'의 과정을 보여준다는 점에서 흔한 문학사 기술 방식들이 보여주는 오류, 다시 말해 진화론적 오류를 보여준다. 즉 일찍이 한국문학사에 없었던 '무중력 공간의 탄생', 일찍이 한국 시사에서는 나타나지 않았던 '사건의 시의 탄생'은 그가 의도하지 않았다고 말하고 있음에도 불구하고 2000년대 문학의 미학적 우위를 선언하는 것으로 읽힐 개연성을 충분히 노정하고 있다. 가령, "90년대적인 소설의 중요한 미학적 영역 중의 하나였던 '내면적 일상성의 발견' 같은 것은 더 이상 매혹적인 공간이 아니다. 2000년대 작가들은 '거대 서사/미시적 일상성'이라는 '80년대/90년대'의 이분법을 가로지르며, 탈역사적인 서사 공간을 만들어가고 있다"는 언급은 80년대나 90년대가 가지지 못했던(결여되었던) 탈역사성을 2000년대 작가들이 성취하고 있다는 전제가 깔려 있는 진술이다.

그런데 중요한 것은 그가 구분해놓은 '2000년대 이전/2000년대 이후'의 이분법적인 문학사는 기실 '2000년대 이전의 문학=리얼리즘 문학/2000년대 이후의 문학=모더니즘 문학'으로 정리해놓고 있다는 사실이다. 물론 이광호 자신은 필자의 이러한 구분에 동의하지 않을 것이다. 그는 '미적 근대성'이라는 전략적 지점을 통해 리얼리즘과 모더니즘의 이분법적 구분이라는 헤게모니를 극복할 수 있다고 주장하고 있기 때문이다.[10] 하지만 그럼에도 불구하고 그의 비평적 전제에는 리얼리즘에 대한 강력한 대타 의식이 깔려 있다.

2. 리얼리즘에 대한 대타 의식

모든 이분법이 그러한 것처럼 이 이분법(리얼리즘/모더니즘의 이분법-편집자) 안에도 이미 강력한 우열의 가치 체계가 내장되어 있다. 한국문학의 '유일한' 이상적 프로그램으로서의 '리

10 이광호, 「한국 근대 시론의 미적 근대성 연구」, 『미적 근대성과 한국문학사』, 민음사, 2001, 121쪽.

얼리즘'과 그것의 대립항 혹은 결핍항으로서의 '모더니즘'이라는 도식이 그것이다. 한국문학에서 이 이분법은 리얼리즘의 자기 동일성을 확보하는 방식으로 모더니즘이라는 개념을 호출하고 타자화함으로써 성립된 것이다. 이 이분법이 구성되는 방식은 '민족문학/자유주의 문학'이라는 이념적 도식의 경우와 동일하다. 리얼리즘과 모더니즘의 상호 관련을 말하는 논리 역시, 이 두 가지 개념의 실체성과 동일성의 전제를 승인하는 이상, 이분법의 이론 체계는 어떤 손상도 입지 않는다.[11]

이광호는 리얼리즘과 모더니즘의 이분법적 도식은 폐기되어야 한다고 주장한다.[12] 기실 이 주장 자체가 그리 새롭거나 참신한 논의가 될 수 있는 것은 아니다. 리얼리즘/모더니즘의 이분법이 그와 같은 이데올로기적인 잣대에 적합한 작품들에게는 편리한 분석적 틀거리가 될지는 모르나, 한 편의 문학 작품은 리얼하면서도 동시에 모던한, 혹은 재현이면서도 동시에 표현이라는 점에서 본다면, 이와 같은 이분법이 작품의 해석과 평가에 정당한 자기 귀결을 주기에는 상당한 곤란에 직면하게 되기 때문이다. 이광호의 주장 역시 이와 맥

---

11 이광호, 「문제는 리얼리즘이 아니다」, 『이토록 사소한 정치성』, 55쪽.

12 이광호, 위의 글, 53쪽.

을 같이 한다. 특히 그는 90년대 이후의 작품들은 이와 같은 이분법에 포섭되기 어려우며, 작품의 다양성과 복합성을 설명하기 어렵다고 말한다.

하지만 이광호에게서 특이한 점은 이분법을 폐기하자는 주장이 곧바로 리얼리즘에 대한 공격으로 맥락화된다는 점이다. 먼저 그는 이분법의 성립이 리얼리즘 진영이 행한 모더니즘의 타자화에서부터 비롯한다고 주장한다. 리얼리즘이 스스로를 규정하기 위한 주변화 작업의 일환이 모더니즘에 대한 명명이었다는 것이다. 리얼리즘은 역사적 변천 과정 속에서도 끊임없이 살아 움직이는 실체로 간주되면서도, 모더니즘은 특정한 시기에 나타나는 기법적 측면의 문제에서만 다루어졌다는 것이 이광호의 주장이다.

하지만 여기에 깔려 있는 전제는 리얼리즘=근대문학이며, 이때 리얼리즘은 손쉽게 '민족문학'으로 전화되는 리얼리즘이다. 다시 말해 리얼리즘=근대문학이라 말할 때의 리얼리즘이 '민족문학'과 과연 동일시될 수 있는가에 대한 문제를 그는 설명하지 않고 있다. 그의 글의 맥락에서 리얼리즘은 한국문학사에서 초월적 권위를 가진 것, 다시 말해 보편적 문학론으로까지 승격되어 왔던 것으로 상정해놓으면서도 '민족문학'과 같은 역사상 특정한 입장과도 동일시해놓고 있다. 보편과 특수의 이와 같은 혼동은 그의 비평에 흔히 나타나는 도식화의 오류를 근본적으로 내포하고 있다.

또한 문학의 재현/표현의 이분법적 구분과 이에 따른 에콜화[13]라는 한국문학 논쟁사는 상호 이질적인 보편적 문학론이 흔히 만날 수 있는 첨예한 대립의 양태들이었음을 상기한다면 리얼리즘/모더니즘의 대립도 어느 특정 입장의 우위로 말끔하게 정리할 수 있는 것이 아니다. 이를테면 리얼리즘 진영에서 높이 평가받는 김수영은 모더니즘 진영에서 또한 모더니티를 구현한 작가로 생각된다.[14] 다만 이광호의 리얼리즘과 모더니즘의 이분법이 철폐되어야 한다는 주장은 일리가 있지만 그 철폐의 논리 속에 특정한 입장에서 다른 입장을 비판하는 전제가 깔려 있다면, 그 역시도 역설적으로 이분법적 전제를 강화하는 효과를 낳는다는 점은 분명히 밝혀져야 한다. 그렇다면 '문학사적 금기'는 '무중력 공간'이라는 특정한 입장에서 다시 쓴 수사에 붙여질 딱지가 아니라 차라리 리얼리즘과 모더니즘의 이분법에 대한 특정 입장의 내세우기에 붙여져야 하는 것일지도 모른다.

---

13 '창작과비평', '문학과지성'의 이분화된 에콜이 대표적일 것이다.

14 리얼리즘과 모더니즘의 이분법은 분명 경직된 사고의 소산이지만, 때로 그것은 의도하지 않게 특정 작가의 다채로운 측면을 면밀하게 밝혀주는 점도 있다. 물론 이 글에서는 리얼리즘과 모더니즘의 문학사적 효과에 대해서 논하고자 하는 것은 아니다.

이광호는 기실 그 금기를 건드렸다. 그것은 리얼리즘과 모더니즘의 완고한 이분법에 대한 특정 입장에서의 비판이 가치 있다 생각하는 것 자체가 금기인데, 이를 건드렸음을 뜻한다. 하지만 그것이 잘못된 금기 건들기인 이유는 이분법을 깨뜨리자는 주장의 전제에서 이미 이분법이 완강하게 버티고 있는 역설이 존재하기 때문이다. 이분법을 깨뜨리자는 주장은 분명 메타적으로 보이지만, 전자를 우위에 두는 입장, 후자를 우위에 두는 입장, 혹은 두 입장을 아우르는 절충적 입장의 세 가지 입장 외에 그 모두를 용해하여 문학사적 맥락화에 성공을 거둔 (메타적) 입장은 필자가 과문한 탓인지 아직 나타나지 않았다고 생각된다. 물론 이광호는 '미적 근대성'이라는 화두를 통해 해묵은 과제인 이 이분법을 극복하려 한다. 그런데 여기에는 또 다른 문제가 있다. 이광호의 이분법 철폐 주장이 출발하는 지점에서부터 삐걱거리고 있다는 점이 그것이다. 그가 「시선과 관음증의 정치학」이라는 글에서 '70~80년대 문학=리얼리즘=민중문학=민중시'라는 전제하에 고은의 시와 신경림의 시를 분석한 평론에서는 사태를 성급하게 일반화해버림으로써 되레 그의 리얼리즘 비판의 진정성을 의심하게 한다.

이광호는 이 평론에서 고은의 초기시와 신경림, 이성부에게서 남성 주체의 관음증적이고 폭력적인 시선을 끄집어낸다. 그리고 그와 같은 "남성적 시선의 체계는 사실 이른바 '민족문학' 계열의 '민중시' 일반에서 발견되는 미학적 메커니즘"이라고 매조지해버린다. 겨우 몇 편의 시를 가지고 민중시 전체를 싸잡아 비난하는 것은 분명 오류다. 하지만 그가 비판하는 민중시의 내재된 정치성 해석 역시 의문스럽기는 마찬가지다.

즉 고은의 초기시에 나타나는 '누이 콤플렉스'[15]가 순식간에 남성적 폭력의 시선으로 전유되는 맥락도 의심스럽지만, 신경림의 「농무」가 여성 주체를 주변화한다는 주장은 작품의 맥락을 의도적으로 오독하고 있는 것으로 보인다. 이광호는 "이 시의 시각적 주체의 시선은 '농민-남자들-우리'를 훔쳐보는 '처녀애들'을 내려다보면서 그것을 다시 시선의 체계 내에서 주변화한다"고 주장하고 있다. 하지만 그것은 근본적으로 시적 화자가 남성이라는 데 대한 불만의 표출일 뿐이다. 이 시에서 나타나는 '처녀애들'은 농촌 사회의 소외된 민중 계층의 한 전형을 보여주는 것으로 읽혀야 한다. 왜 하필 '처녀애들'인가 하는 점이 중요한 것이 아니다. 이때 '처녀애들'은 미래에 대한 비전을 상실해버린 70년대 농촌의 젊은

---

15 김현, 「시인의 상상적 세계」, 『현대 한국문학의 이론』, 민음사, 1972, 373쪽.

이를 상징하는 것이다.

따라서 이광호가 보여주는 의도적인 오독은 리얼리즘의 대표적인 기수라 할 수 있는 세 명의 시인을 남성적 주체의 시선이 민중시의 공식화된 시선이 되게 함으로써 리얼리즘 문학에 대한 폄훼를 감행하기 위한 것으로 읽혀질 개연성이 다분해진다. 이와 같은 발상에는 80년대=리얼리즘 문학이라는 전제하에 리얼리즘을 공격함으로써 80년대 문학이 지녔던 다채롭고 소중한 성과들을 무화시키고, 90년대를 과도기로 설정하여 2000년대 문학을 상대적으로 진화한 것으로 보려는 욕망이 숨어 있다. 김명환의 다음과 같은 촌평이 일리 있는 것은 이 지점에서부터다.

> 80년대 운동과 거리를 둔 훌륭한 작가들도 없지 않았을뿐더러 설령 80년대적 민중운동의 논리를 추수하고 만 작가라 하더라도 뜻있는 성취를 이룬 작품이 하나라도 있다면 그것은 아마도 다시 없을 존엄한 개인의 목소리를 빚어냄으로써 가능했을 것이다. 더 나아가 90년대 문학이 80년대에 대한 환멸과 부정을 주조로 한다는 발상도 재검토할 필요가 있다. 한때 창작의 전반적 경향이 그러했다는 점을 부인할 수는 없지만, 80년대에 대한 반발을 은연중에 민중운동이나 그것과 연결된 민족문학과 리얼리즘문학에 대한 반작용으로 몽땅 환원하는 설명방식은 좀

무리인 듯하다. 그러다보니 우리 문학의 구체적인 성과를 따지는 정말 중요한 작업을 자꾸 뒷전으로 밀어내는 형국이다. 안타깝게도 저자의 평론작업 자체가 자신이 주관적으로 상정한 80년대 문학에 대한 대타의식에 치우친 나머지 뜻하지 않게 자기입론의 구축에 흠집을 내고 만다.[16]

요컨대, 이광호의 비평은 80년대 문학 또는 리얼리즘에 대한 지나친 대타 의식으로 말미암아, 그가 기술하려는 한국문학사의 10년 주기 도식화와 맞물려 구조적 모순에 빠지고 있는 것이다.

3. '미적 근대성'이 포괄하지 못한 것

앞서, 이광호의 비평은 한국문학사를 재구성하려는 욕망을 갖고 있다고 말했다. 그가 자주 내세우는 세대론과 10년 주기 도식화는 이를 체계화하기 위한 의식적 산물이다. 그의 비평의 장점은 성실한 텍스트 해석과 더불어 이를 당대의 맥락

16 김명환, 「대타의식을 넘어설 비평작업의 아쉬움」, 『창작과비평』 2006년 겨울호, 328쪽.

과 관련시켜 의미화하는 데 있다. 이를 통해 그는 1980~2000년대의 문학사를 구조화할 수 있었다.

하지만 2000년대를 충족된 연속성으로 파악하는 이광호의 논지는 '미적 근대성'이라는 개념으로 환원되지 않는 작품들을 선명하게 주변화시킨다. 이는, 그가 '미적 근대성'과 '정치적 근대성'을 말하는 데서부터 이미 예견된 바이다.

> 요컨대 20세기의 한국문학은 역사적 요청으로서의 정치적 근대성의 추구와 은폐된 미적 근대성의 추구 사이에서 자기 형식을 찾아내어야만 했다. 그렇다면 이제는 한국근대문학 내부에서의 이 은폐된 미적 근대성의 내용과 그것의 특성과 변이를 문제화하는 작업이 새롭게 요청된다고 할 수 있다.[17]

이광호의 이와 같은 기획에는 상대적으로 정치적 근대성만을 추구해온 한국 근대(문학)사에 대한 비판과 반성이 깔려 있다. 이광호는 한국 근대사에서 추구되어온 근대성이 서구의 그것과 동일시할 수 없다는 점을 분명히 한다. 그것은 "〈서구 사회의 근대성/미적 근대성〉과 한국 사회의 〈결핍된 근대성〉에

---

17 이광호, 「모순으로서의 한국문학사」, 『미적 근대성과 한국문학사』, 25쪽.

복합적으로 대응되고 이것들과 동시에 투쟁해야 하는 이중적이고 중층적인 소명을 짊어지고 있다."[18]는 말에서도 잘 드러난다.

근대성에 대한 이광호의 이러한 통찰은 분명 귀담을 만하다. 우리의 근대성이 서양처럼 매끄럽게 정리될 수 없다는 사실, 그러면서 동시에 우리의 근대성은 너무나 많은 자기모순을 노정하고 있어서 "어떤 문학 이념에 의해서도 결코 독점될 수 없다"는 점은 모더니즘과 리얼리즘의 이분법을 타파할 수 있는 가능성을 내재하고 있다.

그러나 이광호가 말하는 모순적인 근대성, 정복될 수 없는 근대성, "자신의 역사적 경계를 새롭게 재구성해나가는 모순의 동력으로서의 근대성"은 '근대성'이 추구되어야 할 대상으로 설정됨으로써 그것으로는 포괄되지 않는 비근대적인 문학적 움직임들을 설명할 수 없다. 또한 그와 같은 근대성이라면 탈근대성과의 구분도 모호해진다.

그가 미적 근대성의 대타로 의식하고 있는 정치적 근대성 역시 모호하기는 마찬가지다. 2000년대 문학의 '사소한 정치성'에 주목하겠다는 그의 비평적 언술이 허언이 아니라면, 미적 근대성은 '사소한 정치성'이라는 매개에 의해 정치적 근대성과 어느 순간 동궤를 이룬다. 또한 거대한 정치적 사건들이

---

18 이광호, 「문제는 미적 근대성인가」, 위의 책, 87쪽.

보여주는 근대성을 향한 열망도 같은 개념 속으로 환원되어 버리고 만다.

그의 말마따나 근대성이라는 개념이 정립되지 않았음에도 이를 추구하겠다고 말하는 것은 리얼리즘/모더니즘의 이분법을 돌파할 수 있을 수 있다는 선명하고 매끄러운 논리적 틀거리가 될 수 있을는지도 모른다. 하지만 정작 작품을 대하면서는 어느 특정 입장(모더니즘)에 설 수밖에 없는 사태를 맞이하게 한다. 하지만 리얼리즘이 추구하는 '근대성', 문학 이후의 '글쓰기'에 대한 충동을 미학적 근대성이라는 이름으로 포괄하기 어렵다.

그의 미적 근대성은 문학의 자율성만을 추구하고 있을 뿐이다. 즉 이광호는 김동리의 근대성을 검토하면서 "문학의 자율성과 미적 자의식에 기초하고 있다는 측면에서 전형적인 미적 근대성을 실현하고 있다고 볼 수도 있다"[19]라고 언급함으로써 문학의 자율성-미적 근대성의 연관 관계를 선명하게 드러내고 있다. 그렇다면 그가 말하는 미적 근대성은 문학의 자율성을 추구하는 모더니즘 진영의 논지와 전혀 다르지 않다는 사실이 밝혀지게 된다. 기실, 리얼리즘 진영에 대한 이광호의 불만은 리얼리즘 진영이 모더니즘을 포섭하려는 욕망

19 이광호, 「문제는 근대성인가」, 위의 책, 64쪽.

을 노골적으로 드러낸다는 데 있었다.[20] 그렇다면 역설적으로 이광호의 미적 근대성을 통한 리얼리즘/모더니즘의 이분법 극복 방안은 모더니즘의 리얼리즘 포섭 욕망이 아닌가?

이광호가 2000년대 문학을 가리켜 '무중력 공간'이라 명명한 것은 문학의 자율성이 이 시대 들어와서 본격적으로 이루어지고 있다는 사실을 말하는 것이다. 곧 2000년대 문학은 기존의 리얼리즘 문학의 그늘에서 벗어나 드디어 모더니즘 문학을 실현한 공간이라는 것이다. 리얼리즘/모더니즘의 철폐가 아니라 모더니즘의 궁극적 승리를 예견하게 하는 이와 같은 그의 생각은, 그러나 그의 비평이 지닌 도식성이 여기서 또 한 번 문제가 되는 이유가 된다. 이는 작년에 있었던 '6·9 작가 선언'이 지닌 상징적 의미에서 명확하게 드러난다.

사실, 6·9 작가 선언은 많은 문제를 내포하고 있다. 먼저, 작가들이 현실에 대해 발언해야 한다는 강박이 선언을 가능하게 했다는 비판이 있을 수 있다. 작가들의 겉멋이라는 것이다. 또한 겉으로는 국가에 대해 비판하면서도 개인적으로는 국가에서 주는 지원금을 우쭐해 하면서 받는 작가들의 이중적 태도를 문제 삼을 수 있다. 하지만 작가 선언이 글쓰기의 지점에서 갖는 의미는 그와 같은 선정적 비판과는 궤를

20 이광호, 「문제는 미적 근대성인가」, 위의 책, 78-80쪽.

달리 한다. 즉 작가 선언이 '선언'의 형태로 글쓰기 되었다는 점, 달리 말해 작가들이 문학 작품의 형태로 발언하지 않고 노골적이고 직접적인 한 줄 릴레이의 형태로 말했다는 점에서 선언이 갖는 의미는 새로운 국면을 제기하게 된다.

즉 현기영이 「순이 삼촌」을 통해 '제주 4·3항쟁'의 은폐된 진실을 밝혀낸 것과 같은 문학의 대사회적인 파급력을 더 이상 기대할 수 없다는 사실, 현 체제의 모순을 폭로하고 개선하기 위한 문학적 움직임이 더 이상 가능하지 않다는 점을 작가 '선언'은 은연중에 시사한다. 문학의 죽음이라는 풍문이 흉흉한 시대에, (작품이 아니라) 고작 '선언'의 형태로밖에 작가들이 글을 제출할 수밖에 없는 시대에, 이광호는 문학의 자율성을 통해, 드디어 구출된 문학의 자율성에 의해, '사소한 정치성'을 발현하고자 한다. 그리고 그 과정을 문학사로 기술함으로써 문학이라는 제도를 공식화하려 한다. 이는 그가 생각하는 문학의 가장 적극적인 자기 연명의 방식임에 분명하다.

하지만 그것은 리얼리즘/모더니즘의 이분법적 도식에 어느 한 편의 승리를 주장하는 그의 비평론이 궁극적으로는 문학의 미학적 자족에만 그치게 됨을 역설적으로 웅변한다. 그러나 작가들의 '선언'이라는 '글쓰기'는 그것이 지닌 선정성에도 불구하고 문학(또는 글쓰기)이 미학적 자율성에만 머물지 않는다는 점을 예견하게 한다. 문학이라는 근대적인 양식 혹은 제도를 괄호친 다른 형태의 글쓰기를 통해 작가들이 현실에 개입하고 발언하는 정치적 효과가 거기서 배태되고 있는 것이다.

미학적 자율성을 통해 문학을 구원하려는 그의 시도는 근대 이후의 문학이 근대 이전과 같은 '오락'이 될지도 모른다는 불안감을 은폐하고 여전히 근대문학이 갖고 있다고 가정되는 숭고한 그 무엇을 좇기 위한 노력의 소산이다. 이는 그가 한국문학의 헤게모니를 장악하고 있는 한 축인 『문학과 사회』 편집위원이라는 점에서 보면 그리 이상한 일이 아닌지도 모른다. 하지만 과연 그가 말하는 '사소한 정치성'이 문학적 글쓰기 바깥에서 행해지는 '정치적 충동'마저도 담아낼 수 있는지는 의문사항이다.

이광호는 '무중력 공간'에서의 글쓰기 작업이 궁극적으로 기존의 '중력적인 글쓰기'에 대한 미학적 전복을 통해 '새로운 정치성'을 추구하는 양상으로 나타나고, 이는 한국문학의 새로운 생성의 힘으로 읽을 수 있다고 주장한다. 응당, 비평은 미학적 전복이 새로운 정치성으로 도약하는 과정을 읽어내는 것이 목표여야 하고 그 '생성하는 잡스러움'에 주목해야 한다는 것이다. 그는 다음과 같이 말한다.

> 다른 시간을 만들어내기 위해 문학과 예술은 이질적인 것들의 접속과 이종교배를 통해 지배적인 상징 질서를 위반한다. 섞일 수 없는 것들을 섞고, 하나의 공간에 놓일 수 없는 것들을 만나게 함으로써, 문학과 예술은 상징 질서의 구획들을 흩뜨려놓는다. 그래서 제도의 언어, 시장의 언어, 주류의 언어를 소수자의 언어와 비인칭의 언어와 뒤섞어 자명성의 기호 체계들을 전복한다.[21]

하지만 무중력 공간에서의 글쓰기가 내세울 수 있는 새로운 정치성은 그 전제에서 이미 미학 안에 머물러 있는 전복과 혁명일 뿐이다. 그의 논리를 그대로 따르자면, 무중력 공간 안에서는 어떠한 전복과 혁명도 가능하며, 새로운 정치성의 탄생 또한 가능하다. 그렇다. 문학과 예술 안에서 상징 질서의 구획들을 흩뜨려놓는 것, 자명성의 기호 체계들의 전복은 얼마든 가능하다. 문학과 예술은 그의 말마따나 무중력 공간에 있게 되었기 때문이다. 하지만 바로 그 점 때문에 중력의 자장에서 자유로울 수 없는 미학 바깥의 현실에 대해, 미학 안에 머물러 있는 새로운 정치성이 과연 어떠한 충격을 가할 수 있을지에 대해서는 그는 설명하지 못한다. 그는 문

---

21 이광호, 「이토록 잡스러운 문학의 자율성」, 『익명의 사랑』, 17쪽.

학의 자율성에 관한 김현의 역설을 인용하면서, "문학의 자율성은 단지 수동적이고 자폐적인 의미의 자율성이 아니라, 억압을 반성하게 하고 그것과 맞서 싸우는 적극적인 문학적 실천의 가능성을 내포한다"[22]고 한다. 이와 같이, 미학적 전위가 정치적 혁명으로 나타날 수 있다는 주장은 사르트르 이후 지속되어왔다. 그러나 여기에는 중요한 전제가 깔려 있다. 미학적 전복이 정치적 혁명과 동일시될 수 있다는 환상, 미학과 정치가 대등한 입장에서 미학의 정치적 효과가 가능하다는 확신이 그것이다. 어쩌면 김현의 시대에는 그것이 가능했었는지도 모른다. 김수영이나 고은, 김지하의 시를 읽으면서 정치적 모순을 극복하기를 꿈꾸는 것은 그리 어려운 일이 아니었을 것이다. 하지만 문학이 더 이상 '무엇을 위한', '무엇에 대한' 문학이라는 환상에서 벗어나 문학 그 자체를 들여다보는 문학이 된, 그래서 그의 말마따나 '무중력 공간'에서 글쓰기 하게 된 2000년대 문학의 한 측면은, 그와 같은 전화(轉化)가 미학적 체계의 전복을 꿈꾸는 자들을 위한 현실적인 알리바이밖에는 되지 않음을 웅변한다.

그렇기 때문에 그의 '무중력 공간'은 '중력장' 속에서 새

22 이광호, 「문학의 자율성과 한국문학사」, 『미적 근대성과 한국문학사』, 40쪽.

로운 글쓰기를 시도하는 이들에게는 문학의 자기 위안 내지 자기 연명밖에는 되지 않는다. 무중력 공간과 중력장 사이의 '열린 마개'인 '사소한 정치성'은 말 그대로 너무나 '사소'한 수사적 언급에 불과하다. 그렇다면 이광호에게 필요한 것은 무중력-중력의 도식성에서 벗어나, '무중력 공간'에서 글을 쓰는 작가들뿐 아니라 '중력장' 속에서 나타나는 또 다른 움직임들, 그 '중력장'이 드디어 문학이라는 굴레마저 벗어던지려 하는 다양한 욕동들이 나타나고 있다는 사실에 주목하는 일이다. 그것은 '모더니즘'이라는 반쪽짜리 문학사만으로는 해결되지 않는, 2000년대 이후 글쓰기의 새로운 운동성이 되고 있는 까닭이다.

9

서정과 현실의 역동적인 교섭

— 유성호론

허 정

1

최근 한국문학의 화두가 되었던 '근대문학의 종언에 대한 논쟁'은 소설을 중심으로 전개되고 있다. 문학이 더 이상 '공감'이라는 수단을 바탕으로 다양한 사회 계층을 하나의 공동체로 묶어왔던 역할을 해내지 못한다는 고진의 논의도 그러했고, 이에 대한 한국비평계의 반응 역시 소설 위주로 전개되었다. 이제 시는 종언론의 축에도 끼지 못하고 이미 죽어버린 퇴물로 취급받고 있는 것이 아닌가 싶다.

그런데 정작 시 쪽의 반응은 너무나 태연하다. 출판 원자재 값 상승이라는 악조건 속에서도 여전히 시 잡지에는 많이 신작시들이 발표되고 있으며, 시집 발간 역시 붐을 이루고 있다. 시를 제작하는 측에서는 시단 밖에서 일어나는 시에 대한 차가운 냉대를 애써 외면하고 있는 듯하다. 그러나 이러한 시 생산의 호황이 이 시대 시의 존재의의에 대한 알리바이를 제공해주는 것은 아니다. 특히 그것이 '시 쓰기에 대한 깊은 자의식을 바탕으로 하고 있는가'라고 물었을 때 이에 대해서는 회의적이다. 지금의 시 쓰기는 근대나 자본주의 현실에 대한 비판과 항체 마련 때문에 쓴다고 할 수도 있고, 언어의 도구적 기능에 대한 거부를 통해 상징 질서를 거부하기 위해 쓴다고 말할 수도 있다. 그러나 지금의 시들은 그러한 의의마저 망각하고, 아니면 이를 빙자하여 이미 만들어진 문학시스템 속에 자폐적으로 안주하고 있는 것은 아닌지 의심스럽다. 그렇다면 그것은 심각한 에너지 낭비에 해당하지 않는가? 그리고 그러한 연명이야말로 정작 죽음의 상태이지 않을까? 시가 문학 시스템이라는 성채에 갇혀 자기증식을 하고 있는 이러한 매너리즘과 자폐적 구조를 깨기 위해서는 새로운 성찰이 필요하다. 그래서 지금이야말로 '이 시대 시란 무엇인가?' '시가 무엇을 할 수 있을까?'라는 질문과 고민을 적극적으로 제기할 필요가 있다. 그리고 늘 있어왔던 '시의 위기 혹은 죽음'이 왜 이 시대에 더욱 증폭되어 오는지에 대해서도 깊이 고민할 필요가 있다.

사정이 이렇게 된 데에는 비평의 책임도 있다. 얼마 전까지만 하더라도 한국 시단은 여성시, 생태시, 정신주의시, 신

서정, 해체 지향의 시, 죽음시, 몸시, 현실주의시, 도시시 등으로 다양하게 분류되어 활발하게 비평적 조명을 받은 바 있다.[1] 물론 여기에는 담론이 앞서간 감도 있었지만, 한국 시를 세밀하게 탐색하고 조망하려는 비평적 열정이 뒷받침되고 있었다. 그러나 2000년대 중반 이후 미래파 대 전통 서정이라는 두 대립각 위주로 전개된 시 비평의 영향 탓인가? 현 시단의 구도는 그 내부의 수많은 질적 차이가 사상된 채 미래파와 전통 서정 두 구도로 재편된 듯 보인다. 그나마 한때 활발하게 불타올랐던 미래파 논쟁도 지금은 잠잠하다. 시단에 대한 진단과 처방의 임무를 포기하고, 비평은 어느새 작품을 숙주 삼은 자폐적인 해설비평으로 연명하는 것이 아닌가 싶다. 한국 시가 직면한 이 도저한 죽음의 징후에 대해서 시 비평은 시단에 좀 더 적극적으로 개입할 필요가 있다. 시의 기능과 위의가 망실되어가는 한국문단에서 시가 무엇을 할 수 있을지, 매너리즘과 자폐적 구조에 빠진 한국 시단에 어떻게 활력을 불어넣을 수 있는지에 대하여 비평의 진단과 처방 기능이 절실히 요청된다.

비평가 유성호를 주목하는 이유는 여기에 있다. 그는 지

---

1 이것은 유성호 두 번째 평론집의 「'근대'에 대한 성찰, 다양한 '중심'들의 소용돌이-세기말의 시적 풍경」에 나온 시단 분류를 따랐다.

금까지 현장비평을 해오며 시의 위기에 맞서기 위해 시 고유의 독자적인 원리인 서정을 완성도 높게 실현하기 위해 고투해왔다. 그리고 서정 개념의 갱신을 통해 이 시대 시가 무엇을 할 수 있을지를 지속적으로 고민해온 비평가이다. 그래서 다섯 권의 저서[2]에 나타난 유성호의 비평적 궤적을 따라가는 것은 시의 위기에 대처하는 정공법은 무엇인가, 이 시대 시 비평은 무엇을 할 수 있을까를 탐색해보는 작업이라고 할 수 있다.

2

시의 위기로부터 출발해보자. 유성호는 이 시대 시의 존재론적 기반이 현저하게 위축되었다는 점에 대해서는 일단

---

2 유성호가 펴낸 책 중에 한국문학의 현장비평이 수록된 저서는 다섯 권이다. 앞의 두 권은 현장비평과 학술논문이 섞여 있고, 뒤의 세 권은 현장비평만으로 구성되어 있다. 이 글에서 유성호의 저서를 인용할 때는 『한국 현대시의 형상과 논리』(국학자료원, 1997)는 Ⅰ로, 『상징의 숲을 가로질러』(하늘연못, 1999)는 Ⅱ로, 『침묵의 파문』(창작과비평사, 2002)은 Ⅲ으로, 『한국 시의 과잉과 결핍』(역락, 2005)은 Ⅳ로, 『움직이는 기억의 풍경들』(문학수첩, 2008)은 Ⅴ로 표시하고, 그 뒤에 페이지만 달도록 한다.

동의한다. 하지만 유성호는 다음과 같이 대중영합적인 방법으로 시의 위기를 해결하고자 하는 방법들에 대해서는 비판적이다.

한때 한국 시단에는 시 위기의 원인이 독자 수의 감소에 따른 유통시장에서의 소외 현상에 있다고 판단하고 독자 수의 확대를 통해 위기를 해결하려는 움직임이 팽배한 적이 있었다. 유성호는 여기에 대해 비판적이다. 그는 역사상 시는 늘 소수의 독자만을 지녀왔다는 점을 상기시킨 뒤, 독자 수의 확대를 시적 돌파구로 삼을 경우, 시의 언어는 특유의 긴장감을 잃고 독자 영합적인 감상벽에 빠질 수밖에 없다고 본다(Ⅱ, 141-142). 그리고 그는 인접 장르와의 교섭 속에서 위기 탈출의 돌파구를 찾는 견해에 대해서도 비판적이다. 몇 년 전 시의 위기담론 속에서 인접 장르와의 활발한 교섭과 통합을 요구하는 목소리가 각광을 받은 적이 있다. 그래서 시가 영화나 사진, 게임을 비롯한 온갖 사이버문화의 적자(嫡子)들을 시 안에 포섭 · 응용하고 결합시키는 기획이 잇따랐다. 그러나 유성호는 이러한 장르 교섭이나 통합의 기획이 시를 위기에서 건져내는 대안 양식이 되었다기보다는, 오히려 시의 고유한 기능과 정체성을 균열시키는 역기능을 행사했다고 본다(Ⅳ, 39).

그렇다면 그가 위기 극복의 방법으로 내세우는 것은 무

엇인가? 그 해법은 유성호가 등단 이후 일관되게 주장해온 서정에 있다. 그가 이 위기를 헤쳐나가는 방법으로 내세우는 것은 "시 고유의 독자적인 '서정'의 원리를 더욱 완성도 높게 추구하고 실현하는 것"(Ⅳ, 39)밖에 없다는 정공법이다. 서정에 대한 유성호의 입장은 각 평론집의 입론에 해당하는 글에서 반복되어 나타난다. 이 중에 특히 그가 강조하고 있는 것은 '서정의 개념 확장'과 '서정적 주체와 관련된 서정시의 역할'이다.

전통적으로 서정은 주체와 대상 간의 화해로운 통합과 일체감의 표현으로 규정되어왔다. 그러나 유성호는 세계와 주체가 자기표현적 정조의 고조 속에서 융합하고 상호 침투하는 것, 곧 정조의 순간적 고조에 따른 '대상성의 내면화' 혹은 '나'의 자기표현이나 일인칭 현재 시제를 서정의 본질로 규정한 것이 당대의 미학적 관습일 뿐, 고정불변의 규정이 아니라는 자세를 견지한다. 그래서 그는 역사적 감각을 무시하고, 전통적인 개념으로 서정을 규정하려는 견해를 역사주의적 감각을 결여한 환원론적 오류로 보고 이를 경계한다(Ⅲ, 70-74).

만약 서정 개념을 좁게 잡을 경우 자기표현보다는 대상의 진실성을 중시하는 리얼리즘의 경향이나, 자기동일성의 논리에 균열을 일으키는 아이러니의 경향은 서정의 바깥 영역으로 배제될 수밖에 없다. 여기서 그는 주체의 경험을 중시하는 시의 표현 자질인 '서정적 주관성'도 결코 비역사적인 항구적 인자(因子)가 아니라는 람핑의 견해를 끌어들인다. 이를 근거로 유성호는 리얼리즘의 경향이나 비동일성의 흐름을 서정 안에 끌어들여 서정의 개념을 유연하게 확장하려고 한다(V, 72-73). 그가 정서가 감정뿐만 아니라 인지적이고 이성적인 사유작용과도 관련되어 있음을 강조하는 대목(Ⅰ, 495)이나, 정서가 행하는 복합적 기능에 주목함으로써 현실에 대한 비판적 인식, 풍자적 목소리, 꾸며진 이야기를 작품의 골조로 삼는 민중시 · 노동시 · 풍자시 · 이야기시 등을 서정의 원리에 의해 발원되는 서정시의 하위양식으로 끌어들이는 대목(Ⅲ, 72-73)에는 리얼리즘 경향의 시를 서정에 포함시키려는 노력이 잘 드러난다. 그리고 「일상성에 대한 새로운 시적 비전과 아이러니적 상상력」(Ⅳ), 「생의 복합성과 아이러니의 시정신」(Ⅳ) 등에서 분열과 균열을 드러내는 비동일성의 아이러니를 서정에 포함시켜 적극적으로 논의하는 이유 역시 서정의 확장과 관련 있다.

이렇게 그는 동일성이나 자기표현이라는 서정의 기본적 원리에 충실하면서도, 서정 개념에 도전하는 이상의 것들을 포괄하는 것으로 서정 개념을 확장하려고 한다. 그래서 Ⅱ의 「책머리에」에서 자신을 서정주의자라고 공언했지만, 유성호는 고정된 서정 개념에 갇힌 서정주의자가 아니라, 서정을 이 시대에 맞게끔 그 범주를 갱신하고자 고투하고 있는 비평가라고 할 수 있다.

다음으로 서정적 주체와 관련된 서정시의 세 가지 역할이다. 이것은 「시의 '위기'(危機)와 '위의'(威儀)」(Ⅱ), 「'서정'은 무엇인가」(Ⅲ), 「한국 시의 과잉과 결핍」(Ⅳ) 등에 반복되는 내용인데, 이 의견을 처음 개진한 「시의 '위기'(危機)와 '위의'(威儀)」에 그 내용이 비교적 상세히 밝혀져 있기 때문에 이 글을 중심으로 그 내용을 요약하면 다음과 같다.

먼저 서정시의 첫 번째 역할은 이성적 사유를 매개로 하는 계몽이다. 근대적 기획은 인간과 인간, 인간과 사회의 유기성을 해치고 그것들을 고되고도 치명적인 불화 관계로 몰아갔다. 이는 서정시에도 고스란히 반영되는데, 서정시는 그 불화 양상을 서정적 주체의 육성으로 노래함으로써 예술의 본래적인 힘인 불온성을 극대화하고, 나아가 오도(誤導)된 근대에 창조적으로 도전하고 있다. 이와 같은 인식론적 계기를 주는 것을 '이성적 사유를 매개로 한 계몽'이라고 부를 수 있고, 이것이 바로 서정시가 맡은 첫 번째 역할이다. 서정시의 또 다른 역할은 타자의 시선을 통한 자기 검색과 정립이다. 그것은 도덕적 차원에서 행해질 수도 있고, 실존적 차원에서 이루어질 수도 있다. 서정시는 타자를 수용하여 주체를 검색하는, 다시 말해서 자기 자신과의 다양한 대화가 가능한 언어양식이다. 서정시의 세 번째 역할이 지각의 갱신을 통한 사물의 의미와 본질의 재발견이다. 우리 사회는 교환가치가 본질을 대신하는 사회로 진입했는데, 여기에 맞서 서정시는 교환가치가 은폐한 본질을 불러일으키며 문명비판이나 자연친화 그리고 영성 및 여성성의 강조 같은 양상을 자연스럽게 불러온다. 그는 서정시의 이 세 가지 역할이 주체의 해체가 아니라, 인식의 전회를 통해 주체의 기능과 역할을 새롭게 가다듬는 과정에서 가능한 것이라고 생각한다.

이 중에서 두 번째가 서정적 주체와 현실의 만남을 통해 서정적 주체의 문제점을 개선시키는 것이라면, 첫 번째와 세 번째는 서정적 주체를 현실과 대면시킴으로써 현실의 모순을 개조하려는 의지를 표명하는 것이라고 할 수 있다. 그래서 이 모두는 시와 현실의 상호교섭, 서정적 주체와 현실의 역동적인 대면을 중시하는 입장으로 요약 가능하다.

서정의 개념 확대도 그러하고, 서정시의 역할을 언급한 부분도 그러하고, 이 입장들은 자칫 자폐적인 영역에 고립되기 쉬운 서정을 현실 쪽으로 최대한 끌어내려는 입장이라고 할 수 있다. 그는 이렇게 서정을 현실로 바투 끌어당겨 오는데, 다음 인용문에는 그 이유가 잘 나타난다.

> 원래 서정시의 가장 일차적이고 근원적인 동기는 주체의 나르시시즘이다. 그러나 그 나르시시즘의 언어가 타자들을 포괄하고 타자의 삶에 충격을 주지 않는 한, 그것은 거울로 이루어진 방 속에 갇힌 것처럼 무한 반사운동을 하는 것에 불과할 것이다. 따라서 타자의 존재형식에 대한 관심, 그리고 그것을 공동체 혹은 전체성의 차원에서 사유하는 것은 우수한 서정시의 심층적 동기가 되어야 한다.(Ⅲ, 80)

인용문에서 유성호는 서정시가 주체의 나르시시즘에서 벗어나 타자나 현실과 상호 교섭할 것을 주문하고 있다. 그 이유는 동일성의 미망에 사로잡히기 쉬운 서정적 주체의 위험으로부터 서정을 구해내려는 데 있다. 최근 미래파 대 전통 서정 논쟁에서 서정적 자아의 자기 동일성에 대한 비판이 본격화되고 있는데, 여기에 잘 나타나듯이 유성호는 이런 작업을 이미 이전부터 전개해왔다. 그리고 위의 진술은 주체 비판에서 끝나지 않는다. 주체의 해체와 죽음이라는 담론 속에서, 그리고 사회적 상상력에 대한 반명제가 만연해 있는 현 문단 풍조 속에서 그는 시를 공동체 혹은 전체성의 차원에 위치시키고자 한다. 여기에는 한국 시가 현재 직면한 사회적 상상력의 퇴조라는 전반적인 분위기 속에서도, 서정적 주체와 현실의 상호교섭을 통해 사회 모순에 맞서가는 주체를 새로이 구성해나가겠다는 의지가 강하게 드러나 있다.

이렇게 현실과의 연관성을 강조한 그의 서정 논의가 궁극적으로 가닿는 지점은 어디인가? 그것은 바로 근대에 대한 비판과 극복이다. 비평집 여러 군데에 산발적으로 진술된 '시와 근대와의 상관관계'에 대한 내용 중 주목할 만한 부분을 인용해보면 다음과 같다.

> 근대 안에 반(탈)근대의 요소가 자생하는 형상이 서정시 안에 숨쉬고 있는 셈이다. 그것은 소비재로 전락했으면서도 상품미학의 회로에 끝까지 저항하는 이중성이 서정시의 역설적 존재원리임을 말해 주고 있다.(Ⅱ, 113)

> 위기의 시대일수록 신화가 필요하고, 시원(始原)에 대한 열망이 제 목소리를 얻는 법이다. 따라서 우리는 사물의 풍부함이나 이 시대의 혼란의 활력을 있는 그대로 지각하고 누리기 위해서 조급한 욕망이나 공리적 요구에 너무 매이지 말아야 한다. '근원'과 '정체성'의 끊임없는 탐색과 확산은 그래서 긴요한 것이다. 그 점에서, 서정시는 조급한 공리적 욕망이나 근대적 체계가 이룩한 효율성의 신화에 대한 항체요, '꿈'과 '현실' 사이의 긴장에서 발원하고 펼쳐지고 완성되는 미학적 양식이 될 것이다.(Ⅲ, 8)

그것은 자본주의가 안팎으로 부여한 '주객분리'에 맞서는 미학적 가능성이기도 하다.(Ⅲ, 21)

위의 내용들은 다음과 같이 요약 가능하다. 서정시에는 근대를 비판하고 넘어설 수 있는 요소가 내재해 있다는 것, 근대적 체제는 유용성과 효율성을 중시하지만 그것은 결국 교환가치의 우위와 주객분리를 이끌었다는 것, 반면 지금의 관점에서 보았을 때는 그다지 쓸모없는 장르이지만 서정시는 주객이 미분화되고 통합된 근원을 응시함으로 인해 주객통합의 열망을 표현할 수 있는 장르라는 것, 그래서 서정시는 근대체제와 대립할 수밖에 없으며, 이러한 서정시는 사람들에게 원초적 통일성을 회복시켜주고 근대에 대해 비판과 반성으로서의 항체 역할을 한다는 것, 나아가 서정시가 응시하는 근원은 근대체제를 넘어설 수 있는 오래된 미래로서 대안 역할을 한다는 것.

그러니까 유성호가 개진해나가는 서정은 서정적 주체가 자기 동일성의 성채를 벗어나 현실과 만나가는 것이며, 그러한 현실에서 서정이 갖는 주객통합의 열망을 바탕으로 근대를 비판하고 이를 뛰어넘는 것이라고 할 수 있다. 그것은 그가 서정시의 미학적 가능성에 대해서 이야기한 "'현실의 이곳'을 적시(摘示)하는 기능과 '초월의 저편'을 암시(暗示)하는 기능의 통합"(Ⅲ, 24), 즉 "현실과 꿈의 복합적 접점"(Ⅴ, 31) 마련하기로 환언할 수 있다.

이러한 관점 아래 그는 서정을 시 비평의 준거점으로 삼는다. 그가 "결국 비평은 엄정하고 합리적인 가치 준거에 입각한 일종의 해석과 평가의 선택 행위이고 비평가는 자신이 선택한 준거에 대해 논리적으로 옹호해야 하는 변호인의 몫을 맡게 된다"(Ⅳ:35)고 했을 때, 유성호 비평에 있어 준거가 되는 것이 바로 이상과 같은 맥락에서의 서정이다. 이러한 준거 아래 그는 한국 시를 풍요롭게 읽어나간다. 특히 그가 이런 관점 아래 현실과의 연관성을 상실한 시와, 현실의 매트릭스에 갇혀 이상을 잃고 있는 시를 비판하는 점은 주목할 만하다. 이것은 한국 시의 지형도를 '과잉과 결핍'이라는 관점 아래 비판적으로 조망하고 있는 「한국 시의 과잉과 결핍」(Ⅳ)에 잘 요약되어 있다. 이 글은 2005년의 시점에서 한국 시의 문제점을 네 가지 측면에서 비판한 글인데, 이 중 세 가지가 시가 '현실과의 긴장관계를 잃고 있는 지점'을 집중적으로 비판하고 있다.

먼저 그는 최근 한국 시에 만연한 기억의 과잉을 경계한다. 여기서 그는 한국 시가 현실과의 풍요로운 만남의 계기를 놓치고 있음을 지적한 뒤, 개별적인 기억에 갇힌 시편들이 보편성과 통합되어 현실 지향의 시 정신을 회복할 것을 주문한다. 다음으로 그는 요즘 한국 시단에서 흔하게 목격되는 자연으로 침잠하려는 시에 대해서도 비판한다. 그는 생태시편이 계층적 불평등이 매개된 환경문제에 대한 고찰을 뒤로 하고 있는 점, 자연은 선하고 인간은 악하다는 자연의 절대화를 통해 인간에 대한 철저한 불신과 혐오로 나아간 점을 비판하며, 생태시편이 인간에 대한 일방적 혐오와 자연 신비주의에서 벗어나 환속의 통로를 열어둘 것을 주문한다. 이런 견해는 '근대 일반의 적폐(積弊)에 초점을 맞춘 탈근대의 시각이 반영된 생태시학'이 '해방의 근대성을 추구함으로써 완결된 근대를 이룩하려는 리얼리즘'과 어떻게 접점을 이룰 수 있는지를 날카롭게 분석한 「생태시학의 민족문학적 가능성」에서 이미 본격적으로 제출된 바 있다. 이러한 과잉과 더불어 그는 이 시대 한국 시에 서사적 계기가 결핍된 점을 비판한다. 혹독한 현실에 맞서는 유한자의 고투를 담아낸 시적 경향이 결핍된 이 현상을 두고 그는, 유한자가 자신과 사회 현실을 꿰뚫을 수 있는 실례들로 가득했던 근대시사의 자산에 대한 초라한 역상이라는 진단을 내리고 있으며, 더불어 사회 모순에 맞서왔던 리얼리즘 시들이 지녔던 사회적 상상력을 회복할 것을 주문한다. 이러한 비판들은 서정을 현실과의 연관성 속에 긴장감 있게 배치시키려 했던 그의 입장이 이어져

있는 대목에 해당한다.[3]

마지막으로 유성호는 한국 시가 현실에 갇혀 이상에 대한 열망을 잃고 있는 점에 대해서도 비판적이다. 이것은 「한국 시의 과잉과 결핍」에서 현 시단이 신성한 존재와의 소통에 근거를 둔 초월적 상상력을 결핍하고 있다는 비판으로 나타난다. 이러한 초월적 상상력은 언어를 통해 현실을 반영하기보다는 '존재'와 '존재자'의 관계 또는 '시원(始原)'에 대한 근본적인 사색을 감행하게 하는데, 여기에 대한 통찰이 한국 시에 결여되어 있다는 것이다. 유성호가 생태시학이나 여성시학과 같이 탈근대적 지향을 드러낸 대안 시학의 상투형을 경계하고(Ⅳ, 39), 또한 그러한 상상력이 탈속적 우월감으로 초월해버릴 위험이 있다는 점을 감안하고서도 초월적 저편을 암시하는 이러한 상상력을 강조하는 이유는 무엇일까? 그것은 그가 이것을 "근대 치유의 방법"(Ⅳ, 31)으로 내세우는 대목에서 암시되듯이, 이 상상력이 근대체제를 비판하고 대

---

3 이 외에도 『사람만이 희망이다』(1997) 이후 박노해 시의 자아가 역사적 자아에서 우주적 자아로 나아가면서 현실의 구체성을 상실한 점을 비판하는 점(Ⅲ, 145-148)이나, 정신주의 시가 천상의 초월과 지상의 착근이라는 변증법적 요소를 통합하지 못하고 탈속적 우월감과 반인간주의로 경사된 점을 여러 권의 평론집에서 반복하여 비판하는 대목 역시 서정의 현실 관련성을 거듭 당부하는 것에 해당한다.

안 세계를 만들어갈 추동력이 된다는 점과 밀접하게 관련되어 있다. 그래서 그는 이러한 상상력이 현실과 결합되어야 한다는 전제 아래 한국 시가 초월적 상상력을 회복해나갈 것을 주장한다.

이상 이야기한 바가 바로 유성호가 시의 위기를 돌파해나가기 위해 내세운 서정의 구체적인 모습이다. 서정적 주체와 현실의 역동적인 대면을 이끌어내는 것, 그 과정에서 서정적 주체를 자기 동일성의 함정과 주체의 죽음으로부터 재구축해내는 것, 나아가 시를 보다 거시적인 차원으로 끌어올려 근대와의 상관관계하에 위치시킴으로써 근대를 비판하고 넘어서는 것, 이러한 점들을 극대화시키는 과정을 통해 유성호는 시의 위기를 돌파해나가려 한다.

이렇게 그는 서정의 개념을 확장하고 서정적 주체의 역할을 새롭게 한 뒤, 현실과 꿈의 균형 있는 시각을 바탕으로, 시를 통해 근대를 비판하고 넘어서려고 한다. 그래서 유성호는 서정의 근본개념에서부터 출발하여 그것의 역사적 변이형을 두루 포섭해내고, 철저한 현실 대면의식과 대안 세계에 대한 고갈되지 않는 희망을 중시해온 비평가라고 할 수 있다. 그리고 이러한 점들을 뚜렷한 비평적 준거로 삼고 누구보다도 많은 작품을 성실하게 읽어내고 있으며, 시의 위기를 돌파하여 한국 시의 미래를 적극적으로 개척해나가려는 비평가라고 할 수 있다. 필자는 그의 글들을 통해 한국 시단의 지형도를 그려볼 수 있는 넓은 안목과 서정에 대한 많은 배움과 성찰거리를 얻었다.

3

유성호는 한국 시 비평의 기율이 단명하고 비축적적인 면에 대해 비판적이다. 그는 한 시대를 강력하게 견인했던 시적 경향을 흡수하면서 넘어가는 것이 아니라 그것을 배제하고 새로운 것을 선점하려는 욕망이 승했던 데에서 그 원인을 찾고, 여기에 대한 깊은 반성이 있어야 한다고 말한다(Ⅳ:43-44). 그가 등단 이후부터 지금까지 각종 유행에 부박하게 흔들리지 않고 '서정의 개념 확대'와 '주체의 기능'을 비평적 기율로 삼은 점은 이러한 견해가 강하게 투사되고 있는 부분이다. 그는 그 기율을 다섯 권의 책 속에서 언급한 수많은 텍스트에 적용 분석하여, 자신의 입론을 더욱 정합적이고 실감 있는 것으로 만들고 있다.

그러나 한편, 그의 이론적 틀은 이미 오래전에 만들어진 채로 갱신되지 않고 있는 것은 아닌가 싶다. 첫 번째 책 『한국 현대시의 형상과 논리』의 「서정시의 제개념: '감각', '감정

(정서)', '정조'에 대하여」에서 가다듬어지고 두 번째 책 『상징의 숲을 가로질러』에서 거의 완성된 그 틀은 그 이후로 갱신되지 않고 있다. 이런 점은 특히 각 평론집의 입론에 해당되는 글에서 서정에 대한 언급이 이전 저작의 내용을 별다른 과감 없이 되풀이하고 있는 점에서 확인 가능하다. 비평의 생명력은 지속적인 자기반성과 갱신으로부터 출발하는 것이지 않을까? 문학사에서 비평의 대가들은 그러한 반성과 갱신작업을 거듭해가는 과정 속에서 이론을 수정 · 보완하고 비평의 성채를 구축해나갔을 것이다. 그동안 유성호 비평가가 의욕적으로 전개해온 서정의 논리를 앞으로 더욱 섬세하게 갱신해나가기를 바란다.